# 乡土与远方

## Xiangtu Yu Yuanfang

庄有禄◎著

时代出版传媒股份有限公司
安徽文艺出版社

图书在版编目（ＣＩＰ）数据

乡土与远方/庄有禄著.—合肥：安徽文艺出版社，2022.10
ISBN 978-7-5396-7477-3

Ⅰ.①乡… Ⅱ.①庄… Ⅲ.①散文集－中国－当代 Ⅳ.①I267

中国版本图书馆 CIP 数据核字(2022)第 101800 号

出 版 人：姚　巍
责任编辑：王婧婧　　　　　　装帧设计：徐　睿

出版发行：安徽文艺出版社　　www.awpub.com
地　　址：合肥市翡翠路 1118 号　邮政编码：230071
营 销 部：(0551)63533889
印　　制：合肥创新印务有限公司　(0551)64456946

开本：880×1230　1/32　印张：10.125　字数：220 千字
版次：2022 年 10 月第 1 版
印次：2022 年 10 月第 1 次印刷
定价：48.00 元

(如发现印装质量问题，影响阅读，请与出版社联系调换)
版权所有，侵权必究

# 痴迷文学志不移

## ——敬序庄有禄先生《乡土与远方》

我的老师庄有禄先生寄来大著《乡土与远方》打印稿,命我作序。受宠若惊之下,盥沐而读,拜读数过,为老师痴迷文学志不移的精神所感动。庄老师大学毕业后,一直在霍邱工作,除了做好本职工作外,业余时间大多用在读书与写作上,取得了不菲的成绩,令人敬佩。

庄有禄老师在大学课堂里接受过正规、系统的文学教育,学习过中国古代文学史、中国现当代文学史、外国文学史、中外文学理论和文学批评、语言学等课程,熟读过大量古今中外作家的作品、传诵千古的文学经典等等。大学校园浓郁的人文环境,培养了他浓厚的文学兴趣,也为他积淀了深厚的文化底蕴。他在自己进行创作之前教授中学语文课程时,就向学生展示过自己的文学修养和才华。他同时具备文学批评能力,收在本集中的就有十篇文章属于评论之作,品评作品包括诗歌、散文、小说等多种文体。

文学情怀是文学作品的生命源泉。庄有禄老师从教师转任公务员后,一直从事秘书工作。他在完成本职工作之余,对文学创作情有独钟,利用业余时间潜心写作,不仅创作了大量新闻作品,而且创作了大量散文、诗歌、报告文学等,先后在《人民日报》《光明日报》《安徽日报》《新安晚报》《安徽教育报》《合肥晚报》《江淮晨报》《皖西日报》《江淮》《大别山诗刊》等省内外几十家报刊发表,共计800多篇,60余万字。这一份文学情怀十分难得。这也是这部著作名"乡土与远方"中"远方"的内涵。

文学作品首先抒写自己的人生,如工作、生活、经历、情感、人生思考等。在庄有禄老师笔下,我们虽然能看到他工作中的付出与辛苦,如"天天都有写不完的材料和忙不完的琐事,老是重蹈着由宿舍到办公室的两点一线,难免生出枯燥乏味之感。尤其是五黄六月,城关更是热浪滚涌,暑气蒸人,让人倍感难受,好想回乡下老家解解乏、避避暑啊",但更多的是新的生活气息、新的人生境界。于是我们看到作者双休日去乡下散步、养花,抛却芜杂一心读书。仅仅是散步,就有许多不同,与妻子一道散步,"或一前一后,或并肩而行,或携手并行,边散步,边交流,掏心掏肺,毫无遮拦";与儿子、儿媳一起散步,"或到大街上,或在小区内,或去公园里,边散步,边沟通,有时畅谈国际国内形势,有时交流工作学习的心得收获,有时探讨做人做事的道理";与文友一起散步,"或畅谈采风见闻及所思所感,或探讨文坛某一现象,或交流各自的创作心得,敞开心扉,情意融融,既加深了了解、增进了友谊,又增长了见识";同学聚会后散步,"或大街,或马路,或公园,肩并肩,头挨头,话往事,话当下,话未来,话友谊,仿佛返老还童,顿感年轻了几十岁,身心格外舒畅,既锻炼了身体,又增加了友情";独自一人散步,"除了上大街、公园、马路散步外,有时跑到水门塘畔或乡间小径,或散步,或发呆,或长啸,或高歌,或舞动拳脚……看残阳如血,看晚霞烧红天际,看倦鸟陆续归林,看星星眨着眼睛,看月亮缓缓升起;听青蛙欢唱,听百虫低吟,听乡村狗吠;呼吸着郊野的新鲜空气,沐浴着徐徐的柔风,嗅着泥土的芬芳,什么都可以想,什么都可以不想,便觉得是个自由人,无牵无挂,一身轻松"。在庄老师笔下,《文字秘书的"三种境界"》是对文字秘书工作境界的提炼,《走出去"充电"》是自我要求的提高,《人生犹若竞技场》《劝君保持好心境》劝励他人勉励自己;而《矮下身子待人处事》,是向普通民众"矮下身子",是为了《正确把握密切联系群众的辩证关系》。这些文章让我们看到一位积极向上、心怀百姓的人民公仆形象。

宋代陆游"位卑未敢忘忧国"。今日待遇、地位大大提高的公务员,同样葆有家国情怀,不以一己之私为人生追求。庄有禄老师堪称一位继承传统士大夫的"经世"怀抱、心系天下苍生、与时代共进步的公务员。在他的这部作品集里,有《城市应为农民工"充电"》面向有司的进言,也有《欲进城先"换脑"》面向农民工的良言建议;还有《群众利益无小事》的公务员责任担当,《多做民情调查》《"两节"期间多下访》的行政呼吁,《文明节俭过大年》的良风善俗主张;《人大代表应着力增强"六种意识"》是县人大代表关于身份资格与相应担当的思考,《冷静应对入世》事关国家发展战略,站位更高,思虑更深。

庄老师先后在县教育局、县委宣传部、县委政研室、县旅游局等多个岗位任职。每个人都有自己独特的观察视角和视域,所写文章呈现出鲜明的岗位特征和区域特征,一些特殊、冷僻行业,一些偏远、偏僻区域,随着一些文学作品的书写,进入世人视线,为人所知。一条原本寂寂无名的小川,现在成为一方人家的母亲河;一片荒芜贫瘠山地所产的童蓓,一夜之间成为抗癌名药声名鹊起。庄有禄老师笔下,来自春秋古蓼国霍邱的糍粑、腊鹅,那么美味悠长,伴着霍邱方音土话,进入文学殿堂。他是用自己熟悉的方言语词,书写自己熟悉的土地、人情,自己熟悉的行业领域,丰富了文学库、语音库、文字库,将来会成为研究地方语言、文字、文学重要的材料。

岗位的固定性、行业性、区域性,并不意味着公务员创作的作品是封闭结构,是一种褊隘文字。事实上,工作性质和职责决定了公务员要与各色人等接触,与各地往来;加上发达的现代科技和通信手段、中国先进的交通网络和交通工具,一个人、一个行业,想封闭自己都难。公务员创作的文学作品是开放的、流动的,从乡村到城市,从城市到乡村;从一地到另一地,从国内到国外;从一个行业到大千世界,他们的所在、所见、所思、所感,就形成文学作品。庄老师这部《乡土与远方》,在心灵、审美的"远方"之外,还有一个事实的、空间的、地域的远方。于是在"情系河山"这一辑,我们从江淮之间的城东湖、城西湖,来到地处三峡的大宁河,来到陡如天梯的好汉坡,走进温州,感知大理;随着庄老师醉游宁夏,拜谒阳明园,探访周庄,品读清华,初识太原和拉萨,在纳木错湖边欣赏草原风情,在绵绵秋雨中翻阅青岩古镇这本六百岁的古书,试图找寻红色历史文化名镇吴起镇迅速崛起的密码;难忘贵阳、承德的风味小吃,去了兰州还想去。中国各地、各行业,在庄老师的笔下得到独特的书写和美学表达。

中国自古以来就有诗教传统,温柔敦厚,美颂多而讽刺少,审美崇尚雅正。这一点在这本文集中体现得比较充分。作为公务员,庄老师在文学创作中,将政治意识内化为一种政治自觉、美颂自觉。在他提出的人大代表应着力增强的"六种意识"里,"政治意识"放在第一,"政治是统帅、是灵魂,具有指南针和定海神针的作用,来不得半点的马虎。坚持党的领导、人民当家做主和依法治国三者是有机统一的整体,其中党的领导是顶天立地、毋庸置疑的。作为一名中共党员、县人大代表,必须增强政治意识。听党话,跟党走,决不三心二意,妄议中央大政方针"。紧随其后的人民意识、法治意识、服务意识,从某些方面说都是政治意识的延伸。这是作为一名国家公务员应有的政治素养,是新时代文学作品应有的一个底色。在回忆早年生活的一组作品中,庄有禄老师以具体可感的生活事件、鲜活生动的景物人物,采用今昔对比手法,歌颂亲情、爱情、友情,歌颂时代的巨大变化。那飘香的缕缕炊烟,土得掉渣却给人诸多温暖和无限欢乐的火盆,或花或红或黑或黄的五颜六色的蜻蜓,手拿竹板、身背大鼓的说书人梁瞎子,在时光荏苒岁月静好的温馨甜美中,诉说着幸福生活的来之不易,《幸福人生沐暖阳》,正是躬逢盛世,"赶上了好时光"。作者笔下也有对腐败、丑恶事物和现象的描写,对现实中不公平、不合理现象的批判,但即使有讽刺,也是温和的;即使有批判,也立意于自我改变和自我完善。歌颂和披露,正面描写和反面批判,是文学作品政治性的一体两面。

宋代作家毕仲游,熙宁三年(1070年)二十四岁考中进士后,被授予霍邱主簿,他非常不乐意赴任,于是给当时的文坛盟主、拥有崇高社会地位的欧阳修写信陈情,希望欧阳修帮帮他。毕仲游在信中说:"霍丘之地面山枕淮,户口数万,南牵光、蕲之路,而西承颍、寿之尾。其民矜豪,其俗淫狡。饮酒呼博,椎牛掘冢,剽攻杀贼,则固其常事。以至暗昧之狱,奸怪之讼,难证之罪亦无虚日。寿春之号多事者,盖仅有此邑也。其县令已避烦而去之矣,其主簿则数日而求代。今闻新法更以主簿、县尉通职共事,某如从事于霍丘,束之以新法,则治婚田,辨斗讼,阅簿书,纳税赋,掌仓庾,检复往来,固已无暇日;而又加之散青苗,敛助役,莅刑狱,督盗贼;至于符檄差遣,推勘录问,水旱蝗虫之事,则又出于不可豫虑者也。"(《上欧阳文忠公书》)毕仲游对霍邱风土民情的描写,他对霍邱的恐惧,主要缘于耳闻而非亲见,加上王安石新法方兴,一时之间令人不知所从。所以,虽然迫于养亲的压力,但面对这样的霍邱,他也萌生弃官从欧公问学的念头。但从我记忆时起,霍邱就已不是毕氏所写的样子,今在庄老师笔下,读到故乡山水之美、人情之美,益知毕氏误听误信他人之言。身在远方,原本至少一年一次回去探望父母,如今疫情未消,只能打电话问候,问候父母双亲,问候老师,也在心中问候一声:霍邱可好?

彭国忠

辛丑霜降后八日

# 目录

## 痴迷文学志不移
——敬序庄有禄先生《乡土与远方》(彭国忠) / 001

## 魂牵乡土

吾爱蓼城 / 003

难忘炊烟 / 005

不喜欢下雪 / 007

童年夏夜 / 009

夏日荷塘 / 011

听书琐忆 / 013

蜻蜓 / 016

返乡日记 / 018

喝茶 / 021

霍邱糍粑 / 024

霍邱腊鹅 / 025

火盆 / 027

荷之恋 / 029

双休日,去乡下真好 / 032

夫唱妇随 / 034

品尝年味 / 036

难忘看水 / 038

养花 / 040

初为人师 / 042

洗澡 / 045

散步 / 047

年味浓淡皆相宜 / 051

抛却芜杂痴读书 / 055

中秋节漫忆 / 062

感谢绿萝 / 068

## 情系河山

大宁河上 / 075

好汉坡情思 / 079

草原风情 / 081

走进温州 / 083

初识太原 / 085

初识拉萨 / 087

拜谒纳木错 / 090

承德小吃风味长 / 093

感知大理 / 095

探访周庄 / 097

品读"清华" / 101

难忘贵阳风味小吃 / 105

兰州——一个去了还想去的地方 / 109

醉游宁夏 / 114

绵绵秋雨中的青岩古镇 / 122

拜谒阳明文化园 / 126

千里迢迢访亲家 / 133

鹏城春风分外暖 / 140

吴起崛起的密码 / 145

## 人物写真

探望父亲 / 153

母亲的教诲 / 156

岳父的爱 / 159

忆外公 / 162

货郎表舅 / 165

"老地主" / 168

谒恩师 / 171

思念 / 174

"普九"迷 / 177

第一好房东 / 182

家有挑剔妻 / 184

同窗情深 / 186

赴京领奖散记 / 191

笑对疾病 / 193

幸福人生沐暖阳 / 196

## 愚夫杂言

漫话朋友 / 205

公仆的远虑 / 208

人与水 / 210

花与叶 / 211

得与失 / 212

河水与河堤 / 214

话说"品位" / 216

城市应为农民工"充电" / 218

欲进城先"换脑" / 219

洗澡与"洗脑" / 221

多做民情调查 / 223

群众利益无小事 / 224

"两节"期间多下访 / 226

文明节俭过大年 / 227

雷厉风行抓落实 / 229

冷静应对入世 / 230

打造优良环境,应以诚信建设为核心 / 232

年终"盘点"须较真 / 234

平常心态看胜负 / 235

善保心理平衡 / 236

文字秘书的"三种境界" / 238

漫话"三" / 240

人生犹若竞技场 / 242

劝君保持好心境 / 243

感悟幸福 / 245

走出去"充电" / 247

集中精力抓落实 / 249

矮下身子待人处事 / 252

正确把握密切联系群众的辩证关系 / 256

人大代表应着力增强"六种意识" / 260

## 读文随想

倾注心血著华章
　　——陈斌先《响郢》浅析 / 267

吹去黄沙始见金

　　——浅析张子雨《立夏》的细节描写 / 271

弘扬真善美　鞭挞假恶丑

　　——流冰短篇小说读后感言 / 278

浅析长篇小说《逐梦绿野》的人物塑造 / 282

一曲生命不息，奋斗不止的赞歌

　　——读《母子两代的人生故事》随感 / 286

接近一种美丽的眼神

　　——涂明求诗歌印象 / 290

文贵精炼角度新

　　——浅析东方煜晓散文集《泥土的村庄》艺术

　特征 / 292

千锤百炼出佳文

　　——徐敏散文赏析 / 296

秉持家教　传扬家风

　　——《颜氏家训》读后感 / 299

做精神明亮的人

　　——读《我心里永远住着一个春风少年》随感 / 302

# 后记 / 305

HUN QIAN XIANGTU
魂牵乡土

## 吾爱蓼城

自古及今,霍邱大地,蓼蒿丛生,故春秋时便有"蓼国"之名。今之蓼城,赓续于隋朝,历经沧桑,源远流长。头枕滔滔淮河水,脚踏巍巍大别山,右臂挽着城西湖,左手牵着城东湖,怀里抱着水门塘,占承东启西之要冲,居南下北上之咽喉。登舟可通江达海,乘车可畅游九州。街宽路阔,新楼林立;车水马龙,商贾云集;市场繁荣,物产丰饶。银鱼洼虾、皖西白鹅、霍寿黑猪,名贯江淮;柳编工艺、小磨麻油、临水玉泉,享誉四海。骚客丹青,聚会于此,挥毫泼墨,竞相献艺,添文化之底蕴,扬"文藻"之美名。

蓼人淳厚朴实,吃苦耐劳,聪明颖慧,刚中有柔,兼"北侉"之率真、"南蛮"之精明;蓼人接物待人,情义为重,恭谨礼让,心胸坦荡。蓼人喜"斗酒"。有宾客自远方来,必盛备酒馔,披肝沥胆,苦劝豪饮,毫无半分矫饰之情;闲暇无事,邀三朋四友,推杯换盏,开怀畅饮,醉意不到八九分,常常难以作罢;逢年过节,家人团聚,必猜拳行令,吆五喝六,不饮得面红耳热、昏昏欲睡,不算尽兴。蓼人喜放歌。歌厅、酒店处处有,或以歌伴舞,烘托气氛;或以歌释怀,为酒助兴;或放歌消遣,热闹生活。蓼人喜逛街。大街小巷、超市商场,无论日丽风和还是雨雪霏霏,无论白昼还是夜晚,男女老幼,三五成群,驻足盘桓,购物散步,品尝小吃,放飞心情,怡然自乐,笑意盈盈。蓼人乡情浓。走出蓼城的游子,无论从政、经商、打工,还是当兵、求学、工作,总有剪不断的乡思、拂不去的乡愁,多少回梦返故里,醒来泪沾衣衫,多少回遥望桑梓,仿佛魂游蓼城。一个电话、一封家书,燃旺了思乡的火焰;一句祝福、一声祈祷,平添了念家的情结;一计良策、一份捐赠,茁壮了富乡的希冀。游子的心啊,永远装着蓼城;游子的情啊,永远扎根蓼土。

蓼城平坦如砥,地腴水秀,佳木葱茏,风光旖旎,如喷薄之旭日,如带露之花朝,如火红之青春,生机勃勃,前程似锦,希望无限。啊,吾爱蓼城!

## 难忘炊烟

生活在小县城已接近 15 个年头了,平素很难见到魂牵梦萦的炊烟。我生长在农村,对炊烟有着特殊的感情。闭上眼,袅袅的炊烟往上蹿几丈高,越升越粗,渐渐化成轻云,四处消散;微风来时,炊烟很难伸直腰杆,总是朝着一个方向氤氲;风大时,炊烟像一缕缕蓬松的鸟羽,被风裹挟着,几与地面平行,瞬间便无影无踪。

我的童年和少年是在困难年代度过的。小时候家里虽然劳动力多,但一年忙到头,仍然吃不上饱饭。只有在割麦刈稻时节,烟囱里一天才能冒上三次炊烟;要是赶在冬季和春荒头,一天只能冒两次炊烟,有时只能冒一次炊烟。

1974 年春,我刚上初中一年级,由于种种原因,家里早早断了粮,有时一天连一次炊烟都难冒。地里的麦子没黄,父亲和哥哥便将其割回家,在洗衣板上搓下麦粒,然后用小磨子磨成面糊,由母亲将其倒进大铁锅内,兑上几瓢清水,放入一些青菜、菠菜、葱苗、蒜苗之类,煮开了,再放点盐和棉籽油,搅和搅和,一锅"精美"的饭食便做成了,家中也算是冒了炊烟。

夏季放午学,常赶上倾盆大雨,因家里买不起雨具,衣服淋湿了又没有换的，我便一个人坐在空旷的教室里，埋头看书做作业。其间，偶尔抬头望见窗外农家屋脊上飘移的炊烟时，便食欲升腾，饥饿感越发强烈。好不容易熬到放晚学，便拼命地往家奔。一踏进门，书包一甩，便奔向厨房，不管干饭稀饭，一口气狼吞虎咽几大碗，直到肚子撑得像个皮球才肯作罢。

冬天，尤其是雨雪天，放晚学的路上，很难见到炊烟。走到家里，掀开锅盖，一摸锅冰凉，心也凉了大半截，便问母亲："娘，今晚不烧锅了？""老孩，家里米不多了，还是节省一顿吧。"母亲脸上露出无可奈何的神情。我强忍着饥饿，便早早上床睡觉，以应对饥饿的侵袭。

1979年后，农村实行包产到户，没两年，家里的日子便好过起来。1981年夏季，我大专毕业，被分配到一所农村中学任教。每次回家，父母亲都喜上眉梢，忙里忙外，厨房里香气馥郁，烟火旺盛。每每吃饱喝足之后，我的眼前便会浮现出小时候挨饿渴盼炊烟的情景。而今，虽说住在小县城很少见到炊烟，但记忆中的炊烟始终牵动着我的神经，教我做人，催我上进。

难忘炊烟。

## 不喜欢下雪

时值严冬,江淮大地瑞雪飘舞,银装素裹,到处是白的海洋,白的世界。老人们围在火炉旁慢悠悠地烤火、聊天;青年人踏在雪地上,好不风流倜傥、潇洒俊逸;孩童们更是欢天喜地,无忧无虑,尽情地嬉戏和憧憬……雪的确能给人们的生活带来欢乐,带来诗情画意。自古以来,许多文人骚客都把雪作为吟咏的主题,在人们的思想中雪是纯洁和高雅的象征。皇帝给宝贝女儿起名叫"白雪公主",普通人家把女儿叫作"雪儿""雪莲""小雪"等,大概就是一种佐证吧。诚然,雪在大多数人的心目中是美好的,但我却不喜欢它,有时还有些厌恶它。

记得少小时,雪给我带来的大多是忧愁。因家贫,买不起雨鞋,我下雪天只得赤着脚上学,疼痛的滋味难以言状;隆冬时节,家无隔夜粮,经常要到田畈挖野菜充饥,雪把大地覆得严严实实,只好待在屋里挨饿;下雪了,家屋四壁透风,我冻得蜷缩成一团,涕泪滂沱;雪化时,寒气袭人,到处泥泞,给生活起居带来了诸多不便……大人虽然教我"瑞雪兆丰年""麦盖三床被,头枕馍馍睡"等谚语,但小时候的我就是害怕下雪,对雪产生了一种本能的反感。

这反感一直伴我长大,直到我年届不惑,仍没有大改变。虽说时序已到新千年,经过几十年改革开放,农村发生了翻天覆地的变化,农民生活水平有了显著提高,我也由一名乡下泥娃子成长为一名国家公务员,家庭生活水平达到小康,没有冻馁之虞了,可是,我仍然不喜欢下雪,并且随着时光的推移,对雪的害处又有了新的认识。

漫天飞雪,天地一色,往往让行人迷失方向;公路、铁路上下满了雪,往往阻碍交通;雪能压塌寒家茅舍,使房主无家可归;雪能压倒蔬菜大棚,给菜农造成经济损失;雪能使行人摔跤,弄不好摔个腿断胳膊折;雪还把五彩缤纷的世界变得单调乏味,淹没翠绿和温馨。

下雪,我真的不喜欢。

# 童年夏夜

置身小县城的夏夜,被喧嚣、浮华和飞扬的尘土压抑得喘不过气。于是,一个人静静地坐在鸽笼似的蜗居里,脑海中情不自禁地浮现出难以忘怀的童年夏夜的往事来……

乡下的夏夜,银色的月光笼罩着静谧的田园和村庄,阵阵凉风不停地送来旷野沁人心脾的稻花香。我和小伙伴们吃罢晚饭,匆匆忙忙地在池塘里洗过澡之后,便兴高采烈地跑出家门,在空旷处,做丢沙包或逮羊卖狗等游戏,直玩到大人吹灯睡觉后才依依不舍地散去。有时一齐拥到生产队打谷场上,捉迷藏、钻草堆、趴地沟。或学演《红灯记》《沙家浜》《白毛女》等革命样板戏片段,虽说没有化装,但小伙伴们演得十分投入,举手投足和唱腔还真像那么回事,不时赢来阵阵喝彩。

最开心的是钓大虾和看电影。钓大虾的器具很简单,竹篮、粪筐、花箕、沙网等都行;钓大虾的钓饵很好找,一条死鱼、死泥鳅,或一块蛤蜊肉,只要是腥味重能引大虾上钩的东西便可。将放上钓饵的器具沉入沟塘里,然后离开。等十分钟左右,蹑手蹑脚地挪到钓大虾的器具旁,迅速把器具从水中捞起,十有八九可捉到三五只鲜活乱跳的大虾。一晚上两个多小时下来,准能钓到一两斤大虾。回到屋里,将"战利品"倒进盛满清水的木盆或瓦盆里养着。第二天,父母或将其带上街卖掉换回油盐,或蒸炒后当作就饭的菜肴,改善一下生活。

小时候乡下没有电,更不知电视机为何物。只要打听到方圆十几里内有放露天电影的确切消息,小伙伴们就个个心花怒放,手舞足蹈,三下五除二地填饱肚皮,很快在村头聚齐,在大孩子的带领下,踏上弯弯曲曲的乡间小道,快速向放露天电影的地方开拔。途中,听到发电机声或放电影喇叭的声音,心里十分惊喜和激动,恨不能腋生双翅,尽快飞到电影场上。赶到电影场,首先打听放什么片子。当听到是老片子时,心里稍稍有些失望,但仍兴致勃勃地从头至尾温习一遍;当听说是没有看过的新片子时,好像天上掉下来个林妹妹,欣喜之情难以言状。

有时遇到夏夜打暴(下暴雨),便静静地坐在外公膝下,听他说《三国演义》《水浒传》《西游记》《封神演义》的故事,往往听得如醉如痴,连蚊子趴在身上吸满一肚子血都丝毫没有感觉。雨过天晴,月明星稀,我又缠着外公带我到院子中央乘凉,让他教我认识天上的星宿,什么北斗星、牛郎织女星、砖井星、骨头星、姜子牙钓鱼星等,每座星宿里面都蕴藏着一个十分迷人的传说,听后我真想腾云驾雾,在天庭里漫游一番……

童年的夏夜虽渐去渐远,但她的宁静温馨、热闹有趣,始终在我脑海里萦绕,挥之不去。于是突发奇想,假若时光能够倒流,让我重返童年,我一定会回到乡下,再过一把童年夏夜的瘾。

## 夏日荷塘

夏至前一个周末的晚上,吃罢饭,闲来无事,走到书橱前挑出《宋诗一百首》翻阅。当杨万里"接天莲叶无穷碧,映日荷花别样红"的精美诗句映入眼帘时,我的思绪便情不自禁地被牵回故乡的荷塘之上……

故乡地处丘陵向平原过渡地带,既无名山,亦无胜水,唯有人工挖掘的灌溉渠及大大小小的池塘,姑且算作家乡的风景。在这星罗棋布的池塘中,最令我难以忘怀的是一口二十亩见方的荷塘。

三伏天,正赶上放暑假,荷塘是小伙伴们的最佳去处。荷塘埂比较宽,且紧傍灌溉渠,上面长满了丰茂的水草。一大清早,小伙伴们便赶着鹅鸭,成群结队地向荷塘开拔。到了荷塘边,把鹅鸭散放在塘畔渠岸上,小伙伴们便高卷裤管,下到荷塘里采摘各自中意的荷叶。上岸后用拔节的草秆缝缀荷叶,或做成峨冠戴在头上,或做成披帷搭在肩上,或做成围裙扎在腰间,大家追逐嬉戏,神采飞扬,仿佛吃了人参果,浑身上下无一处不畅快。

晌午头,火辣辣的太阳炙烤得大地热浪滚滚,大人们都午休了。小伙伴们不约而同地溜向荷塘,脱光衣服,扑通一声扎进荷塘里,寻找无穷无尽的欢乐。

　　小伙伴们最喜欢钻入水底采嫩藕藤。嫩藕藤大多一米左右长,大拇指粗细。轻轻地把它从烂泥里拽出水面,洗净后雪白,吃起来又脆又甜,其滋味不比瓜梨桃杏逊色。有时比赛采莲蓬,谁采得多,谁就被封为"孩子王"。这时小伙伴们都必须听从"孩子王"的指挥。有时比赛扎猛子,谁闷在水里的时间长,谁就被封为"扎猛冠军"。有时比赛捉小鱼小虾,谁捉得多,谁就被封为"捉鱼能手"。总之,几乎每天中午在荷塘一泡就是两三个小时,直到大人们午睡起床上工了,我们才依依不舍地上岸穿上衣服,带着"战利品"一窝蜂拥回村庄。

　　雨后的荷塘别有一番情趣。伫立荷塘岸边,一缕缕浓浓的清香直往鼻孔里钻,让人顿感神清气爽,飘飘欲仙。弥塘的站荷,在微风吹拂下,摇曳多姿,潇洒飘逸;浮于水面的荷叶上、来回滚动的水珠晶莹剔透,玲珑别致;含苞待放的红莲,似清纯含羞的少女,亭亭玉立,婀娜多姿……

　　而今夏至已临,身居县城一隅,整天被公务缠身,再也无法享受到孩提时荷塘的快乐。于是只好掩卷沉思,神游于荷塘之上。

## 听书琐忆

　　小时候生活在偏僻的乡村,文化生活单调得像一碗白开水,偶尔能看上一场小戏或一场露天电影,时常能够享受的唯有听大鼓书而已。老家方圆十几里地,有三个比较出名的说书艺人,他们几乎都靠此为生。三人中有个叫梁瞎子的说得最为传神,每逢农闲时节,他都要来到我们村庄说几个夜晚,给男女老幼平静的心湖投下一粒石子,泛起层层涟漪。

　　梁瞎子是利辛县人,没几岁便拜当地有名的说书艺人为师,经过二十多年的磨砺,说书的技艺日益长进,赢得七邻八乡的喜爱。20世纪60年代末,梁瞎子和母亲、哥哥、妹妹落户霍邱夏店,住在与我家相邻的生产队。我打上小学开始便迷上了听梁瞎子说书。当看到手拿竹板、身背大鼓的梁瞎子被人牵着向村庄走来时,我便高兴得手舞足蹈,浑身上下仿如六月天喝上了雪水,无一处不畅快。天刚擦黑,梁瞎子的鼓板一响,我的心里便激动不已。我三下五除二地喝下两碗稀饭,撒腿就向梁瞎子说书的地方奔去。

　　梁瞎子每次说书在进入正题之前,都要来上一段开场白。只见他左手打着竹板,右手敲着大鼓,嘴像热稀饭烫的一样说唱开来。有时说一段顺口溜,活跃一下气氛:"听说书,你莫急,耐着性子听下去。俗话说,性子急不能喝热稀饭,烂巴眼子不能看飞机。说书好比八十岁老太婆纺线线,慢慢上劲,慢慢道来。"有时唱一个小故事,逗听众乐和乐和:"春天来了,有个老员外在墙头边点了一粒小扁豆,没几天便发了芽。这扁豆藤长得快,哩哩啦啦到四川,来年在四川发个杈,七扭八弯到云南。十八岁大姐摘扁豆,一来一回八十年。"有时唱一首楼体诗,让大家开心:"脸,天排,落米筛,雨洒尘埃,新鞋印泥印,石榴皮翻过来,豌豆堆里坐起来。"总之,梁瞎子说唱的顺口溜、小故事、楼体诗等,内容虽说难登大雅之堂,但在那年那月,听起来如饮醴醪,津津有味,使人忍俊不禁。

梁瞎子爱说《杨家将》《薛仁贵征西》《狸猫换太子》以及《岳飞全传》等脚本。每每说到关键处,要么息鼓停板,喘口气儿;要么拉长腔调,唱上一段;要么插科打诨,引而不发。每当此时,听众们都心急火燎,急不可待,催促梁瞎子赶快抖掉包袱,好让听众提到嗓子眼儿的心放回肚里去。

梁瞎子说书形成了一些固定的套路,雅俗共赏,形象生动,扣人心弦。当说到某某走路快时,他形容道:"大大的脚板子,细细的腿杆子,走起路来赛过雨点子。"当说到某某皮肤白净时,他表述道:"莫非他(她)姥姥在金盆洗过澡?莫非他(她)老娘在银盆浸过身?不然怎能从头白到脚后跟,人人见了都吃惊?"当说到帝王将相鸣锣开道时,他提高嗓门唱道:"路上的行人都听真啊,谁挡了俺家老爷的道子,让他全家斩抄,户灭九族,老坟地倒挖三尺,白骨见天……老鼠掉到开水锅里,一根毛都不给你留。"当说到某某长得漂亮时,他夸张道:"人见不走,鸟见不飞,老公鸡见了撅撅尾,老驴见了吧嗒吧嗒嘴。"

20世纪80年代初,我踏上工作岗位之后,回老家的次数日渐稀少,再也没有机会听梁瞎子说大鼓书了。不久前,老家来人说梁瞎子病逝了。听到这个不幸的消息,我心里老觉得酸酸的,怀念之情油然而生,便情不自禁地写下了以上文字。

# 蜻蜓

夏日的傍晚，一只大蜻蜓穿过敞开的窗扉，飞入我的书房。正在读书看报的我激动不已，急忙关闭门窗，手执竹竿，将其生擒活捉，而后捏住翅膀，仔细把玩了一番。

小时候生长在乡下，那里没有名山胜水，唯有村庄、池塘、田野和灌溉渠。这些便是我和小伙伴们的天然乐园，我们在那里留下了许多醉人的欢乐，其中最令人难以忘怀的就是捉蜻蜓了。

每年时令进入春夏之交直至深秋，我和小伙伴们一有机会，便在村庄、田野和打谷场上捕捉五颜六色的蜻蜓。

在村庄里捉蜻蜓最省劲。砍一根丈余长的竹棍，梢头上绑一个芭蕉扇大小的篾圈，篾圈上箍满蜘蛛网，一个捉蜻蜓的工具便制成了。用它既可粘住空中飞的蜻蜓，也可罩住趴在树梢和房檐上的蜻蜓，效果极佳。

在打谷场上捉蜻蜓最热闹。一群娃儿光着臂膀，赤着脚丫，手持竹竿、木锨、大扫帚之类，一窝蜂地在打谷场上围追堵截，虽累得满头大汗，但兴致始终不减，不到挨大人一通臭骂，决不罢休。

在田野里捉蜻蜓最有趣。池塘边、小河畔、荒滩上、禾田里，到处可见或飞或停的蜻蜓,有花的、红的、黑的、黄的、灰的,五颜六色,姿态各异,令人眼花缭乱,赏心悦目。

田野里蜻蜓虽多,却不易捉住。因那里空旷无碍,又没有理想的捕捉工具,我们只能望"蜻蜓"兴叹。在田野里捉蜻蜓不宜"大兵团"作战,围追堵截常常是空手而归;若单兵作战打游击,有时可获得意想不到的惊喜。尤其在草丛中徒手捉蜻蜓最为刺激,需要平心静气,全神贯注,千万急躁不得。瞄准目标后,蹑手蹑脚,缓缓向前。待接近蜻蜓时,悄悄伸出右手,将大拇指和食指张开,呈钳口状,一点点地向蜻蜓尾部接近;若蜻蜓仍未起飞,便迅疾将大拇指和食指合拢,就可夹住蜻蜓尾巴。这时蜻蜓再拼命挣扎,也逃不出我们的手掌心了,只得乖乖地当俘虏。

参加工作后,我对蜻蜓渐渐有了些理性认识,知晓它是一种有益的昆虫,分雌雄。雌蜻蜓用尾部点水产卵,幼虫叫水虿,生活在水里。蜻蜓专吃蚊蚋等小飞虫,从不给人类的生活添乱,而且体态轻盈,小巧玲珑,很值得讴歌赞美。

每每看到蜻蜓,一种怜爱之意就油然而生,并牵动着我的神思,在乡下故园里漫游。

# 返乡日记

我于20世纪60年代初出生在皖西霍邱夏店一个地地道道的农民家庭。那时村庄地处偏僻，不通电，不通公路。我们一家六口人住的是土坯房，睡的是土炕，喝的是土井水，烧锅用的是土灶，装稻用的是泥巴缸，供桌是土坯砌成的……父母常为吃穿发愁，生活十分窘迫。

1979年7月我高中毕业，参加高考，幸被六安师专中文科录取，离开生我养我的故土和父老乡亲。由那时至今，无论在外地求学还是大学毕业后返回霍邱工作，每逢年节，只要能脱身，我必回老家与亲人团聚，一旦发现新变化，便秉笔记录，长此以往，积下厚厚的一大本。现从中摘录几篇如下：

## 一

1979年10月1日，学校放假，回家探望父母。清晨五点起床，步行四华里，赶赴六安公共汽车站，排了一个多小时的队，买了一张六安到霍邱长集的车票。七点半汽车出发，不到七十公里的路程，颠簸了三个小时，于十点半抵达长集汽车站。下了车，略感头晕目眩，稍事休息，便背起包裹，徒步向夏店赶去。十二华里的羊肠小道,深一脚,浅一脚,足足走了七十分钟,终于见到了老家的五间破草房。进院入屋,和父母哥哥寒暄后,便下厨房帮母亲做饭。

## 二

1984年农历八月十五日,携爱妻回老家过中秋节。吃罢早饭,骑上"永久牌"自行车,驮着爱妻,由长集中学校园出发,在通往夏店乡的宽敞的土公路上骑了三十分钟,便回到院墙村小楼队。此前,家里的破草房已推倒重建,展现在眼前的是六间土墙瓦顶的半基建房,且四周打起了围墙,建了两间门面房。我和爱妻迟疑间,母亲看见了我们,便急忙从菜地赶过来,乐呵呵地把我和爱妻引入宽敞明亮的新居。看着新房子、新家具,我心里比吃了蜜还要甜上三分。

## 三

1993年农历十二月二十九日下午两点半,带着妻儿,从县城坐客车到夏店,接着步行四华里,回老家过年。刚到庄前,不敢相信自己的眼睛。庄上原来的破草房荡然无存,一排排清一色的崭新瓦房,沐浴着余晖,显得格外高大、齐整、漂亮。其中有大哥建的五间大瓦房和小哥建的四间大瓦房,他们两家院内均红砖铺地,并打了水井,生活条件有了很大改善。年三十晚上,一家老少三代十几口围在一起吃年夜饭,话成绩,话收获,话未来,个个脸上洋溢着无比幸福的笑容。

## 四

2008年端午节上午九点钟,从县城叫了夏利出租车,八十华里的路程,跑了四十五分钟便回到了老家。下了车,在庄上转了转,发现大哥家建了楼房,买了辆摩托车,小哥家建了门面房,买了台手扶拖拉机,其他邻居家,大多建了楼房,整个村庄显得生机勃勃。中午用餐时,大哥介绍道,他的大儿子和大儿媳外出做工,每年收入都在两万元以上;他和大嫂带着小儿子、小儿媳在家种田,由于年年收成好,加之国家免了农业税,农民种粮、养猪、购买农机具等国家都给补贴,家庭收入好比芝麻开花节节高,小日子越过越红火。

# 喝茶

我是一名凡夫俗子,平时见识不广,对中国的茶文化知之甚少,说不出子丑寅卯。但随着年岁的增长和阅历的增加,慢慢地对茶叶有了些粗浅的认知,经历了识茶、知茶、爱茶的过程。

20世纪60年代初,我降生在淮河岸边一个地地道道的农民家里。面朝黄土背朝天的农人们被束缚在二亩田地里动弹不得,虽一年四季黄汗淌黑汗流,劳作不停,但地里的庄稼总是病恹恹的,打不起精神,一年人均只能分到四五百斤口粮,整个庄上十几户人家,穷得叮当响,谁家都买不起一两块钱一斤的粗茶叶,在家里和庄上没有见过谁喝茶。偶随父母到比较富裕的亲戚家串门子,才能喝上一杯真正的茶叶泡的茶。茶叶片很大,里面夹杂着茶棍子,喝到嘴里感觉有些苦涩,但能嗅到一股清香,便以为喝上了仙药,心里美滋滋的。回到庄上,便向小伙伴们炫耀开来,那劲头不亚于古代的将军打了大胜仗,班师回朝,志得意满。

20世纪80年代初,我走上了工作岗位。上班第一次领到工资后,第二天便到街市上买回五块钱一斤的二级片茶,急不可待地抓一撮放入杯中,倒进开水,只见抱成团的叶片慢慢舒展,不一会铺满杯口,一股清香漫溢开来,闻之心旷神怡,飘飘欲仙。此时,张开的叶片缓缓沉入杯底,大多直立着,青翠鲜嫩,惹人怜爱。我急忙吹几下杯面,呷一口慢慢下咽,顿感脑醒目明,神清气爽,惬意极了。从此一发而不可收,每天早中晚都要泡上一杯,慢慢品尝,渐渐养成了爱喝茶的习惯,并对茶有了初步认知:从颜色上有绿茶、红茶等之分;从形状上有片茶、银毫、毛尖、雀舌等之别;从价值上有特级、一级、二级、三级、级外之殊。外山茶叶小而薄,味淡;内山茶叶大而厚,味浓。茶叶品质的优劣取决于产地、气候、采摘时间以及焙炒的技艺等。喝茶可醒脑提神,去火健胃,延年益寿。

随着饮茶时间的增加,我对茶的认识进一步加深。中国是茶的故乡,喝茶是中国人的传统习俗,迄今已有两千多年的历史。据史书记载,先秦时人们把茶当成医病之药,真正当成饮料喝始于西汉,在三国时开始在江南普及,到了魏晋南北朝时饮茶之风在大江南北已相当普遍,有杜育的《荈赋》为证。中唐时的陆羽嗜好喝茶,并写出了世界上第一本有关茶的专著《茶经》,对茶文化的传播起到了巨大的作用。到了宋代,茶的种类繁多,有几十种,制茶的技术已比较先进,并出了个有名的茶叶鉴赏大家蔡襄,他著有《茶录》一书,在民间流传甚广。元明清时期,喝茶更为司空见惯,茶与柴米油盐酱醋并驾齐驱,成为人们生活中不可或缺的用品。我国的喝茶之风于唐代开始传入日本,17世纪茶叶输入欧洲,受到各国人民的青睐。

如今，我喝茶的口味也高起来，六安瓜片、霍山黄芽、金寨翠眉、舒城兰花、黄山毛峰、太平猴魁等成了家常便饭。

有时出差到外地，只要有空暇，便到茶坊里坐下，要上一壶茶，慢慢地享用，过一把喝茶的瘾。什么云南普洱茶、大理"三道"茶、杭州西湖龙井、福建铁观音、内蒙古大草原上的奶茶，还有降血脂血压的苦丁茶、三七花茶等我都品尝过，越喝越想喝，越喝越觉得茶道是一门大学问，越喝越觉得中华民族的老祖先们聪慧无比，给子孙后代留下的这笔宝贵财富，享之不尽，受之不绝，且代代传扬，滋润久长。

# 霍邱糍粑

好友朱博士从加拿大返回霍邱,与老同学叙旧时,他特意提出想品尝家乡的糍粑。我把朱博士带到一家特色小吃店坐定,要了三元钱的糍粑和两碗豆浆。见到久违的糍粑,朱博士胃口大开,不到十分钟吃完,边吃边连连夸赞:"家乡的糍粑真好吃,味道美极了!"

小时候在乡下,每到端午节和中秋节,父母亲都忙着做糍粑。节日的前一天晚上,母亲将一小盆上等糯米淘洗干净,倒进铁锅里煮成干饭,盛起冷凉。父亲将事先准备好的葱花、切碎的韭菜、生姜和红辣椒以及食盐等,掺入冷凉的糯米干饭中,双手用力地摞上一阵,直到把糯米干饭摞成一团,拎起来不散不断为止。接下来把摞熟的糯米干饭放到撒满薄薄一层面粉的大桌面上,拍平,大约拍压到 0.3 厘米厚即止。

节日一大早,父母亲便起来做糍粑。母亲先把两至三斤的水油倒进铁锅内烧沸,父亲便把上晚上拍平的糯米干饭,用菜刀切成三厘米见方的方块,陆续放入烧沸的油锅里炸上三至五分钟,等到糍粑外表发黄并结成一层硬壳时捞起。夹一块放进嘴里,糍粑脆嫩,油而不腻,吃后唇齿留香,回味悠长。

## 霍邱腊鹅

2006年元旦,我赴申城拜访霍邱籍人氏、华东师范大学中文系教授彭国忠。席间彭教授对家乡盛产的腊鹅赞不绝口,说它风味独特,百吃不厌,终生难忘。

霍邱地处淮河南岸,淠河、史河、汲河、沣河四条淮河支流由南向北纵贯全境,城东湖、城西湖镶嵌在城关两侧,另有龙潭、老圈行等五座中小型水库坐落其间,境内沟堰河渠、湖滩洼地星罗棋布,水域面积有三万余公顷,是安徽省第一产粮大县。独特的自然环境和自然资源,为皖西白鹅的生长繁育提供了十分优越的条件。

千百年来,生活在这里的农人们就有着养殖白鹅的良好传统,每年春暖花开时节,几乎家家都养殖十几只乃至几十只白鹅。白鹅的生长期一般在两百七十天左右,平时以散放为主,主要吃嫩绿的野草;每天晚上主人一般都要喂食稻壳、粗糠、稗子、鹅菜等。冬季来临,养鹅主便将其由散放改为圈养。圈养时间一般在四个星期左右,主要喂食稻谷或烀熟的小麦等精饲料。待膘肥体壮时宰杀、拔毛、洗净,用精盐腌渍十天左右取出,在户外晾晒十五至二十天,待外皮干燥变黄并出油为佳。晒好后,将其挂在室内阴凉通风干燥处，贮藏四至五个月不会变味。其间，如果家中来客或家人想改善伙食，便取出一只，放在冷水里浸泡半天，然后用温水洗净，放入加满清水的铁锅内烀一个半小时左右，若用竹筷能轻易扎入鹅体内，便可捞起冷凉，用刀剁成小块，放入盘中，这时来客或家人即可尽情享用。

霍邱产的皖西白鹅，生长周期长，个头大，体重一般在六公斤左右，是地地道道的草食家禽，为无污染绿色食品，为当地千家万户招待来客的主菜之一。细细品尝，香气扑鼻，味道鲜美，油而不腻，令人胃口大开，吃后还想吃。

# 火盆

20世纪60年代初,我出生于淮河岸边一个世世代代面朝黄土背朝天的农民家庭,六口之家,蜗居在低矮的草房中。每逢冬季来临,特别是数九寒天,瑟瑟寒风刺人肌骨,大人小孩冻得鼻红脸紫。为了御寒取暖,家里便生起火盆来。

所谓火盆,要么用黄泥巴掺和稻草或烂麻等捣制而成,要么在破瓷盆或破瓦盆外糊上一层黄泥晒制而成。生火盆很简单,取来干稻壳或麦穰子填满火盆,用脚底板踩实,然后从锅洞里铲两至三铁锹柴火灰放在上面,再用铁锹按实即可。火盆既可增加屋内的温度,亦可烤手烤脚;遇上雨雪天,罩上竹编的烘罩,还可用来烤干袜子和衣服。

在孩童们的眼里,火盆的功能远不止这些:找来一块碗口大的铁皮,平放在火盆里的灰烬上面,从屋里偷出两把豌豆或黄豆,放在铁皮上,慢慢烙上十几分钟,嚼起来又脆又香,别有风味,惬意极了。

乡下的土火盆从童年陪伴我到少年,再到长大成人后离开乡野……

火盆虽然简陋,土得掉渣,但功不可没:没有它,不知道多少乡下的娃儿会被冻得手脚溃烂;没有它,稻壳或麦穰将被白白地浪费;没有它,我少年时的生活将更贫瘠更苍白……火盆不仅给了我诸多温暖,也给了我无限情趣和欢乐,我永远忘不掉火盆,感谢火盆。

## 荷之恋

生我养我的穷乡僻壤,无高山之隽美,无河湖之飘逸,但那青青荷塘给了我无限的欢乐和情趣。

年少时,每当仲春之际,我常常傻站在荷塘埂上,痴情地望着鹅黄鲜嫩的新荷从清水里冒出,心里默念着:荷叶啊荷叶,快快长大吧。到了三伏天,荷叶赶趟儿似的挤满了水塘,芊芊葳蕤,风一吹便现出道道波痕,霎时传到塘那边。朵朵粉红的莲花,亭亭玉立,随风摇曳,格外惹人怜爱。荷塘之上,不时有活泼的小鸟上下翻飞。还有五颜六色的蜻蜓时飞时停,给碧绿的荷塘平添了无限生机和情趣。我和小伙伴们早晚常在荷塘里嬉戏,撒下了无数欢歌笑语。

晌午,小伙伴们脱得一丝不挂,一头扎进荷叶下面采嫩藕藤。嫩藕藤有大拇指粗细,一根一米多长,雪白,吃起来甜丝丝、脆生生,以之充饥解渴,委实惬意极了。有时高兴劲上来,便采摘几十片莲花瓣,穿成花环,挂在胸前,神采飞扬。有时掐一把荷叶,编成峨冠戴在头上,揪成披肩套在肩上,缀成裙子围在腰间,那神气、那派头,难以言状。有时,打几片荷叶带回家,捉几条黄鳝剖开洗净,放上油盐,用荷叶裹紧,放到干饭上蒸。等饭熟了,锅盖一掀,一股醉人的清香穿胸透肺,馋得我直掉口水,便急不可待地打开荷叶包,夹起黄鳝频频往嘴里送,其味鲜嫩可口,烂而不腻,吃后唇齿留香,回味悠长。

深秋降临,碧绿如翡翠的荷叶,原本润泽的面颊上长出点点黄斑和黑斑,失去了绰约的风姿。但我仍无嫌弃之意,时常驻足塘畔,望着秋风中瑟缩的荷叶,感受冬之将至的肃杀和悲凉。有时忽生奇想,若能生出灵丹妙药撒到荷叶之上,让其永葆绿色该有多好啊。

早春二月,庄上有人断了粮,大人们便把荷塘的水放干,男女老少扛锹提篮,开进荷塘,挖藕充饥。我年纪小,挖不动,便提着篮跟在父亲和哥哥身后捡藕。几天下来,家家都挖了上百斤鲜藕,生吃、蒸吃、烀吃,既当饭,又当菜,在春荒头挡了一道。

而今,我已年近不惑,夏季下乡采访或回老家探亲,看到满塘满堰盛开的红莲和田田的荷叶,心里便有说不尽的喜悦和亲切。不过现在家乡的荷已非我小时候的荷。地方政府带领农民脱贫致富,特地从外地引来湘莲,搞农业开发。经过几年的发展,现在,每逢夏季,当你踏进古蓼大地时,不难发现往日荒废的沟塘池堰全部长满了湘莲,湘莲成了美化乡村、净化环境的一大景观。每当莲子收获季节,荷塘里人头攒动,莲农们面带微笑,起早贪黑抢收丰收的果实。家乡小镇还投资兴建了莲子饮品公司,一年四季敞开收购莲子。公司开发出莲心冰茶、莲子蛋白露等系列绿色饮品,远销省内外。如今的莲农们再也无须用藕藤和藕充饥了,引种的湘莲成了他们发家致富的摇钱树。

随着时光的推移,我思莲爱莲之情有增无减。为了实现与莲相守的夙愿,今年夏初,我买回了一口大缸,摆到居室阳台上,内盛塘泥,倒满清水,栽了棵湘莲。在我的精心呵护下,湘莲生命力特别旺盛,出落得像刚出浴的美人,与我朝夕相伴,达成了心灵的默契。

## 双休日,去乡下真好

调入县城工作,天天都有写不完的材料和忙不完的琐事,老是重蹈着由宿舍到办公室的两点一线,难免生出枯燥乏味之感。尤其是五黄六月,城关更是热浪滚涌,暑气蒸人,让人倍感难受,好想回乡下老家解解乏、避避暑啊。

好不容易盼来了双休日,我犹如久囚笼中之鸟,突然被主人放飞大自然,欣喜之情无可言状。

周六一大早,便携妻带子,急忙乘上开往老家的汽车。三个小时过后,两年多未见的家园便呈现在我们眼前了——一溜溜宽敞高大的瓦房鳞次栉比;村前村后树木葱茏;田野一片翠绿,禾苗如刀斩斧斫;河坡上、大路边,成群的牛羊结伴嬉戏;池塘里、小溪畔,油光水滑的鹅鸭曲项向天歌……好一派旖旎的田园风光!

行至村头,婶子大爷们个个笑容可掬地迎上来,问长问短,格外亲热。到屋落座后,小时候喝过点墨水的父亲一下打开话匣子,夸赞党的政策好,叙说家乡的变化大,我听得如醉如痴。吃午饭时,父亲告诉我,因搞开发性农业,乡里沟塘堰冲全部栽上了湘莲;乡政府成立了莲子开发公司,产品销往上海、深圳等地,莲子、藕成了庄户人的摇钱树。

听了父亲的介绍,我和妻儿三下五除二地解决了丰盛的午餐,头戴草帽,兴高采烈地向荷塘走去。穿过一个村落,只见昔日的大冲塘荷叶挤挤挨挨,一碧万顷。我们疾步如飞,霎时便置身于芙蓉国中了。四溢的幽香,沁人心脾;荷叶间,五颜六色的蜻蜓时飞时停,煞是可爱;荷塘上,活泼的小鸟上下翻飞,引人入胜;朵朵白莲,似珍珠,像星星,在荷叶丛中眨着眼睛⋯⋯目睹此情此景,妻儿傻愣愣的,久久没有挪动脚步;我如啜醇酒,仿佛羽化而登仙,往日的苦和累、枯燥和乏味,全部跑得无影无踪。于是顿生奇想,若能在此建一蜗居,与莲长伴,该有多好啊!

## 夫唱妇随

虽说房屋装修工作量不大,但我和妻却忙得昏天黑地。

时值6月,太阳毒得很,我和妻拉着板车,穿大街,走小巷,跑东家,串西家,选购装修材料;挑选、砍价、装货、拉货、卸货,一连串的流水作业,累得上气不接下气,大汗淋漓,四肢疲软。十几天下来,我和妻的脸晒黑了,肩膀磨破了,憔悴了许多。但为了有一个舒适的安身之所,我和妻始终相互打气,咬着牙硬挺了过来。

由于我在机关上班,事务多,时间排不开,有时跑上跑下、忙里忙外全靠妻一人。买装饰板、买铁钉、买油漆,她仿佛高速运转的机器,没有松口气、歇歇脚的时候。一天赶上装洗面盆,恰巧我出差不在家,又没有找人帮助,妻便唱起独角戏。几天前买的洗面盆对不上水管荏口,需要更换。妻便骑上自行车,跑到数华里外的建材门市部重新买回洗面盆,从一楼艰难地往楼上搬,累得眼泪直往外淌。走到半道,腿一软,连人带盆栽倒在楼道口,胳膊肘和膝盖摔得青一块紫一块。可妻仍咬紧牙关,把洗面盆挪上了四楼。

因装修,地板砖上到处沾满了油漆和仿瓷涂料。双休日,我让妻在家休息,自己手持铁铲,跪在地板砖上一点一点清理。一天下来,腰酸背疼,头晕目眩,直想打退堂鼓。可一想到妻子为装修吃了那么多苦头,便坚持着干了两天搭两个半夜,终于把三室两厅的地面清理得干干净净,一尘不染。妻检阅后,连夸我劳苦功高。

室内打扫干净后,我和妻便立即投入装点工程之中。客厅、卧室分别装上了典雅大方的吊灯和壁灯;客厅迎面墙上装上一面明晃晃的大镜子,镜子下面放着组合高低柜,柜上点缀着金鱼缸和花瓶;客厅右面墙居中挂了幅迎客松木画,木画下面放着两盆南洋杉和两盆橡皮树;所有窗台上摆满了米兰、吊兰、文竹、朝天竹之类的盆景;书橱里十分整齐地摆满了图书,书橱对面墙上挂上世界地图和中国地图;客厅、卧室分别配上沙发、壁柜和桌椅等。新家被装扮得素雅大方,像模像样,充满无限生机和活力,赢得了所有来客的交口赞誉。

每当跨进舒适整洁的居所,一种温馨愉悦之感油然而生,装修时的苦楚,也就灰飞烟灭,无影无踪了。

## 品尝年味

年近了,年近了,羊年的味道渐浓了。

蜡梅绽放,飞雪降瑞,山河披彩,麦苗吐绿,大自然精神抖擞,万象更新,为羊年的春节带来了欢乐祥和的气氛。大中小城市,高楼林立,灯笼高悬,华灯放彩,街市、商场,人头攒动,货物充裕,琳琅满目,令人目不暇接。村村寨寨,别致的楼房和宽敞明亮的砖瓦房错落有致,房前屋后松竹滴翠,肥猪骈槽而卧,鸡鸭鹅追逐嬉戏,香烟袅袅,笑声阵阵,好不令人羡慕。白衣天使背着药箱深入村户,为患者把脉问诊,祛除病痛;科技工作者带着实用技术,向农民朋友们传授着脱贫致富的本领;文艺工作者冒着凛冽的寒风,为基层群众送去暖心的"开心果"。张书记带着慰问金和猪肉,为五保老人送去了党的温暖;李乡长拎着大米和面粉,解决了受灾户的缺粮之虞。

老爷爷坐在火炉旁,胡子里长出无数动人的故事;老奶奶眯缝着眼,尽情分享着儿孙们沉甸甸的收获;大老爷们赶市上店,屁颠屁颠地置办年货,忙个不休;巧媳妇们舞动着麻利的双手,做年糕、炸米花、蒸大馍,调制可口的美味佳肴;棒小伙子甩开膀子做煤球、碾米、磨面、挑水,头上不住地冒着热气;俏姑娘飞针走线,绣出百鸟朝凤、青山绿水、枯木逢春;孩童们忙着购花炮、捉迷藏、放风筝、玩游戏,天真烂漫,其乐融融。

村头锣鼓喧天,原来是农民剧团送戏上村寨,扭秧歌、摆旱船、走高跷、唱小戏,老头、老太、姑娘、小伙、娃儿们站着不嫌腰痛,一股脑儿跟着跑;城市广场上升起了彩虹门、氢气球,演员们嘹亮的歌喉、婀娜的舞姿、精彩的表演,醉倒了里三层外三层的热心观众……

年来了,年来了,羊年的味道更浓了。人们静静地咀嚼着三羊开泰的滋味,如沐春风,豪情满怀,心花怒放。

## 难忘看水

1979年7月上旬,参加完高考,我便背起行李回家务农。正赶上三伏天,白花花的太阳炙烤着大地,到处热浪滚涌,难寻一块清凉之处。我连续几天头顶烈日,怀抱刮刀和父老乡亲们一起薅秧。日上中天,没有一丝风,黄豆大的汗珠雨点一样从头上往下掉,不一会浑身上下就被汗水浸透。生产队长看我累得气喘吁吁,顿生恻隐之心,便把我派到众(兴)夏(店)支渠上游看水。

接到命令后,第二天清晨,我用铁锹把挑着蚊帐、被单、灯草席、十几斤大米和咸菜罐子,和小楼、高庄、张新庄队的看水社员一起,徒步赶到众(兴)夏(店)支渠上游的胡店村。这时大队长已先赶到了,见了我们四人后,就把胡店村境内三华里地段的看水任务交给了我们。支渠两岸长满蒿草,没有一棵高大的树木,找不到一片阴凉。于是我们就在渠埂上插了四根竹竿,把被单子撑起来遮阳。早晨和傍晚太阳光不强,坐在支渠埂上,沐浴着徐徐凉风,心里还算安定。上午九点钟后,太阳光越来越强,直射到身上,使人心里发急,皮肤发炸,难受极了。特别是下午两三点钟,被单子被阳光烤得发烫,渠埂上的地热直往上涌,坐在被单下面，仿佛置身大蒸笼中，我们都头晕目眩，汗流不止。举目四望，天空不见飞鸟，旷野难觅畜禽，渠埂中间许多蚂蚁被烙死……实在熬不住了，就一头扎进河水里降降温。

因为无法带锅灶，吃饭只有到附近农家搭伙。每顿饭都要等主人家吃罢后，我们四人才淘米下锅。此时，我们既热又饿，浑身仿佛散了架，不愿多说一句话，不想多走一步路。

头三天，天公作美，没有打暴，白天难熬，晚上的日子还好过些。特别到了下半夜，往往起几阵凉风，能够安安稳稳地睡上一觉。可好景不长，到了第四天夜晚九点多钟，西边天空上乌云翻滚，霎时电闪雷鸣。见状，我们四人赶紧卷起铺盖，奔向附近的牛屋躲雨。刚到牛屋，倾盆大雨便从天而降。三间牛屋里拴了四头水牛，空间狭小，臊气冲天，蚊子嗡嗡作响，直往身上扑。不一会，浑身被叮得像被火燎，我们双脚蹦跳不止，两手扑打不停，其情其状，狼狈至极。苦熬了一个多小时后，大雨终于停了下来，我便跑到打谷场上来回走动，一是为了呼吸新鲜空气，二是为了躲避蚊子叮咬，一直到天亮，没有合眼。

一个星期折腾下来，我变得又黑又瘦，回到家里，父母亲差一点没认出我，心疼得直掉眼泪。

二十多年过去了，我由一名农村中学的普通教师成长为一名科级干部，其间无论一帆风顺，还是遭受挫折，我都没有忘记这一段看水的经历，它教我警醒，催我奋进。

# 养花

　　每每走亲访友,常常看到院墙下、走廊上、客厅里到处摆放着奇花异卉,顿觉心旷神怡、神清气爽,眼睛不禁为之一亮。可我生长于乡野,生性粗鄙,缺少高雅的爱好,平时只愿赏花,却无暇、无意养花。

　　记得十年前刚搬进三室两厅的新居时,军人出身的妻子心血来潮,从花市上购买和从朋友处无偿弄来含笑花、看橘、龟背竹、兰草、文竹、南洋杉、绿宝石、大叶菊之类,凡二十余盆,客厅里、走廊上摆得满满当当,给整个居室平添了浓浓的春意,显得十分温馨和悦目。当我闲暇时,偶尔也饶有兴致地驻足花盆旁欣赏一番,但从没有为之施过肥、松过土、剪过枝、打过杈。自打参加工作以来,我是左邻右舍中出了名的"懒虫"之一,平时除了全身心地投入工作之中外,稍有闲暇,大多都在读书看报,或舞文弄墨。尽管妻子不厌其烦地开导、示范,但总是培养不起我养花的兴趣。日久天长,妻子拿我没有办法,只好顺其自然。

　　近两年来,因妻子在社会上做了份兼职,整天忙得像个陀螺,没有工夫侍弄花草,加之我的"恶习"始终不改,半年多下来,家里的二十余盆花卉,渐渐地发黄、枯萎,直至死亡殆尽。一段时间,居室内只余家具、家用电器以及书橱,再也找不到一盆花卉,显得呆板单调,没有一丝春意。妻子实在看不下去了,近日,又去花市买了一盆文竹回来,摆在走廊一端,虽说有点孤寂寒碜,但它不仅为空寂的居室带来了一抹绿色,也给我荒芜的心田带来一丝凉意和一丝希冀。

而今,我已至"奔五"的年龄,对世间的人情冷暖有了颇深的体味,对自己不愿养花的"恶习"进行了反思。以往我始终认为,养花是女人的事,是闲人的事,像我等一心扑在工作上的堂堂大老爷们不应该学养花。在实实在在的生活面前,我的这些认识显得多么苍白无力,甚至荒唐可笑。随着经济的发展、社会的进步,装点生活、美化环境越来越成为时尚,每个人不仅要学会创造生活,还应学会美化生活,更好地去享受生活;只要有可能,人人都可以去学养花,人人都应该培养丰富多彩的业余爱好——或唱歌跳舞,或下棋打牌,或吟诗作画,或读书看报,或野外踏青,或栽花养草……百花齐放,各得其所,让生活更加充实、更加美好。

基于此,我准备学养花。

# 初为人师

在我近半个世纪的人生历程中,许多印迹随着岁月的脚步漫漶不清,有的甚至荡然无存,然初为人师时的点点滴滴,至今仍历历在目。

1981年8月21日下午,我怀揣报到证,忐忑不安地来到霍邱县长集中学教导处报到。踏进校园,映入眼帘的是一片荒凉:丛生的杂草,护校沟边几株稀疏的白杨树在秋风中发出无精打采的声响,四栋灰砖灰瓦的教室门窗残缺不全,教职工宿舍为清一色的破草房,显得格外寒碜,没有完整的操场,没有一条水泥路……

目睹眼前的景象,我不禁倒吸一口凉气:"从今天开始,这里就是我生活工作的所在?"

来到教导处,首先见到一位面门而坐、戴着一副高度近视眼镜、年龄在四十开外的中年人。我怯怯地走近他,做了自我介绍后,把报到证毕恭毕敬地递到办公桌上。他看过报到证,慢慢站起身,伸出右手扶扶眼镜,慢条斯理地开了腔:"我叫顾明仁,是学校教导主任,欢迎你到我们学校工作。今后,我们就是同事了,有什么想法及时沟通。现在你去隔壁找总务主任要寝室钥匙，先住下来再说。"我转身出门，找到了总务主任，彼此打了招呼，他便把我引领到校园东南角一排低矮的破草房前，用手一指说："这一间就是你的寝室，快把行李放进去安顿下来，有什么难处只管讲，我会尽力帮你解决的。"说罢，总务主任便转身离去。我打开房门一看，房屋面积窄小，只有十一二平方米，地面凹凸不平，四面墙壁开着道道裂缝，纸糊的天棚被漏下的雨水浸得花里胡哨。室内放着一张木板床、一张办公桌，办公桌上摆着一盏煤油灯，除此之外，别无他物。面对如此简陋的工作和生活条件，当时我心里委实感到有些委屈，但想想自己是农家子弟，从小吃惯了苦，又想到自己受党和政府培养多年，接受了高等教育，无论如何，也要把本职工作干好。

报到两天后，学校召开全体教职工会议，会上教导主任宣布我带两个高中毕业班的语文。我不敢相信学校的决定，仿佛感到千斤重担突然压到肩上，差点晕过去。散了会，我急忙找校长，说我刚出大学校门，读的是大专，没有丁点教学经验，要求校委会改变决定。校长十分和蔼地向我说出决定的理由："县教育局人事股负责人介绍说你是双优生，各门功课和实习成绩均优秀，完全可以胜任此职；再者，学校师资力量紧缺，相比之下，你是最合适的人选。"听了校长的一席话，我犹豫了一会儿，咬咬牙满口答应下来。

此后，我一边虚心向老教师求教教学良方，一有空，便溜进教室听老教师讲课，一边全心全意地备好每一堂课，每一个教学环节都准备得十分充分,每天都忙到凌晨一点左右才上床休息。一学期下来,备课笔记写了厚厚两大本,受到校委会班子的充分肯定。由于长时间在煤油灯下备课、批改作业,我多次患上红眼病;深冬腊月,天寒地冻,脚和手被冻肿冻烂,可我从未在人前叫过一声苦、喊过一声累。回老家探亲,母亲发现后,心疼得直掉眼泪。

功夫不负有心人。我的课不仅得到学生们的认可,也得到校领导的充分肯定。第二年高考成绩揭晓,我带的两个班语文平均分名列全县完全中学第二名,受到县教育主管部门的表彰。

时光飞逝,岁月如歌。而今,长集中学发生了天翻地覆的变化,已跻身市级重点中学行列。校园面积增加了三倍,栋栋高楼拔地而起,教学设施齐全,道路笔直宽敞,一年四季树木葱翠、柳枝婆娑,花香四溢,置身其间,令人心旷神怡。可惜我因工作需要,于1992年8月调离了。从那时至今,我的工作岗位虽变换了好几次,但我始终没有忘却初为人师时的生活和工作情景。

# 洗澡

大凡思维正常、生活能够自理的人都要洗澡,洗澡实为生理和健康之需要。夏天一日不洗澡,则汗味难闻;冬天一周不洗澡,则浑身瘙痒。若长时间不洗澡,不仅身上会生虱子,染上皮肤病,还会惹出其他毛病。只要条件许可,勤洗澡实乃天经地义之事。

随着时代的进步、家庭生活条件的改善,人们洗澡的条件和环境也随之改变。小时候在乡下,一旦夏季来临,沟、塘、渠、堰,到处都是露天"澡堂",只要自己愿意,随时都可以下去"沐浴"一番,没人搓背,也没人收费。到了冬季,由于没有洗澡条件,一般三到四个月洗不上一次澡,往往膝盖和胳膊肘上结满一层厚厚的黑灰茧,浑身上下弥漫着一股酸酸的汗臭味儿。20世纪80年代初,我大学毕业后,被分配到家乡的一个小镇上工作。夏天,大都在池塘和小河里洗澡;冬天,过十天半月,便烧上几壶开水,倒进浴盆,罩上浴罩,勉勉强强洗一把,虽说没有下浴池洗得痛快,但总比不洗澡强上好几倍。20世纪90年代初,我们举家由小镇搬往县城,生活条件发生了变化,对洗澡的要求也变得越来越高。因居住地离河塘较远,且水不够干净,即使在夏天,我也坚持在家里洗热水澡。天气渐凉,每隔一周,我便起早赶到大众浴池,痛痛快快地洗一洗、搓一搓。因当时小县城里只有几家浴池,每逢星期天,洗澡都要排队;到了下午,浴池里的水便成米汤状,并带有一股腥臊味儿,十分难闻;幸好有水龙头,可洗淋浴,不然的话是难以洗掉污垢的。20世纪90年代末,小县城的面积成倍扩展,城区的浴池也渐渐地被洗浴休闲中心替代。洗浴休闲中心的设施比较讲究,清洁卫生。浴池面积较大,池水清澈见底,备有浴巾、香皂和洗发膏之类。隔三岔五到池子里泡一泡,让水龙头冲一冲,顿觉神清气爽,浑身上下无一处不畅快。

  时间的脚步迈入21世纪,城区的洗浴休闲中心越来越多,且设施越来越讲究、越来越豪华,不仅设有普通的洗浴池,而且增添了冲浪浴、桑拿浴、芬兰浴等设施,可谓名目繁多,五花八门。条件是好了,可浴资也成倍地增长。过去的浴资一般一元至两元不等;现在的休闲沐浴中心的浴资大都涨到十元、二十元不等,令平民百姓望而却步。为了达到既节约又能洗上澡的目的,去年春,我咬咬牙花了近两千元,为家里装上了太阳能热水器,既环保节能,又能随时洗上热水澡,好不快哉!

# 散步

散步，指随便走走，无须刻意安排，是放松身心或锻炼身体的一种方式。

小时生活在 20 世纪六七十年代的乡野，大人们在生产队里一年到头忙得昏天黑地，累得腰酸背痛、头晕目眩，仍然缺衣少食，哪有闲情逸致去散步呢？成人后考上大学，走上工作岗位，离开了乡野，才开始与散步打交道，具备了散步的条件。因从事脑力劳动，常年伏案，累坏了颈椎和腰椎，需要劳逸结合，抽时间锻炼身体。我生性喜好安静，不太喜欢剧烈的体育运动，特别是到了不惑之年，便喜欢上了散步这种锻炼方式——这种方式方便易行，不受什么条件限制，街道、广场、操场、大路、小径、溪畔、房前屋后等都可以任意徜徉，走得四肢热乎、身上微汗，感觉舒服惬意时便鸣金收兵。

热爱一项运动贵在坚持。三天打鱼，两天晒网，忽冷忽热，往往事倍功半，收不到良好的锻炼效果。我从四十岁开始，便坚持每天晚饭后散步，没有特殊原因从不间断。若遇上雨雪天气，要么打雨伞，要么穿雨衣坚持散步，除非风雪交加难以行走时才偃旗息鼓，打消散步的念头。为了弥补没有散步的缺憾，往往在室内踢踢腿，扭扭腰，蹦蹦跳跳，活动活动筋骨，才感觉神清气爽，心满意足。

散步既可结伴，亦可独行。平素爱和老伴一道散步。选定线路，或一前一后，或并肩而行，或携手并行，边散步，边交流，掏心掏肺，毫无遮拦，卿卿我我，柔情蜜意，既放松了身心，又增进了情感，一石二鸟，益处多多。

每逢节假日，要么儿子儿媳回小县城陪我们老两口，要么我和老伴去省城合肥看看儿子儿媳。吃过晚饭，如果没有急办的事情，我和老伴便邀儿子儿媳一道，或到大街上，或在小区内，或去公园里，边散步，边沟通，有时畅谈国际国内形势，有时交流工作学习的心得收获，有时探讨做人做事的道理……心平气和，气氛融洽，身心愉悦，常常能够收到意想不到的良好效果。

有时应邀参加文学采风。吃罢晚饭，如果主办方没有安排集体活动，我便邀请几位文友一起散步，或畅谈采风见闻及所思所感，或探讨文坛某一现象，或交流各自的创作心得，敞开心扉，情意融融，既加深了了解、增进了友谊，又增长了见识，可谓一举数得，收获满满。

有时同学聚会，晚饭后打牌的打牌，唱歌的唱歌，散步的散步，睡觉的睡觉，各取所需，各择所好。我一般选择散步。约上几位情趣相投者，或大街，或马路，或公园，肩并肩，头挨头，话往事，话当下，话未来，话友谊，仿佛返老还童，顿感年轻了几十岁，身心格外舒畅，既锻炼了身体，又增加了友情，何乐而不为呢！

有时老伴出差,或单位里有应酬,我便一个人散步。结伴散步有结伴散步的好处,一个人散步有一个人散步的美妙。除了上大街、公园、马路散步外,我有时跑到水门塘畔或乡间小径,或散步,或发呆,或长啸,或高歌,或舞动拳脚……看残阳如血,看晚霞烧红天际,看倦鸟陆续归林,看星星眨着眼睛,看月亮缓缓升起;听青蛙欢唱,听百虫低吟,听乡村狗吠;呼吸着郊野的新鲜空气,沐浴着徐徐的柔风,嗅着泥土的芬芳,什么都可以想,什么都可以不想,便觉得是个自由人,无牵无挂,一身轻松,岂不快哉!

选择散步这种健身方式,而且能够坚持 20 年不辍,不得不庆幸身逢盛世,赶上了好时光。反观中国几千年历史,能够称得上盛世的时代寥寥无几。祖祖辈辈为了生存繁衍,不停地与天灾人祸抗争,颠沛流离,吃尽了千辛万苦,哪有闲情逸致去无忧无虑、长年累月地散步呢?

战国时的屈原,虽有经天纬地之才、强国富民之志,但生不逢时,遭小人陷害,屡被流放,最后报国无门,毅然投汨罗江自尽,实在是可悲可叹!

魏晋时期的竹林七贤,个个才华横溢,身怀绝技,他们看不惯司马家族的飞扬跋扈,不愿与其合作,唯愿聚集竹林,或打铁,或练剑,或抚琴,或长啸,或喝得烂醉如泥,过得十分憋屈。阮籍实现不了自己的抱负,便驾长车狂奔野地,"见歧路,大哭而返",内心何其悲苦啊!嵇康宁愿在山林里打铁营生,也绝不出去做官、与司马氏合作,显示出文人的傲骨与豪气。

陶渊明看透了东晋王朝的腐败无能,不为五斗米折腰,毅然退出官场,遁隐山林,寻找心中的"桃花源"去了。

诗圣杜甫身逢安史之乱,穷困潦倒,被饥饿疾病所困,可怜一代文学大师,竟寂殁于湘江的一只破船里,实在让人痛心泣血。

李清照才冠古今,然遭遇国破家亡,东奔西走,凄苦不堪,最终只能与孤灯相伴,晚景更加凄凉,实在让人扼腕痛惜!

明朝文学家、戏曲家和书画家徐渭,一生落拓蹭蹬,屡遭灾变,际遇可悲,是个在重重矛盾中活得很累很苦之人,我想他是没有闲心坚持天天去散步的。

近现代祖国山河破碎,"城头变幻大王旗",民不聊生,无数仁人志士为了救民于水火,历尽了万般苦难,甚至不惜抛头颅、洒热血,为振兴中华献出了宝贵生命。他们何尝不想在花前月下与心爱的人执手散步,享受和平年代的清风明月与幸福生活?而他们身不由己,只能选择放弃卿卿我我的暖巢,毅然投身于狂风骤雨之中,去拼搏,去战斗,去牺牲,为儿孙们能够舒心地去散步,创造出一片和平安详的新天地。

有比较才有鉴别。生活于当下的人们,能够无忧无虑地选择与亲人、文友、同学、同事一起散步,实乃天大的福分,应百倍地珍惜、呵护,力保让世世代代的子孙们,都能享受到平安幸福的生活,都能一年四季心情舒畅地去散步,都能实现为国效力的远大抱负!

## 年味浓淡皆相宜

儿时的年味十分浓郁,深入骨髓,挥之不去。

时序进入农历庚子年腊月,年便开始招手了。一阵阵年味赶趟似的扑面而来,令我心花怒放,欣喜若狂。我对乡间流传的一首民谚记忆犹新:"二十三糖瓜粘,二十四写福字,二十五扫尘土,二十六割大肉,二十七杀小鸡,二十八把面发,二十九对联贴门口,三十晚上熬一宿,大年初一扭一扭。"此民谚韵味十足,朗朗上口,充满喜气和泥土的芳香,对年俗做了高度概括,基本符合生活真实,具有很强的生命力和感染力。每每念起,仿佛嗅到一阵阵香醇的年味。

虽然年俗丰富多彩,年味五花八门,令人眼花缭乱、应接不暇,但暗暗思忖,无外乎"吃""喝""玩""乐"和"祭拜祖上和神灵"等几件事,追求的是喜庆、安康、祥和、幸福、美好。

古人云:"民以食为天。""食,色,性也。"道出了"吃"是人类延续生命的根本和头等要事,没有吃、吃不好,都会影响到生命的延续。每逢临近年关,父母忙活大半月,几乎都是为了一个"吃"字。杀猪宰鹅,泡糯米和大豆,磨汤圆面和豆腐,酿酒糟,蒸大馍,买糖果和香烟,起年鱼,杀鸡和鸭,烀腊味,搓汤圆,包饺子,吃年夜饭,炒瓜子和花生,等等,不一而足,样样都是为了"吃",吃得津津有味,眉飞色舞,心旷神怡。

其次为的是"喝"。熬腊八粥,打鲜米汤,泡一壶茶,和一碗红糖水,打几斤烧酒,等等,都是为了"喝"。"喝"虽说没有"吃"的内容丰富,但也不可或缺,要喝得开心熨帖。

再次为的是"玩"和"乐"。挂中堂,贴年画,贴春联,点灯放炮,燃放烟花,辞岁烤火,串门联欢,玩牌唠嗑,守岁拜年,等等,内容丰富多样,异彩纷呈,人人玩得心情舒畅,乐得血脉偾张,浑身是劲。

最后为的是"祭拜祖上和神灵"。净手,焚香,点蜡烛,祭灶,上年坟,烧纸钱,磕头跪拜……表情肃穆,内心虔诚,祈求祖上在天国里好好安息,庇佑子孙,多多赐福;祈求神灵上天见玉皇大帝多言好事,多说好话,保佑家人和儿孙无灾无难,幸福绵长;祝愿年景风调雨顺,五谷丰登;祝愿百姓丰衣足食,国家昌盛,河清海晏!

随着新中国滚滚向前的车轮,社会物质的极大丰富,人们的衣食住行等发生了翻天覆地的变化,生活水平有了很大提升,由吃得饱向吃得好、吃得科学健康转变,代代相传的年俗中合理的被继承,封建迷信的被淘汰,旧年味越来越淡,新年味越来越浓。

现今人们平素吃的穿的用的,都比较讲究,许多过去只有过年才能吃到的美味佳肴,几乎成了家常便饭,随时都能享受。过去只有等到过年时才能穿上新衣新鞋,而今一年四季,随着季节变换，人人都适时更换穿着，短衣、单衣、夹衣、棉衣，样样齐全，款式新颖，花样繁多，挂满衣柜。女人穿得花枝招展、飘飘欲仙，男人穿得玉树临风、潇洒飘逸，无须等到过年时才去添置新衣新鞋新帽。

现今交通发达，平常出门乘坐公交车或自驾车，出远门时汽车、火车、飞机、轮船随意挑选，千里之程、万里之遥，朝发夕至。男女老幼，几乎人人手持一部智能手机，电话、微信、视频随意选择，手指轻轻一点，身处异地的亲朋好友便能及时沟通信息，交流思想，倾诉衷肠；除夕当天，从早到晚，人们网上拜年、抢红包、刷抖音、看微刊和微电影、玩游戏，忙得昏天黑地，乐此不疲。

从前除夕之夜看不上电视，更没有家庭影剧院可言，人们只有烤火、唠嗑、打牌，活动内容单调贫乏，品位不高，味同嚼蜡；而今家家有电视机，城里有歌厅、影剧院和网吧，看春晚、打牌、K歌、看电影、泡网吧……任意选择，意趣浓得化不开，人人都可尽情地享受一把新年味，别有一番滋味在心头。

老人总喜欢怀旧，对儿时的年俗年味津津乐道，爱说现今的年味淡了，像过平常的日子一样，提不起兴致来了。尤其是鼠年和牛年春节期间，恼人的新冠疫情横插上一杠子，搅乱了正常的年俗，淡化了浓浓的年味，让人感到无奈和憋屈。工作生活在疫情高中风险地区的亲人们，响应政府号召，就地过年，赶不回故里与父母兄弟姐妹团聚，让家中的老人倍加思念，感觉年过得有些平淡与冷清，失去了往昔的热闹与温馨。好在现在物流发达，老人把老家的年货,儿女把居住地的特产,通过快递互相寄送,也让浓浓的年味、绵绵的温情和真诚的祝福,弥补了亲人间不能共吃除夕夜团圆饭的遗憾,表达了彼此间的思念,减少了缺憾与失落。

时过境迁,时移俗易,乃社会发展规律,十分自然,没有必要大惊小怪,更无须捶胸顿足,呼天抢地,搞得神经兮兮,影响过正常日子。

我们应正确看待年味的浓与淡,年味浓有年味浓的好处,年味淡有年味淡的讲究,各有千秋,各有情趣,相得益彰。只要社会安定祥和,家家户户不愁吃、不愁穿,医疗、住房、教育有保障,日子过得比蜜甜,管他年味浓与淡,心情快乐福寿绵。

## 抛却芜杂痴读书

书中乾坤大，痴读日月长。古今中外，读书人难以计数，但真正能称得上书痴的却凤毛麟角。我国古代的书痴暂且不说，近现代以来可称得上书痴的寥若晨星。人们知晓的主要有作家、批评家黄人，作家苏曼殊，大诗人闻一多，还有世界级文豪高尔基等，他们都是公认的书痴，其共同点是爱书如命，读书成痴。我是一名凡夫俗子，不可与大作家大文豪相提并论，更与书痴相去甚远。但回首个人走过的半个世纪的峥嵘岁月，大多与书为伴，可忝列读书人之列，斗胆自称"书迷"吧。

从我八岁启蒙到村小读书算起，至 2020 年底，我与书打交道已有五十个年头。读小学时，正值"文化大革命"初期，除了啃课本外，主要背诵《毛主席语录》，读一些小人书，很少能看到课外读物。我记忆力比较强，能把从一年级至五年级的语文课本从头至尾背得滚瓜烂熟，还能背诵几十条《毛主席语录》。偶从同学手中借几本小人书，仿佛天上掉下个林妹妹，如获至宝，利用一切时间，全神贯注，一口气赏读完毕。记得小人书主要有《孙悟空三打白骨精》《董存瑞》《黄继光》《邱少云》《半夜鸡叫》《小兵张嘎》《武松打虎》《奇袭白虎团》《草原英雄小姐妹》等。小人书中英雄们的英勇壮举深深地植入我的心田,挥之不去,教我自新,催我奋进。

初中三年,学习负担不重,有时间读一些课外书籍。当时,夏店中学是一所农村完全中学,学校有图书室,收藏有一千多册图书,本校学生都可以办理借书证借阅。我一马当先办理了借书证。一天下午放晚学后,我急急忙忙跑到图书室门前排队借书。当我第一眼看到装满两大屋子的图书时,两眼发直,心花怒放,犹如刘姥姥进入大观园、哥伦布发现新大陆,感觉无比新奇和亢奋,恨不得张开大口,一下子把一千多册图书全部吞进腹内,慢慢消化。当时学校有四百多名学生,因此学校规定,每名学生每次只能借阅一本图书,看完后才能借下一本。无奈之下,我只能每次借一本图书,放晚学后带回家阅读。

回到家里,三下五除二吃过晚饭,我急忙点亮煤油灯,坐在供桌前,如饥似渴、饶有兴味地读起来。读至精彩处,往往物我两忘,仿佛变成了神仙,腾云驾雾,翱翔天宇。读至夜阑人静时,仍精神十足,毫无倦意。父母一觉醒来,发现堂屋灯光亮着,便催我入睡。在父母亲反复催促之下,我依依不舍地收起图书,吹灭油灯,怅然若失地上床歇息。第二天天刚刚放亮,便一骨碌从床上爬起来,穿好衣服,洗一把脸,手持竹竿,怀揣书本,赶着鹅鸭,向田畈进发。路上,一边撵着鹅鸭,一边看着图书,内心像喝了蜂蜜似的,十分惬意。中午放学回家吃过饭后,便手捧图书,在房前屋后觅一块僻静处,一个人痴迷地看上几十分钟,然后背起书包,箭一般跑回学校上课。放了晚学,又匆匆忙忙往家赶。

到家后,只要父母亲不安排我干活,我便立即取出图书捧读。草草吃罢晚饭后,再挑灯夜读,直至把一本书读完,才熄灯休息。如此,两三年下来,我借阅了学校图书室一百多本图书,主要有:鲁迅的短篇小说集《呐喊》《彷徨》和散文诗集《朝花夕拾》;高尔基的《母亲》《童年》《在人间》《我的大学》和奥斯特洛夫斯基的《钢铁是怎样炼成的》等励志小说;还有《红岩》《林海雪原》《野火春风斗古城》《吕梁英雄传》《平原枪声》《三千里江山》《青春万岁》《闪闪的红星》《金光大道》《无影灯下的战斗》《小闯》《新来的小石柱》等一批战争题材和工农生活题材的长篇小说。这些书看得我吃不香、睡不甜,像丢了魂似的,走起路来分不清东南西北。

1977年春,我升入夏店中学高中部读高一,正赶上恢复高考。老师教导我们要潜心学习,心无旁骛地备战高考,平时学习以弄懂弄通课本内容为主,禁止涉猎课外书籍,更不准偷看小说等文学书刊。直至1979年夏季参加完高考,共两年半时间里,我几乎没有碰过任何课外书籍。

其间,我一旦有空,便翻阅《新华字典》,背诵《现代汉语成语小词典》。两年半下来,《新华字典》被翻成了"烂豆叶",《现代汉语成语小词典》被翻得"身首异处"。通过查阅背诵字词典,我掌握了一大批字词,丰富了贫瘠的大脑。记得一天放晚学后,我去寝室取饭缸,路间遇上授课老师林建华,他突然叫住了我,当面提出"不分轩轾""胶柱鼓瑟"和"涸辙之鲋"三个成语让我解释,我稍作思考后一一作答。林老师连连点头称赞,说我成语掌握得多,读书作文必有用场,我也心中暗喜,在老师面前没有丢丑。

上苍保佑,当年高考成绩揭晓,霍邱县文科应届生只考上了两名,我是幸运者之一。9月初,我接到了高校录取通知书,被录取到六安高等师范专科学校中文科,学制两年。

我这名土生土长的乡下泥娃子,乍来到六安地区唯一的高等学府深造,宛若坎井之蛙跳进了茫茫沧海,眼界豁然大开。这里不仅有一批学富五车的授课老师,而且有一座大图书馆,整栋小楼内经史子集等各类图书琳琅满目,汗牛充栋,令人眼花缭乱,惊诧不已。

我抓紧一切时光,马不停蹄地借阅图书。主要有中国古代四大名著《三国演义》《水浒传》《西游记》《红楼梦》;还有世界名著《悲惨世界》《欧也妮·葛朗台》《雾都孤儿》《红与黑》《少年维特之烦恼》《包法利夫人》《简·爱》《牛虻》《复活》《安娜·卡列尼娜》《静静的顿河》《罪与罚》《老人与海》《飘》《十日谈》《巴黎圣母院》《三个火枪手》《基督山伯爵》等;另有中国现当代一大批著名作家如鲁迅、郭沫若、茅盾、巴金、老舍、曹禺、叶圣陶、朱自清、冰心、林语堂、郁达夫、蒋光慈、沈从文、张恨水、萧红、臧克家、徐志摩、戴望舒、钱锺书、丁玲、周立波、李准、姚雪垠等的代表作品。我一年四季,不论寒暑,均读得津津有味,乐此不疲。白天没有时间,晚上熄灯铃拉响后,便钻进被窝,打开手电筒,继续阅读。放寒暑假,是读书的大好时光,我带回十几本图书,不分昼夜地阅读，几乎手不释卷。年三十晚上，吃过年夜饭，小孩子们忙于辞岁，青壮年人忙着打牌，老人们围着火盆守岁，我躲进卧室，手捧心爱的图书，孜孜不倦地翻阅品读，我感觉阵阵暖意涌上心头，兴味十足，浑身无一处不畅快。

涉猎了一批中外名著，感觉干坼的心田里冒出几株禾苗，持续被玉液琼浆滋润，渐渐返青拔节，活出了精神，活出了光彩，活出了品位。

读师专期间，我不仅每月能领到国家为每位学生发放的十五元生活费，还额外享受三块钱助学金。这三块钱虽不算多，但在20世纪70年代末、80年代初，可有不小的用场。除了洗澡、买牙膏等必需的花销外，剩余的两元多全部用来买日思夜想的图书和文学杂志。师专毕业时，除了铺盖等行李外，我还运回家两大纸箱图书和杂志，这也是我参加工作前积累的唯一家当。

毕业一个月后，我被分配到一所农村完全中学任教。中间除了考入省教育学院中文系进修两年外，我先后在两所农村完全中学教授近十年高中语文。任教期间，我养成了买书、读书、藏书的习惯。只要到县城及外地出差，时间再紧，我都要逛逛书店，精心挑选心仪已久的好书，毫不迟疑地付款买回，犹若得到心爱的宝贝，爱不释手，乐不可支。当时月薪只有五十四元，一次进县城办事，我狠狠心花了两个月工资，购买了一本《辞海》和一本《辞源》。当我把两本沉甸甸的工具书背回学校时，同事们均用讶异的目光看着我，有的说我大方，有的说我傻帽……我一笑了之，心里十分坦然，毫无丁点悔意。

课余时间，有的同事打牌喝酒，有的同事下乡垂钓，我始终闭门在书籍的海洋里泅渡，不知疲倦，贪婪地汲取无穷无尽的营养。十年舌耕，十年苦读，我的教育教学水平有了较大长进，取得了骄人的教学实绩，不仅个人有多篇教学论文获奖或发表，还参与编辑基本教辅用书，所带班级参加高考，语文平均分在全县多次拔得头筹，受到县委、县政府和县教育主管部门的表彰与奖励。

1992年9月下旬，阴差阳错，我被调入县教育局从事文秘工作，从此告别了舌耕，开始笔耕，两者工作性质虽有较大差异，但都与书籍关系密切。我勤奋敬业，撰写的材料得到领导认可，便由教育局调至县委宣传部办公室，再调至县委政研室，从事文秘工作十八年。其间右手食指和中指内侧、右胳膊肘外侧均磨出一层厚厚的老茧。平时除了撰写公文外，我利用碎片时间，认真研读政经类、法律类书籍，不断扩大知识面，提升分析问题和解决问题的能力。十八年秘书干下来，写过的公文不计其数，我忙里偷闲，挤时间从事新闻和文学创作，先后在《人民日报》《光明日报》《安徽日报》《安徽教育报》《合肥晚报》《江淮晨报》《皖西日报》《江淮》《咨询》《安徽宣传》《实践论坛》《今日六安》《大别山诗刊》等省内外几十家报刊发表消息、通讯、散文、诗歌、评论、报告文学等800多篇，近100万字，这也算是对自己喜好购书、读书、藏书的一点回馈吧。

2009年9月下旬，我调入一家县直部门任主要负责人，一干就是八年，直到2017年5月转岗到县人大，才算告一段落。为了把部门工作搞得有声有色，我工作之余，拼命地学习行业方面的法律法规和专业知识，很快进入角色，经过艰苦打拼，取得了一定成绩，受到省市主管部门的肯定。

而今我退居二线，减少了许多杂务和应酬，时间和精力相对充裕。我常常伫立于书橱前，反复检阅几十年聚集的近千本藏书，好像大将军打了大胜仗，得意之形，难以言状。

近期我又重温了一些古代经典，如《周易》《道德经》《大学》《中庸》《弟子规》《千字文》《增广贤文》《颜氏家训》《古文观止》等，继续从中汲取取之不尽、用之不竭的智慧和力量，不断弥补缺漏，丰富自我，为更好地发挥余热，进一步夯实基底。

我国处于农耕文明时，人们崇尚耕田和读书两件大事，而今我国已迈入中国特色社会主义新时代，除了与时俱进，全面提升科技水平等之外，读书和耕田两件大事仍然不能放松，更不可偏废。

行文至此，我突然想起宋真宗赵恒的《励学篇》，诗中有云："书中自有千钟粟""书中自有黄金屋""书中自有颜如玉"。这里姑且不论作者劝导当朝之人读书考取功名之糟粕，对我们今天的读书人而言，这些话仍有一定的教育意义，它告诫人们，读书意义重大，功不可没，应发奋苦读。

学者如禾如稻，不学者如蒿如草。世间好语书说尽，天下名山僧占多。开卷有益。古人的教诲，言犹在耳，我将谨记不忘，决心活到老，学到老，痴心不改，永不言弃，聚沙成塔，集腋成裘，倾心构筑人生丰盈的精神家园。

# 中秋节漫忆

20世纪60年代初,我降生于皖西霍邱县东南乡一个地地道道的农民家庭,弱冠之年大专毕业后,被分配到外乡工作,便离开了老村庄。父母健在的时候,每逢春节、端午节和中秋节,只要条件允许,大都携妻将子赶回老村庄,与父母兄嫂侄儿侄女们团聚,一大家子十几口人欢聚一堂,饮酒吃肉,享用月饼和香瓜梨枣,其乐融融。

近日闲着无事,便找出《宋词三百首》翻阅,当重读苏东坡《水调歌头·明月几时有》时,不禁勾起了儿时在乡下老村庄过中秋节的一些回忆来……

儿时家贫,赶不上年节,很难见到荤腥,嘴特别馋,第一盼过年,第二盼过中秋节。因为过年过节,不仅举家老少可以团圆,说话做事心平气和,心间总有一股暖意萦绕,而且杀鸡宰鸭逮鱼、割肉置酒,改善伙食,大快朵颐,不让馋虫在五脏六腑间闹腾。

过了端午节,吃罢粽子后,便扳着手指头,天天盼过中秋节。八月十五,中秋大节,意味着丰收时节的到来。稻子收割上场,晾晒入仓;大豆籽粒饱满,加工后可为美味佳肴;玉米鼓鼓囊囊,仿佛要撑破外衣,头顶胡须,十分诱人;枣子的屁股被太阳公公涂抹成深红色,似珍珠、似玛瑙,视之令人垂涎欲滴;麻梨、雪梨压弯了枝头,逗引灰喜鹊们一有空就居于枝头,不停地啄食,快活得喳喳直叫;菜园里的南瓜、菜瓜、香瓜、瓠子、葫芦、冬瓜,横七竖八,静静地躺在瓜秧窠里,憨态可掬;辣椒、茄子、番茄等缀满枝丫,绿红青蓝紫,五颜六色,让人心生快意,爱不释手;成熟害羞的菱角和芡实,躲藏在茂密的叶子下面,不轻易抛头露面,平添了神秘色彩。

时值仲秋,天空寥廓,云淡风轻,让人心情格外爽朗。为把中秋节过得隆重热烈,父母亲提前两天便开始"排兵布阵",安排一家老少六口人各司其职,各负其责,以保证过节时不掉链子,不出现闪失。

八月十四下午,父亲吩咐大哥翻菱角、割芡实;小哥带着我扎火把,穿火球;母亲在晚上掌灯时分开始和面、擀面皮,接着烀菱角和芡实。

八月十五清晨,太阳刚刚露出粉红色的圆脸,大哥便提着篾筐赶集,买肉、打酒、购月饼。父母亲早早起床,到厨房里做早点。父亲先把几斤菜籽油倒入大铁锅内,由母亲传火烧沸,父亲再把母亲前晚上和好的油香(饼)坯子和擀好的面皮(又叫面叶子)放入油锅里炸。待油香(饼)和面叶子色泽变黄、浮出油面时,父亲便将其捞起,置入瓷盆里,稍凉时,让全家老少慢慢享用。

吃罢早饭,大哥扛上挑网到老村庄附近的池塘里网鱼;姥爷、小哥忙着杀鸡宰鸭;母亲到菜园里摘辣椒、茄子,割韭菜,拔葱和大豆秧;我帮母亲剥葱和大豆子。全家人为中秋节午餐忙得浑身是劲,个个手脚麻利,忙而不乱,人人脸上洋溢着甜蜜的微笑。

上午十一点左右,大哥切菜、配菜,父亲掌勺,母亲传火,姥爷带着我去摘梨和枣子,小哥洗碗筷、准备酒盅和酒壶,全家老少合奏出锅碗瓢盆交响曲。

中午十二点左右,菜饭烧好了,有猪肉烧萝卜、嫩公鸡烧毛豆、老鸭烧丝瓜、清烩鱼,还有蒸茄子、炒豆角、炒葫芦丝等,荤素搭配,色泽鲜亮,清香四溢。一家人围坐在八仙桌四周,不停地夹起色香味俱全的美食往嘴里送,喝着粮食烧的八毛冲子,个个喜上眉梢,吃得满脸绯红,心满意足,不忍离桌。

夜幕四合,母亲点亮了煤油灯,灯火如豆,一家人草草用过晚餐,围坐在堂屋里,有的吃月饼、梨和大枣,有的嗑芡实和菱角,话年景、话收成,暖意融融。

月上中天,老村庄和旷野沐浴在嫦娥洒下的清辉里,显得朦胧曼妙,充满诗情画意。此起彼伏的虫鸣和狗吠,热闹了小伙伴们长满草的心绪。几个半大小子带着一群小屁孩,手持火把和火球,疯到村庄外的稻茬田或撂荒地里,划亮火柴,点着火把和火球。手持火把嗷嗷乱叫,四处乱窜,火借风势,呼呼作响,不一会火把便燃烧殆尽。此时,便将其抛向空中,任其落到地上,化为灰烬。手持火球的使出吃奶的力气，将火球向空中抛去，待其落地时，大家一窝蜂跑上去争抢，劲大速度快的跑在前面，抢到火球的次数多，往往自鸣得意。有个半大小子速度快，抢到火球的次数多。一次在争抢时被另一个半大小子推倒在地，一只手正好按在狗屎上。他站起身来，冷不防将沾满狗屎的手捂到推倒他的半大小子脸上，两人差一点打了起来，逗得小伙伴们前仰后合大笑不止，令人终身难以忘怀。

玩过打火把、撂火球之后，小伙伴们意犹未尽，回到村庄，继续玩逮羊、卖狗、捉迷藏的游戏，直到月近中天、夜阑人静时，才依依不舍地解散，各自回家睡觉。

走上工作岗位后，因忙于工作，回老村庄陪父母兄弟过八月十五的次数日渐稀少，很难享受到儿时一大家子一起过中秋节的快乐滋味了。

而今，我年近花甲，即将退休，工作上清闲了许多，平素有时间上上网、看看书，了解关于我国民俗方面的一些知识，觉得生活过得十分充实，趣味盎然。

农历八月十五，时值三秋之半，故叫中秋节。由上古时代秋夕祭月演变而来，普及于汉代，定型于唐初，盛行于宋朝以后。最初祭月节的节期是在干支历二十四节气"秋分"这天，后来调至夏历(农历)八月十五。它是我国众多民族共同的传统节日，又称月夕、秋节、仲秋节、八月节、八月会、追月节、玩月节、拜月节、女儿节或团圆节等等。据说这天月球距地球最近，月亮最大、最圆、最亮,所以从古至今都有饮宴赏月的习俗。回娘家的媳妇这天必返夫家,以寓圆满、喜庆之意。中秋节拜月风俗传说起源于"嫦娥奔月",人们向善良的嫦娥祈求吉祥平安。又说起源于远古天象崇拜——秋夕拜月的习俗。唐代将中秋与嫦娥奔月、吴刚伐桂、玉兔捣药、杨贵妃变月神、唐明皇游月宫等神话故事结合起来,使之充满浪漫色彩,赏月之风由此大兴。中秋节吃月饼,最早见于苏东坡的"小饼如嚼月,中有酥与饴"之句。月饼作为一种食品的名称同中秋赏月联系在一起,始见于南宋末年周密创作的杂史《武林旧事》。南宋以后,中秋节赏月,吃月饼、团圆饭等习俗,一直流传至今。另有宁波、台州、舟山等地将中秋节定在八月十六,这是因为元末方国珍占据温、台、明三州时,为防范元朝官兵和朱元田的袭击,便改正月十四为元宵节,八月十六为中秋节。此外,在香港,人们过了中秋感到意犹未尽,还要在十六夜再狂欢一次,名为"追月"。

　　古往今来,神州大地,八月十五晚上,只要天公作美,天气晴朗,心情舒畅,人人都可以赏月。至于大摆筵席,吃上月饼和水果,不是普天之下家家都可以做得到的。穷人之家,食不果腹,衣不蔽体,何来闲情逸致去饮酒作乐、听曲赏月呢?小时候在老村庄过八月节,只能就地取材,因陋就简,倾其所有,改善一下生活,追求吉祥如意,寻个穷开心罢了,想饮酒赋诗,只是一种奢求,那年月是不可能实现的。成年后读《红楼梦》七十五回"赏中秋新词得佳谶"时,对史老太太率领贾府一众男女,中秋赏月的做派，甚感惊讶，那种摆设，那种张扬，那种氛围，只有达官贵人之家才能玩得起，平头百姓只能望洋兴叹。

时间的脚步行进到 21 世纪 20 年代，人们过中秋节的意识虽然有所淡化，但吃月饼和团圆饭的习俗仍然传承着，喝桂花酒、赏一轮圆月的兴致仍然高昂。特别是国家做出八月十五放假一天的决定，更是深得民心，让人欢呼不已。近十年每年八月十五，我和老伴都赶往合肥，与儿子、儿媳团聚，享受血浓于水的亲情。

时光荏苒，姥爷和父母早已作古，与他们在一起喜过中秋节的情景只能在来世实现了。倘若时光能够倒流，让我回到童年，我一定重回老村庄，与一家老少再过一次欢天喜地的中秋节。

## 感谢绿萝

2017 年,正值杨柳的细叶刚被春风的剪刀裁出的时节,我由县直某局转岗至县人大常委会办公室,心情比较平和,因为人大是我人生事业旅途的最后一站,转岗履新,完全符合生命规律,顺理成章。

于是在一个风和日丽的上午,我兴致勃勃地赶到县人大常委会办公室报到。跨进人大办公楼,受到办公室负责同志的热情接待,他笑容可掬地把我引领至刚刚分配好的 505 办公室。打开房门一瞧,室内墙壁重新做了粉刷,窗明几净,南北通透,宽敞明亮,办公用具摆放井然有序。

靠南窗户下方摆放着两张崭新的办公桌和两把办公椅。桌上立着一台电脑;靠东山墙摆放着一张三人座木质沙发和一台茶几;靠西山墙并排直立着两个书橱;北墙正面放着茶柜,挨着茶柜东边摆放着洗脸架;在洗脸架和沙发之间空隙处,摆放着一尊铁质的花架子,架子上躺着一盆绿萝,朝气蓬勃,绿意盎然,格外惹眼。我不禁上前观赏一番:直径七八寸的浑圆赭色的塑料花盆里,茁壮生长着十几根嫩生生的绿萝,每根幼藤长不盈尺,紧紧地抱成一簇;卵形的叶片,有的斜出,有的直立,水灵灵的,色泽鲜嫩,令人爱不释手。办公室负责人告诉我,绿萝是热带植物,喜阴怕晒,很好侍弄,只要经常浇水便可成活,是一种懒草。

听完办公室负责人的介绍,我急忙表示衷心感谢,对他安排的办公室感到十分满意。

平素除了出差、外出开会和下乡调研督查,每天除去吃饭和睡觉,我都按部就班来到办公室办公、读书、写作,或接待来访客人,犹如钟摆,机械地重复着不紧不慢的节奏。

一个人猫在办公室看书写作久了,双目有些发涩模糊,便目不转睛地盯着放置于墙东北角的那盆鲜嫩的绿萝,默默地与其互诉衷肠,放松绷紧的神经,缓解眼睛的疲劳。日久天长,便渐渐地与绿萝产生了感情,隔三岔五为其浇水,发现黄叶立即用剪刀剪掉,让其始终蓬勃着浓浓的绿意,保持奋发向上的青春活力。

时光荏苒,白驹过隙,不知不觉间过去了五个春秋。置于墙角边的绿萝,由青葱少女出落成风姿绰约的靓女,浑身充满朝气,茎秆由当初不足一尺,长到两米左右,数量由十几根增加到四十多根,藤蔓披垂,向前延伸,叶片青翠欲滴,簇拥在一起,宛若一堆翠玉,充满诗情画意。

而今,每当我来到办公室,第一眼就会瞟向我的亲密伴侣——长势喜人、蓬勃向上的绿萝,心情便格外爽朗。我常情不自禁地踱到她的身旁,轻轻地抚摸着鲜嫩可人的叶片,犹如摩挲着小孩子的脸蛋,光滑细腻,一种别样的滋味涌上我的心头。我小心翼翼地剔除夹杂于绿叶丛中枯黄的败叶,不留一丝一毫暮气沉沉的因子,对她呵护备至,生怕她出现什么闪失。

因对绿萝的感情日笃,前不久,我上网查阅相关资料,对其习性特点有了更深入的了解。她原产于印度尼西亚、所罗门群岛的热带雨林,先传至我国东南沿海,再渐次传入华夏的大江南北,在家庭和单位普遍种植,深受众人喜爱。她又名魔藤、黄金葛、黄金藤、桑叶,属阴性植物,喜温热环境,忌阳光直射,遇水便活,有顽强的生命力,有"生命之花"的美誉;又因可吸收空气中苯、三氯乙烯、甲醛等有害气体,能在新陈代谢中将甲醛转化为糖或氨基酸等物质,具有极强的空气净化功能,故又有"绿色净化器"的美名;其茎秆细软,长藤披垂,叶片娇秀,赏心悦目,所以花语是"守望幸福"。了解了绿萝的特性和优点,我不禁心花怒放,手舞足蹈,决心今生今世对她不离不弃,直至人生终老。

通过几年的朝夕相伴,我渐渐地悟出其蕴含的深刻哲理,更加坚定了我的人生追求。她的外形极其寻常,不开花结果,没有浓郁的芳香,没有鲜艳夺目的色彩,算不上名贵花木;安分守己,不自卑,不喏瑟,不张扬;对生存条件要求不高,容易成活繁衍,生命力极强;好温湿,不娇贵,不忸怩作态;一心一意净化空气,化害为利;默默地陪伴着主人,信奉滴水之恩当涌泉相报,把自己的美好青春年华无私奉献给主人,让主人的生活充满高雅的情趣和无尽的诗意。

由此我想到大千世界的芸芸众生,对人生的追求可谓千奇百怪,五花八门,难以综述。有的追求人生像牡丹,大红大紫,花开富贵,炫人耳目;有的追求人生像兰花,高雅娴静,清香四溢;有的追求人生像梅花,斗霜傲雪,于寒冷中带来春意;有的追求人生像桂花,虽不鲜艳,但香气浓郁,沁人心扉;有的追求人生像菊花,宁可枝头抱香死,不随落叶舞东风;有的追求人生像夜来香,喜爱在暗夜中开放,于沉寂的黑暗中氤氲出馨香;有的追求人生像月季花,不甘寂寞,常开常新;有的追求人生像无花果,只见结果,不见开花……凡此种种,因人而异,各有千秋,难以评说。

正因为有了五花八门的抉择,才成就了人生的多样性、复杂性。社会犹如一锅大杂烩,什么菜都有,味道也千差万别,让人琢磨不透,难以把控。每个人都有选择人生追求的自由,不可能千篇一律、整齐划一。因人生的追求不同,人生的结局也是多种多样,有喜有忧,有起有落,有甜有苦……我追求的人生像绿萝:平平淡淡,没有灼灼其华、香飘万里,没有大红大紫、荣华富贵,没有大起大落、大悲大喜;只要给予基本的生存条件:土壤、光明、空气、空间和水,便能健健康康地成活,发芽、长叶、拖藤,净化空气,美化环境,给人们带来绿意和欢乐。

人生不满百,应倍加珍惜。人无千日好,花无百日红。满招损,谦受益。乐天知命,安分守己。生活上知足常乐,仕途上随遇而安,工作上尽力而为,创作上自娱自乐。破帽常戴,低调做人;乐于助人,甘于吃亏。不投机取巧,心胸坦荡,安之若素。

回望我前半生的旅程，犹如行慢坡，始终追求上进，没有裹足不前，没有倒退滑坡。一路走来，历尽艰辛，默默付出，虽未取得骄人成绩和显著进步，但平稳上行，安全着陆，心安理得，无怨无悔。倘若选择爬陡坡，虽使出九牛二虎之力，不一定能爬得上去，还有可能因力量不逮，半途而废，功亏一篑，抱憾终身。如果硬选择攀缘悬崖绝壁，不仅难以登顶，还有可能中途坠崖，葬身谷底，呜呼哀哉，追悔莫及。人活世上，始终脚踩大地，常接地气，不飘飘然、目空一切、好高骛远、恣意张扬，避免重蹈盈而亏、盛而亡的覆辙。

　　我喜欢办公室的绿萝，她已深入我的血脉，教我做人，催我自新。感谢绿萝！

QINGXI HESHAN

# 情系河山

## 大宁河上

2000年夏初,正值大宁河枯水期。5月7日上午八时半,我们一行六人乘坐小三峡17号游船,从巫山县城脚下的龙门峡口,沿着大宁河北上,经过龙门峡、巴雾峡、滴翠峡,至小三峡入口处马渡河口返回,整个游程约50千米。一路上我们目不暇接,饱览了"天下第一溪"大宁河的天姿绝色,仿若置身天外,飘飘欲仙。

一踏上游船,一位二十多岁的导游小姐手持话筒,笑盈盈地向我们做自我介绍:"我姓张,是17号游船的导游。今天我要陪大家游览驰名中外的小三峡,希望我们合作愉快。"话音刚落,游客们便报以热烈的掌声,小张白净的脸蛋上飞过一丝绯云。接着她以柔和的声调,向我们介绍了大宁河的概貌。

"大宁河,古时叫巫溪,发源于川、陕、鄂三省交界的大巴山南麓,自北向南,流经巫溪、巫山两县,直奔巫峡,汇入长江,全长250千米。今天我们将游览位于大宁河中下流的龙门峡、巴雾峡和滴翠峡,整个行程来回需要七八个小时。船行时,请大家不要把头和手伸出窗外,注意安全。"听了小张的介绍,我们都按捺不住,齐声催促艄公赶快开船,早一点把我们带入心驰神往的神奇境界。

上午八时半,游船启动了。首先跃入我们眼帘的是横跨龙门峡口的龙门大桥。它犹如一条长虹镶嵌在大宁河下游两岸,上与天齐,下临绝壁,蔚为壮观。过了龙门大桥,游船便进入"不是夔门,胜似夔门"的龙门峡口。只见峡内绝壁对峙,高峡束江,天开一线,形若一门,无比雄壮巍峨;同船的游客一个个看得目瞪口呆,无不惊叹大自然的鬼斧神工。船行十几分钟,我们的目光随着导游小姐的手势齐聚到龙门峡口西岸的绝壁上,只见一个个方型石孔整齐地排列着。小张介绍道:"这是古栈道遗址,每个石孔0.2米见方,深0.6米多,孔距1.65米,如同一个模子铸成的。栈道从龙门峡口一直延伸到陕西省的镇坪县,全长400余千米,是我国最长、保存最完好的古栈道遗址。关于它的来历和作用传说很多。地方志上说它为唐朝刘晏所凿,用来引盐泉;又有说它是汉永平七年(公元64年)所修,引大宁厂盐泉到巫山熬制。《蜀碑记》上说,宋太祖出师伐蜀,走过这条栈道。总而言之,它的用途不是单一的,历史上曾广泛应用于交通、运输、军事等方面。"整船游客都屏住呼吸,静听着小张如数家珍的介绍。"古栈道到底为何人所修,修于何年,怎么修成的呢?"我冒失地发问。小张把目光对着我说:"古栈道、悬棺和大宁河上游野人,合称大宁河'三谜',至今无人解开。"听了小张的回答,我的心中更充满了无限遐想,游览的兴趣倍增。

十点半,游船出了龙门峡。这时游船上的老艄公兴致高涨,拿过话筒,为全船游客唱起了悦耳动听的山歌。那歌声高亢嘹亮,穿云裂石,游客们听得笑容可掬,心花怒放。接着导游小姐在游客们的再三邀请下,也放开歌喉,唱了一曲采柑歌。歌声婉转悠扬,沁人心脾,闻之如饮醴醪。游船上掌声、笑声不绝,始终洋溢着欢乐愉悦的气氛。

船行至巴雾峡,我们被另一番景象吸引住了。这里山高谷深,云雾迷蒙,给人"石出疑无路,拐弯别有天"之感。这里的水奇清,没有一点杂质,水底的游鱼和五颜六色、形状各异的鹅卵石清晰可见。我忘记刚出发时小张的告诫,情不自禁地将手伸出窗外,尽情地撩拨那醉人的墨绿。这里的流水,时而湍急似箭,时而平缓如镜。宽滩处,一边汹涌澎湃,奔腾不息;一边水流潺潺,轻歌曼舞。两岸悬挂的钟乳石,千姿百态,有的如狮卧云端,有的若渔翁垂钓,有的似雄鹰展翅,有的像猴子捞月,有的如天马归山……形象生动,神采各异,惟妙惟肖,宛若一座艺术长廊,令人心旷神怡,流连忘返。

中午十二点左右,船过双龙镇,小张告诉我们,游船开始驶入大宁河上最幽深、最秀丽的峡谷——滴翠峡。无数骚人墨客来此后诗兴大发,于是便留下了"无峰不峭壁,有水尽飞泉""无限秀美处,最是滴翠峡"等脍炙人口的佳句。

游船入峡,仿佛置身于水上大街的高楼深巷之中。夹岸高山上,长满了毛竹和枫、松、柏、枇杷等杂树,郁郁葱葱,随风摇曳,绮丽迷人。峡内小鸟乱鸣,岩燕翻飞,鸳鸯戏水,僻静幽深,实乃人间仙境,令人迷不知返。

　　游船行至"天泉飞雨"处,小张介绍道:"因值枯水期,加之近日天气晴好,很遗憾,游客们今日无缘欣赏到一股清泉凌空飞出,出洞是泉,在空中是雾,落地是雨的壮观景象了。"听了小张的介绍,我们不禁兴起遗珠之憾。可几分钟一过,我们便被矗立岩间,附岩危立,四周高筑墙,三方无路,独路上下,形势险峻的罗家古寨吸引。小张告诉我们,传说这是古代一位姓罗的秀才读书的地方,寨基有400多平方米;反映清末农民起义的武打艺术片《峡江疑影》就是在此拍摄的。还未等我们回忆影片中的镜头,小张惊呼一声:"大家快看对面绝壁上嬉戏的猴子!"我们齐把目光从东岸移向西岸,果见悬崖绝壁上一群大小猴子在崖缝间攀缘腾挪,几只调皮的小猴,一会儿跳到这棵树上荡秋千,一会儿爬到那棵树上摘野果,无忧无虑,活泼可爱,饶有野趣。

　　不知不觉间已到下午一点半钟,游船行至马渡河口,便靠岸停了下来。我们上岸草草吃了午餐,便信步在石滩上游逛。许多游人脱了鞋袜,蹚进小溪,兴致勃勃地捕捉小鱼,挑拣心爱的鹅卵石。我一边玩味着两岸秀色,一边向马渡河口走去,忽见一条铁索桥横空高悬于大宁河上,不禁喊来游伴,在桥下合影留念,定格那难忘的记忆。

　　半小时后,游船便沿着原路返回,我们游兴未减,伸长脖子,再一次饱览那勾魂摄魄的绝妙奇景。

## 好汉坡情思

2001年5月,因事到北京,办事之余圆了游长城的夙愿。

下午三点半钟,旅游车把我们拉到心仪已久的好汉坡。只见陡如天梯的好汉坡上,中外游客如过江之鲫,摩肩接踵,争相上下,好不壮观。目睹此情此景,我脑海里不禁闪现出毛泽东主席的"不到长城非好汉"的诗句。于是立即收回思绪,抖擞抖擞精神,健步往好汉坡走去。

攀到中途,已是气喘吁吁,大汗淋漓;蓦然回首,不禁头晕目眩;再往上望,陡峭的石梯耸立头顶,我心里发怵,有点想打退堂鼓。恰在此时,我身边有一位七八岁的小女孩,与母亲比试着向上攀,不时喊道:"妈妈,快往上爬,谁先登上好汉坡,谁是英雄好汉!"看到眼前的一幕,我不禁感到羞愧难当。于是下定决心,再陡再累也要爬上去。我屏住呼吸,一鼓作气攀过几十级台阶,终于登上了好汉坡。来到坡顶近处,只见城墙边竖立着一块石碑,上书"不到长城非好汉"七个红色大字,显得格外惹眼。成群结队的中外游客,争相在石碑前留影。我一边呼唤同伴加把油快上来,一边敞开衣襟,鸟瞰四周:只见威武雄壮的长城横亘在起伏的山峦上,昂首蜿蜒伸向远处;山下树木葱茏,百草丰茂,车水马龙,热闹非凡。我情不自禁地抚摸着烙满历史沧桑的城墙,那种"荡胸生层云,一览众山小"的自豪、喜悦、激动、骄傲之情油然而生,不可名状。望着摸着,我脑海里仿佛凸现出一幕幕惊天地、泣鬼神的雄浑的历史图景:不屈不挠的先辈们,在高亢的吆喝声中,抬着大石在垒砌不老的长城;烽火台上狼烟滚滚,匈奴人手持弯弓望着长城兴叹,败兴而归;民族和睦,牧民手持皮鞭,在朵朵白云下悠闲自得地放牧着成群的牛羊;红旗招展,万马奔腾,万众一心的中华儿女在修筑新的万里长城……这交相辉映的瑰丽画卷,赛过"大漠孤烟直,长河落日圆"的塞北风光,赛过"日出江花红胜火,春来江水绿如蓝"的南国奇景,赛过"一夫当关,万夫莫开"的险峻蜀道。望着摸着,激动的泪水模糊了双眼。我理了理被热风吹乱的鬓发,笑容可掬地在"不到长城非好汉"的石碑前拍下了令我终生难忘的一张照片。

# 草 原 风 情

2005年仲秋,我终于踏上了心仪已久的内蒙古大草原。

汽车驶进达尔罕茂明联合旗地界,在公路上急驶半小时后,导游终于把我们带到了目的地——稀拉穆仁镇四队巴根那的家(也是旅店)。一下车,只见四位花枝招展的蒙古族姑娘,有的拿着酒瓶,有的捧着酒盏,满面桃花地向我们飘来。一到车门旁,拿酒瓶的姑娘把酒倒满酒盏,献到我们一行十人每位的胸前,旋即引吭高歌,表达热情迎接之意。那歌声婉转悠扬,荡涤心肺。

每人饮了一盏酒后,热情好客的巴根那把我们引进了温馨的居室。巴根那把我们让到炕上盘腿坐定后,老板娘便笑盈盈地端上一壶奶茶,接着服务员熟练地摆上四个小碟,依次是炒熟的小米、奶块、奶饼和奶酪。小米是放在奶茶里喝的。我平时不喜吃甜食,但出于礼节和好奇,奶块、奶饼和奶酪都分别尝了尝,觉得膻味适中,甜而不腻。品尝完点心,当地导游、蒙古族青年达来走进了屋内,和我们一一握手寒暄。十分钟后,达来把我们引领到跑马场,为我们十位每人挑选了一匹膘肥体壮的蒙古马。牧马人把我们扶上马,带我们往草原深处走去。我平生第一次骑马,刚上马,心里有点惴惴的,双手紧拽马缰绳,两眼不敢向两旁看。骑上一华里后,感觉十分平稳,于是身心放松,悠然自得,大有打了胜仗凯旋的架势。

  在马背上悠闲了大约两个小时,又回到出发地,观看蒙古小伙子骑马和摔跤比赛。夜幕悄悄降临,巴根那和达来便邀请我们一行到大餐厅内吃晚餐。餐桌上摆满了酒菜和各类点心,香气直往鼻孔里钻。尤其是烤羊肉,香甜中带有一股膻味,咸淡适中,烂而不腻,回味悠长。紧接着便是喝酒。按蒙古人礼节,主人要向每一位客人敬三盏酒,第一盏敬天,第二盏敬地,第三盏敬火神。客人们要接下第一盏酒,另两盏酒必须一饮而尽,否则为失礼,丢了主人的面子。斟满酒后,达来邀请来的能歌善舞、面容姣好的蒙古族姑娘乌日娜便向我们一一敬酒。每敬一盏酒,乌日娜都要高歌几曲,直到客人把酒全部喝下才打住。乌日娜敬酒完毕,便和达来对唱《敖包相会》,边歌边舞,把晚宴气氛推向高潮。歌舞罢,达来邀请我们一行中的一男一女,对唱黄梅戏《夫妻双双把家还》。我们和着节拍,齐声高唱,仿佛从大草原回到了江南水乡,颇有宠辱皆忘、羽化登仙之感。晚宴在悠扬的马头琴声中结束。我们一行十人脸上或多或少都有些许倦意,仍依依不舍,感到余兴未尽……

  第二天一大早,万里无云,冉冉升起的红日给大草原披上了金色的盛装,显得特别绮丽迷人。我不禁在内心深处祈祷:愿大草原永葆青春靓丽,牧民的日子越过越红火。

## 走进温州

壬午年深秋,我有幸随霍邱学习考察团踏上了地处瓯越大地、美丽的海滨城市温州。考察团乘坐的飞机缓缓降落在温州机场。走出机舱,夜幕已经拉开,目睹华灯初放的迷人夜景,兴奋、激动、新奇一齐涌上心头。温州三面环山,一面临海,古老而又年轻。一幢幢高楼拔地而起,鳞次栉比;纵横交织的马路宽阔平坦,绿树成荫,一尘不染;街道、工厂、机关大院、居民小区处处见缝插绿,花团锦簇,令人心旷神怡。遍布大街小巷的工厂企业,昭示着工业经济占据着温州经济的主导地位;满眼的宣传广告牌、熙来攘往的车流人流、密度很高的酒店和娱乐场所,又标志着温州是一座人气财气俱旺的充满生机活力的消费城市。

温州雁荡山名满天下,古往今来,以谢灵运、叶适以及永嘉四灵为代表的无数骚人墨客,在此留下了许多传世之作,丰富了中华民族的文化宝库;闻名遐迩的瓯江、楠溪江烟波浩渺,汹涌澎湃,滋润着瓯越大地的生灵万物;素有"海上蓬莱"之称的江心屿公园,山绕水清,亭台点缀,桥榭相映,东西塔犹如海誓山盟的恋人,伫立相望,长久厮守,勾起了无数游人无限美好的遐思……温州城美、山美、水美,人更美。

在温州参观考察期间，我们接触到的无论是行政官员，还是企业老板、工人和个体工商户，抑或是宾馆、饭店、商场的服务员等，个个落落大方，彬彬有礼，笑脸相迎，热情好客，显示出丰厚的文化素养和较高的品德修养，给我们留下了难以忘怀的美好印象。

温州有一批耀眼的民营企业家，他们都有艰辛的创业历程，吃过万般苦，行过万里路，经过市场经济大潮的千番洗礼，而今许多都成长为商海的巨人；每个人的创业史都可以写成厚厚的一本书，让人百读不厌。他们在创业过程中，虽然各有招数，但仍有不少共同之处，即意志坚强，勇于吃苦，敢于开拓，具有强烈的事业心和进取心。他们孜孜不倦的创业精神和现代化的管理经营理念，使我们眼界大开，思绪澎湃，深受启发，不禁由衷地发出"温州人了不起，温州人实在美"的赞叹。

在返程的列车上，我始终抑制不住起伏的心潮，禁不住暗暗思忖，令举国乃至世界惊叹的"温州奇迹"的出现，不是偶然的，除了得益于依山傍海的地理优势、深厚的文化底蕴以及独特的人文优势外，还得益于温州各级党政干部解放思想、开拓进取的精神，得益于千千万万个温州人具有敢于走天下最难行的路、敢于吃天下最难咽的苦的创业精神和追求不止、诚实守信、海纳百川的高贵品质。

"温州奇迹"来之不易，"温州奇迹"令人歆羡，"温州奇迹"值得称道，"温州奇迹"更值得欠发达地区好好研读，从中汲取精华，壮大自我，缩小差距，迎头赶上。

## 初识太原

癸未仲秋,我有幸踏上"三晋"首府太原。出火车站,夜幕徐徐降临,低沉的天空开始洒落稀稀疏疏的雨点,让人感觉丝丝凉意袭上心头。我来不及欣赏站前的夜景,急忙叫了出租车,向住宿地行进。

一上车,年龄在四十开外、彬彬有礼、热情待客的司机同志开了腔:"同志,听口音您是江苏人?""是安徽人。""第一次到太原?""是的。请你介绍一下太原的基本情况好吗?"接下来司机同志便如数家珍,一一道来:"太原历史悠久,周朝时兴建,距今已有两千五百年。不久前举办的建城两千五百周年大型纪念活动,十分热闹,还引来了不少外国客人。"不一会,汽车驶进两边高楼林立、宽敞笔直的大街。我急忙问:"这叫什么路?""这是太原市中心主干道,叫迎泽大街,东西走向。太原有个特点,凡东西走向的都叫街,南北走向的都叫路。""新中国成立前,毛泽东主席没有来过太原;新中国成立初期,他老人家打算到太原视察,太原人民甭提多高兴啦。为了表示热烈欢迎,当时的省委书记便把这条大街起名叫'迎泽'大街。""毛主席来太原了吗?""没有。"司机有些遗憾地回答。稍停片刻,他又开了腔:"太原有

160多万人口,汾河由北向南把市区一分为二。前年,太原市为了甩掉脏、乱、差的帽子,政府修建了十分气派的滨河公园,这不仅改变了城市形象,而且给太原人民提供了一个难得的休闲场所,为老百姓办了件大好事。"

晚间,草草地用了餐,冒着零星细雨,我急不可耐地向滨河公园走去。公园坐落在汾河两岸,长6千米,宽0.5千米,河岸为巨石垒砌而成。几万盏路灯、地灯、高架灯、霓虹灯等闪烁其间,有的像铜钟,有的像皮球,有的像灯笼,有的像莲花瓣,有的像玉米棒,异彩纷呈,光艳夺目,令人目不暇接。园中茁壮生长着错落有致的垂柳、垂榆、芭蕉、冬青、月桂等苗木,地面栽植着生机盎然的马尼拉草、黑麦草、月季、一串红等花草。树木与花草间蜿蜒着网状的小径,路面上有的镶嵌着很规则的石子,有的铺着镂空的地板砖,路路相通,似乎没有尽头。园内空气清新,满目苍翠,我放松身心,悠然自得地信步其中,仿佛融入光与影的世界,大有宠辱皆忘、羽化登仙之感。走近河岸,只见宽宽的河面上,漂浮着形态各异的小舟,有的像跳跃的鲤鱼,有的像调皮的海豚,有的像嬉戏的野鸭,给波光粼粼的水面带来了无限生机与活力。目睹眼前美不胜收的绮丽景致,我早已把旅途疲劳置之脑后,真想把公园游个遍。不经意间,抬手看了下手表,时针已指向深夜十一点半,我只得几步一回首地告别公园……

## 初识拉萨

庚寅年 7 月 15 日,时值仲夏,我有幸第一次踏上西藏这片神奇的土地。时针指向下午两点,我们乘坐的班机降落在贡嘎机场。激荡的心潮久久难以平静,我不由自主地伸长脖子,尽情饱览风光:灰褐色的赤裸山峦绵延起伏,似乎没有尽头;山脚下顽强地生长着不知名的花草和树木,彰显着勃勃生机;湛蓝的天空飘着朵朵白云,仿佛偌大的一幅水墨画,令人心旷神怡……

走出候机大厅,见到了事先预约好的六安市支藏干部江河,他带着两名藏族老乡扎西和杰布,笑盈盈地向我们招手致意。我们一行五人快步来到江河面前。这时扎西和杰布取出雪白的哈达披在我们的肩头,我们的心坎里顿时暖流如泉涌,仿佛喝下一碗醇香的青稞美酒,有一种不可名状的喜悦和快慰。

贡嘎机场距拉萨市 100 千米,我们分乘扎西和杰布驾驶的丰田牌越野车,向拉萨挺进。不一会,汽车驶入雅鲁藏布江岸,只见水草丰美、杨树、银杏婆娑,农田里的大麦和青稞翠绿,一片片金黄的油菜花把道路两边装点得格外喜气。我顾不上旅途劳顿,贪婪地阅读、咀嚼着眼前的一山一水、一草一木,感觉无比欣喜和刺激。

汽车驶进拉萨市区，只见道路宽敞平坦，路边绿树成荫，花团锦簇，道路指示牌十分醒目，路灯款式新颖别致，美观大方；路边藏族风格的建筑，高低错落，十分吸人眼球。当汽车驶进拉萨市中心时，我们被巍峨壮观的布达拉宫所震撼。布达拉宫这个我曾在电视、电影和照片上见过的雄伟建筑，此时真真切切地矗立在眼前，我感到崇敬、喜悦、新奇、自豪等情感像汹涌的激流一齐涌上心头。我禁不住向司机杰布打听布达拉宫的一些情况。杰布用半生不熟的汉语向我介绍道：布达拉宫建在市中心的红山山头上，海拔 3700 米，相对高度 200 米，占地面积 36 万余平方米，东西长 360 米，南北宽 170 米，主楼 13 层，高 117 米，是世界上海拔最高的宏伟建筑群。它是公元 7 世纪，松赞干布为迎娶文成公主所建，距今已有一千三百多年历史。布达拉宫建筑由白宫和红宫两部分组成，白宫为达赖喇嘛生活和进行政治活动的地方，红宫为达赖喇嘛的灵塔殿和各类佛殿，是宗教活动场所。汽车慢行，我侧耳聆听杰布如数家珍的介绍，心头被布达拉宫的神秘色彩罩得严严实实。心想入住宾馆后，一定实地游览一番，以满足几十年来的夙愿。

　　到宾馆办理入住后，稍事休息，江河便把我们一行带到一家四川餐馆吃晚餐。落座后，我们一边品尝着青稞老酒，喝着亚东黑木耳做的藏鸡汤，咀嚼着丰盛菜肴，如红烧牛蹄、牦牛舌、羊排之类，一边聆听着江河向我们介绍拉萨市的著名景点。他说，来到拉萨市不能不看布达拉宫和大昭寺，不能不逛八角街，夜晚不能不到布达拉宫广场看夜景，否则就白来拉萨一趟。

　　酒足饭饱之后，我们五人便向布达拉宫广场走去。夜幕下的广场，华灯初上，人头攒动，散步的、观光的、摄像的、拍照的，令人眼花缭乱。我们快步来到广场中间，四处眺望，只见在射灯映照下的布达拉宫显得分外醒目、巍峨，别有一番情趣。坐落在广场北端的西藏和平解放纪念碑，高耸肃穆，与布达拉宫遥相呼应，相得益彰；纪念碑前方的音乐喷泉五光十色，变幻莫测，吸引无数游客驻足流连……我们抵不住广场迷人夜色的诱惑，一个个摆好姿势，用照片留下难以忘怀的一瞬。

　　7月6日上午九点半，我们首先来到八角街广场漫游。无数摊点在街两边一字摆开，形成一道亮丽的风景。我们在琳琅满目的工艺品摊点边徘徊欣赏，那灵巧的藏刀、新颖的头巾、雪白的哈达、精美的金银首饰等，难以计数。我们不禁被藏族兄弟姐妹的心灵手巧和无穷智慧所折服。当时针指向十一点半时，我们仰望天空，日月同辉的绝妙景象让我们惊诧不已，一种莫可名状的喜悦涌上心头，难以言表。

　　接着我们畅游了大昭寺，高大的佛殿，数不清的塑像、唐卡、绘画、奇珍异宝，令人目不暇接，叹为观止。

　　下午一点钟，我们登上了布达拉宫最高层，举目四望，拉萨城尽收眼底，环抱的群山蔚为壮观，把拉萨城围得密不透风，仿佛襁褓中的婴儿，让人顿生无限遐思。

# 拜谒纳木错

2004年的一天晚上,我在中央电视台综艺频道上收看了介绍西藏纳木错的专题片。打那以后,"纳木错"三个字便深深地烙进了我的脑海里。

2010年7月上旬,我终于等来了赴西藏的机会。7月5日下午抵达拉萨后,当天晚上便在入住的宾馆里敲定了行程:首站是拉萨,第二站即为纳木错。

7月7日,天刚蒙蒙亮,我不顾高原反应给身体带来的不适,早早起床,抓紧洗漱,草草结束早餐,便匆忙乘上丰田牌越野车,驶向心驰神往的纳木错。

八点二十分,越野车出了拉萨市,沿着青藏公路快速北进,途经堆龙德庆县的马乡、德庆乡,拥有地热温泉的羊八井,终年积雪的念青唐古拉峰,富有现代气息的当雄县城……

当时针指向十一时半,我们乘坐的丰田越野车终于驶进了纳木错风景区。一到景区大门,我们一行五人急忙下车买了门票,找了位当地导游,向景区内奔去。导游名叫杰布,是藏族青年,年龄三十岁出头,中等身材,黑黑的脸膛,双目炯炯有神;他热情大方,很容易与游客拉近情感距离。他说自己做导游已有十个年头,对纳木错了如指掌。我们五人便暗自欣喜找到了一位好导游。

我们顾不上高原反应和旅途劳顿,一个个兴致勃勃,一边尽情地饱览神奇的湖光山色,一边认真地聆听杰布如数家珍的精彩介绍——纳木错,蒙语名叫"腾格里海",意为天湖、神湖;在藏语里"错"为"湖"之意,她与羊卓雍错和巴松错一起被称为西藏三大圣湖;她位于拉萨市当雄县和那曲地区班戈县之间,是藏传佛教的圣地,传为密宗本尊胜乐金刚的道场,信徒们尊其为四大威猛湖之一。纳木错湖面海拔4718米,东西长70多千米,南北宽30多千米,总面积约1920平方千米,是我国第二大咸水湖。有人说她是内陆海,有受月亮影响而潮涨潮落的现象。作为有生命的神湖,她的属相为羊。每逢羊年神湖开放的盛大节日,成千上万的香客从四面八方潮水般涌来,转山绕湖,焚香膜拜,祈求神湖保佑赐福,永保平安……

我们边浏览,边听杰布的介绍,仿若置身仙境,浑身上下无一处不畅快。行至湖岸,纵目眺望,纳木错尽收眼底,湖水湛蓝,轻波荡漾,仿佛一大块蓝宝石镶嵌在崇山峻岭之间,让人为大自然的鬼斧神工而心醉不已;湖边绿草如茵,牛羊成群,牧民们的帐篷里飘着袅袅炊烟,宛如世外桃源;湖的东南面矗立着白雪皑皑的念青唐古拉山主峰,在阳光映照下,显得格外晶莹明亮,吸人眼球,引人遐想;湖的北侧依偎着连绵起伏的高原丘陵,辽阔空旷,似乎没有尽头;仰望天空,碧如翡翠,白云朵朵,一边是和煦的太阳,一边是明媚的月亮,日月同辉,令人叹为观止;湖面一望无垠,几只颉颃的红嘴鸥,给寂静的纳木错增添了无限生机和活力。走近湖边,游人如织,有的打闹嬉戏,有的驻足沉思,有的手舞足蹈,有的引吭高歌,有的忙于拍照……我们来到清澈见底、晶莹剔透的湖水边,情不自禁地把双手伸入冰凉的水中,以示与纳木错亲密接触,仿佛与心仪已久的恋人拥抱。

我们在湖边徜徉,尽情地欣赏、品味着眼前一幅幅美妙绝伦的山水画图,早已把尘世间的嘈杂喧嚣抛向九霄云外,心灵仿佛得到了一次彻底的洗涤。不知不觉时间已到下午一点钟,此时,我们方才觉得饥肠辘辘,便依依不舍、一步几回头地告别了纳木错。

## 承德小吃风味长

2002年7月的一天,我和两位友人来到了心驰神往的美丽山城承德。一下火车,走在大街上,觉得什么都很新鲜。举目四望,苍山如黛,奇形怪状,美不胜收。大街迤逦而宽敞,许多古老的建筑群中间,矗立着现代化的高楼大厦,格外引人注目。清澈的武烈河静静地从市区流过,成群结队的孩童在河水里扑打嬉戏,浪花飞溅,撩拨得我心痒难耐,真想变成条鱼儿扎进水里畅游……

沿着武烈河畔的武烈路向北行走大约500米,来到福城宾馆入住。此时已过中午十二点,我们感到饥肠辘辘,于是急忙赶到小吃一条街一家小餐馆落了座。只见一位三十开外的老板娘满面春风地迎上来寒暄、沏茶,使我们顿有宾至如归之感。接着老板娘双手把菜谱递到我面前,让我点菜。我打开菜谱一看,大多是地方特色菜,且价格便宜。在老板娘的介绍下,我点了四碟小菜,分别是杏仁、榛子、沙棘和蕨芽,又要了一盘红烧沙拌鸡和一盘滦河细鳞鱼,外加一小盆冬瓜虾仁排骨汤,最后要了一瓶山庄老酒。一刻钟后,服务员陆续把酒和小菜端上了桌。启开山庄老酒瓶盖,一股浓郁的酱香直往鼻孔里钻,我急忙倒一杯下肚,觉得酒体醇厚,绵软协调,回味悠久,不愧"塞外茅台"的美誉。再吃几道小菜,均是色、香、味俱佳,不咸不淡,不辣不腻,清爽可口,别具一格。不一会,红烧沙拌鸡上来了。我们三位不顾吃相,一人夹了一块慌忙往嘴里送,觉得咸淡适中,肉质鲜嫩,风味独特。此时老板娘过来介绍道:"沙拌鸡,又名呱呱鸡,是承德著名野味之一,它的心、肝是野味的珍品,胃、脑是药品,羽毛可制作成高级工艺品。它的浑身都是宝啊。"我们边吃边点头,觉得老板娘不仅服务热情周到,而且知识面比较宽,让客人心情特别愉快。接着红烧滦河细鳞鱼上来了。一股诱人的清香沁人心脾,令我们胃口大开,不约而同地各夹一块品尝,齐声叹道:"真鲜!真嫩!好吃,好吃!"看到我们几位不雅的吃相,老板娘不禁咯咯笑出声来:"几位想必是第一次到承德吧?我们这里风味小吃特别有名,你们若能住上几天,保证让你们大饱口福。"一席话说得我们几个心花怒放,都觉得不虚此行。

当天晚上和第二天早上,我们仨商定,不在宾馆就餐,仍然徒步到小吃一条街享受色香味俱佳的风味小吃。佛跳墙、糖醋鱼、油炸羊排、金针菇炒肉丝、肉沫烧茄子等让我们吃得津津有味,满口留香,乐不思蜀,一致表示,如果有机会,肯定再来承德,尽情品味琳琅满目、让人终生难忘的风味小吃。

## 感知大理

20世纪70年代初,我刚上中学时,观看了《五朵金花》故事片,从此"大理"这个令人神往的风景名胜地便深深地烙进了我的心坎。三十余年,弹指一挥间,终于等来了参观大理的难得机遇。

2004年9月23日清晨,我由昆明乘坐旅游列车来到大理。走下火车,举目四望,便被眼前的绮丽风光所吸引——湛蓝的天空中飘着朵朵白云,葱绿的苍山上岚雾弥漫,宽敞的道路两侧,一幢幢现代化的楼房拔地而起,令人耳目一新;山川原野,到处生长着松柏、垂柳和榕树,郁郁葱葱,生机盎然……我尽情地呼吸着清新的空气,沐浴着阵阵和风,一种莫可名状的舒畅感游遍周身。我们草草地用了早餐,便迫不及待地向洱海的码头奔去……

登上洱海一号游轮的最上层,手扶栏杆,一次又一次仔细地品读大理的蓝天白云、青山碧水,生怕有遗漏,委屈了自己的双目。为进一步了解洱海的相关情况,我与一位在游轮上工作的白族妹子聊了起来。洱海东靠哀牢山,西临苍山,海拔1972米,南北长42千米,东西宽3.5至7.5千米,最深处达21米,总面积

252平方千米,因整体形状像人的耳朵而得名。洱海其实是个高原湖泊,因古时大理人没有见过大海,故名之为海。西边的苍山,有19峰18溪,冬春季节,山上的积雪不化,直到夏季来临,冰雪才渐渐消融。洱海的水多为苍山上流下来的雪水和雨水,一年四季,碧绿清澈,滋润着苍山脚下的白族人民,使他们在这里世世代代繁衍生息……听着白族妹子如数家珍的介绍,我思绪的闸门犹如脱缰的野马左冲右突,难以驯服……大理这块神奇的土地,历史悠久,文化底蕴丰厚。早在四千年前,这里就有人类居住,西汉时期,中央政府在这里设置了叶榆县和云南县;唐朝时,建立了臣属唐王朝的南诏国;北宋时,建立了臣属宋王朝的大理国。著名的南方丝绸之路和茶马古道在这里交汇,大理国因此成为"亚洲文化十字路口的古都"。元代前,大理国一直是云南的政治、经济、文化中心,故有"文献名邦"的美誉……畅游于洱海之上,品着"一苦二甜三回味"的三道茶,目睹海天一色的胜景,宛若置身人间仙境,大有志得意满之感。大理的魅力无限,大理的景色迷人,大理是一块人与自然和谐、人与人和谐、人与社会和谐的乐土。

边赏景,边思忖,不知不觉间,游轮抵达桃源码头。我上了岸,在一户白族人家吃了午餐,然后又兴致勃勃地游览了蝴蝶泉、崇圣寺和大理古城。每游一处景致,心灵都受到一次震撼和洗礼,都被一个个神奇的传说和精彩的历史故事所倾倒。直到夕阳西下,夜幕降临,我才依依不舍地回到旅馆歇息。

## 探访周庄

不管是轰轰烈烈,还是平平淡淡,每个人的一生中都有抹不去的记忆。

2014年季春时节,我们去"人间天堂"苏州筹办六安市旅游推介会。工作间隙,在苏州市旅游局老局长朱俊彪的引领下,我们于一个周六的下午,由苏州驱车来到心仪已久的有着"中国第一水乡""东方文化的瑰宝"等美誉的周庄。那天,天公作美,收起了炙热的阳光,撒下丝丝细雨,化作一缕缕清凉,不仅让游人的身心无比舒适,也给古镇披上了一层神秘的轻纱,展露出曼妙绝伦的朦胧美。

朱局长行伍出身,虽年近花甲,身板仍十分硬朗,为人于豪爽大方中兼有热情细腻,彬彬有礼,很有亲和力。临行前,朱局长便电话联系了周庄旅游发展有限公司的副总经理迮建华。彼此握手寒暄过后,迮经理打着雨伞走在前面,说有贵客从远方来,他今天自告奋勇为我们一行五人当回导游。我推辞说:"迮经理您太客气了,您业务这么忙,怎么好意思劳驾您呢?我们叫一位导游讲解一下就行了。"迮经理说什么也不同意,非要带领我们一行参观考察。看他态度如此诚恳,我们只好答应他当导游。

连经理带着我们一行徒步向周庄古镇走去。他边走边介绍,不时回答我们的提问,始终充满激情,不厌其烦。

来周庄前,对其了解的渠道主要是央视报道和到周庄旅游过的亲朋好友们的介绍,总体印象是零碎、间接和肤浅的,但为此次亲临实地学习考察蓄积了许多的冲动和向往。

连经理边走边如数家珍地向我们款款道来:"周庄,起源于北宋元祐元年(公元1083年),旧名贞丰里,到清朝康熙初年正式更名为周庄镇,距今已有九百多年的历史。1949年5月8日,周庄解放,归属甪直区。1950年将镇西原吴县部分划归吴江。1952年至今,周庄镇划归昆山县(现昆山市)管辖。古镇面积0.47平方千米,60%以上的民居为明清建筑,现存近百座古典宅院、60多个砖雕门楼和14座各具特色的古桥,具有很高的历史价值和艺术价值。"

说到此,我插话道:"周庄打造得这么好,一定获取过诸多荣誉。请您介绍一下。"连经理露出十分自豪的笑容,回答道:"那是自然。周庄1998年被联合国教科文组织列入世界文化遗产预备名单;2000年荣获迪拜国际改善居住环境最佳范例奖;是首批中国历史文化名镇、首批国家AAAAA级旅游景区、首批全国旅游景观特色名镇、首批全国低碳旅游示范区;曾入选美国CNN全球十大最美小镇,获得'联合国全球优秀生态景区'等殊荣。"

听了连经理的介绍,我内心更加肃然起敬,便刨根问底起来:"周庄景区是什么时候开始打造的?"迮经理略作沉思:"20世纪80年代中期开始起步。此前,周庄交通不畅,主要通水路,不通陆路。当时镇里百姓比较贫穷,几乎过着自耕自足的生活。由于交通不畅,这里免遭战火毁坏,加之当地百姓保护古建筑的意识比较强,古建筑大多得以保存下来。在当地有识之士和国内外著名专家学者的建议下,当地政府更加重视对古建筑的保护,并于1986年成立旅游发展公司,正式打出旅游牌。"迮经理介绍说,他是镇旅游发展公司的发起人之一,从十万元起家,经过二十多年的打拼积累,现在旅游公司产值达三亿元,旅游业为镇财政提供了80%左右的收入,现在周庄镇可是全国名副其实的旅游大镇和旅游强镇。迮经理越说越激动,越说越自豪。我们也始终侧耳认真地听着。这时,迮经理突然话锋一转,表情严肃起来:"不过景区在经营发展中也走过弯路,遇到了不小的阻力。""请您介绍一下好吗?"我急忙插话道。"主要是利益之争、管理不规范等问题,一段时间给广大旅客带来不便,甚至留下不好的印象。对此,我们没有退缩,想办法大胆管理,把严管重罚和加强教育紧密结合起来,经过一段时间的努力,旅游市场的混乱局面及时得到彻底整治。目前,景区环境清新优美,秩序井然,深受广大游客欢迎。"

穿过一段平坦宽阔的街道,迮经理带着我们来到上书"贞丰泽国"四个大字的大型石牌坊下面。迮经理说:"过了这个牌坊,便进入古镇区。景点很多,由于时间比较紧张,我带大家重点看几处有代表性的景点。"我们齐声回答:"好的。辛苦您了!"他说:"别客气。天下旅游从业者都是一家人呐。"连经理的这句话令我周身顿时涌遍一股暖流,激动得热泪盈眶,连连颔首。

下午三点至五点半,在连经理的引领下,我们一行参观了沈厅、张厅、双桥、陈逸飞故居、中市街、古镇水巷、三毛茶楼等景点。每到一处,连经理都介绍景点的由来、特点以及发生的动人故事。他重点介绍了沈厅和张厅不同的建筑风格、陈逸飞的创作经历以及万三蹄等当地风味小吃的特色等,令我们深受教益。那婉约迷离、美轮美奂的小桥流水人家,那蜿蜒曲折、温馨可人的石板小巷,那古朴典雅、风格独特的园林建筑,那往来穿梭、络绎不绝的中外游人,那琳琅满目、小巧玲珑的旅游纪念品……深深印入我的脑海,久久挥之不去。

时针指向下午六时许,雨下得越来越稀疏。我们享受了一顿视觉盛宴后,连经理又把我们带到一家古色古香的农家乐饭庄,继续享受味觉盛宴。餐桌上摆满了当地著名的菜肴,主要有万三蹄、三味圆、白丝鱼、盐水虾、傍壁鱼、酱爆螺蛳、菜苋毛豆等,选料考究,做工精细,色香味俱佳,吃得我们满口流油,唇齿留香,浑身上下无一处不舒坦。

酒足饭饱之后,微雨渐止。连经理带我们去观看"四季周庄"实景演出,让我们从艺术角度,再一次加深对周庄的历史、文化、风土人情的了解。

# 品读"清华"

2016年11月7日至18日，我有幸参加了在清华大学继续教育学院举办的"县域旅游资源开发管理与文化产业发展"专题培训班。当一个月前接到县委组织部长电话通知我去清华参训的消息后，我平静的心湖仿佛被投进一串石子，兴起朵朵涟漪，向往之情，委实难以言表。之前，我曾到首都北京出差过五六次，均因时间紧张，来去匆匆，未能走进清华大学一睹其芳容，颇感后悔，留下遗憾！

11月6日天刚蒙蒙亮，我便立即起床，匆匆洗漱完毕，拎着行李箱，迅速踏上去清华校园的旅途，想尽快实现一睹清华校园芳容的夙愿。

当日下午一点多便来到西郊宾馆报到入住。第二天上午八时，学员们便统一乘车来到清华校园。先是在教学楼前合影。接着由班主任带着步入教室举行简单的开学典礼。而后，由林炎志老师开讲"'中华特色'的逻辑"。下午两点半，由徐林旗老师讲授"清华历史与人文精神"。

此次参训，我有幸坐在教室第一排，与徐老师近在咫尺，自始至终全神贯注地聆听他如数家珍的精彩讲述，这使我对清华大学的崇敬之情油然而生。

此次受训之前,我从报刊和广播电视上对清华大学有一定的了解,但总体上显得支离破碎。听了徐老师的讲述,我对清华大学的了解比从前要全面、系统、深刻多了。

清华大学历史悠久,饱经沧桑。于1911年4月29日正式成立,取名清华学堂;1928年更名为国立清华大学。1937年卢沟桥事变后,抗战全面爆发,清华大学与北京大学、南开大学一起组建国立长沙临时大学;1938年迁至昆明,更名为国立西南联合大学;抗战胜利后,1946年从昆明迁回北京清华园,恢复国立清华大学。

新中国成立后,清华大学迎来了大建设大发展时期,面积迅速扩大,校舍不断扩建,院系日益增多。时至今日,清华大学占地面积由当初的450亩增加到现在的393.97公顷,建筑面积由当初的3000余平方米增加到现在的211.21万平方米,可谓天翻地覆,日新月异。2010年3月1日,国际著名财经杂志《福布斯》评选出14座"全球最美丽的大学校园",清华大学名列其中,也是亚洲唯一上榜的大学。

清华大学校园是在清代清华园、近春园、长春园(一隅)几处皇家园林遗址上建设发展而成。清华园始建于1707年,为原康熙帝三皇子胤祉赐园——熙春园的东半部。清道光年间,熙春园被一分为二,东部名曰涵德园,西部名曰春泽园。清咸丰年间,咸丰将五皇子奕誴的涵德园更名为清华园,西部的春泽园更名为近春园。1860年英法联军火烧圆明园,殃及近春园,近春园几乎被焚殆尽,后被拆除成为"荒岛",清华园则幸存完好,得以保存至今。

现今的清华园建筑可谓中西合璧,建成时间跨度大,鳞次栉比,各展其长,令人目不暇接,叹为观止,具有极高的历史和文物价值。清华老校歌唱道:"西山苍苍,东海茫茫;我校庄严,巍然中央。"听后令人心潮澎湃,浮想联翩。步入二校门,映入眼帘的是苍翠的松柏、典雅的建筑。踱步水木清华,玲珑的假山、精巧的亭榭、清澈的池塘、亭亭的站荷、婀娜的垂柳、俨然的房舍,无不令人怦然心动,我们驻足盘桓,久久不愿离去。我闭上眼睛,脑海中顿时浮现出难忘的情景:朱自清在一个朦胧的月夜,独自在荷塘岸边徜徉,观赏荷塘月色,留下了千古美文。睁开眼发现,清华池塘的荷叶虽然已经枯萎,但在我心中,她远远胜过我见过的淮河岸边的焦岗湖上的千亩荷花,也胜过西子湖中"曲苑风荷"的胜景。离开水木清华,走近万泉河畔,举目四望,垂柳依依,河水汤汤,清澈见底,宛如曲曲折折的绿带,镶嵌在校园中央,为校园增添了许多灵气和风致。

畅游清华园,目及之处,皆能感受到浓郁的文化气息。如明德路、日新路、至善路、熙春路、明斋、水木清华、古月堂、近春园等命名,或源于传统经典读物,或出自文坛巨擘之手,文化底蕴深厚,引人遐思,耐人寻味,如春风化雨,使人受益良多。

当看到闻亭、王国维纪念碑、孔子行教像、梅贻琦和蒋南翔校长铜像时,我们不禁肃然起敬,内心仰慕他们的丰功伟绩和高尚品格!还有"三·一八"断碑、国立西南联合大学纪念碑等文化遗存,我们观后无不感慨清华学子品德之高洁,清华历史之厚重,清华精神之伟大!一个多世纪以来,清华大学为祖国培养了一大批治国栋梁、管理精英、学术大师,他们在不同的年代和不同的岗位上,默默耕耘,殚精竭虑,艰苦奋斗,为中华民族的复兴,贡献出无穷的智慧和力量。他们是中华民族真正的脊梁,他们永远值得我们尊敬与爱戴。

两周的培训,如白驹过隙,转瞬即逝。但清华精神——爱国奉献,追求卓越,清华校训——自强不息,厚德载物,清华校风——行胜于言,清华智慧——独立之精神,自由之思想,清华校箴——人文日新等人文精髓,将永志心间,催我自新,催我奋进!

"清华"是我人生中永远值得品读的精彩华章!

## 难忘贵阳风味小吃

庚子年仲秋时节,我有幸赴贵阳参加履职能力提升培训班。出发前,我上网查阅了介绍贵阳山水人文的资料,其中介绍贵阳特色风味小吃的文字给我留下了深刻印象。

到了贵阳市云岩区黔灵公园旁边一家酒店住下,利用早晚休息时间,我一个人在大街小巷转悠,欣赏街容市貌,特别对琳琅满目的小吃摊点十分感兴趣,东家瞅瞅,西家望望,兴味盎然,被引诱得涎水直流。终于按捺不住,情不自禁地踱进小吃店,点上几样特色风味小吃,不顾吃相,大快朵颐,尽量满足腹中馋虫的欲望。

一个星期下来,每天早中晚三餐,我几乎吃遍了贵阳的特色小吃,其中有几样风味独特,让我终身难以忘怀。

首选的是香辣可口的辣子鸡。我几乎每顿中餐都点一份辣子鸡品尝。辣子鸡选取当地土生土长的"三黄鸡"做食材,用贵州朝天椒和大红辣椒掺和在一起烧制而成。烧好的辣子鸡品相极好,特别诱人。浸透辣椒的鸡油红亮亮的,鸡肉黄澄澄的,花椒粒黑晶晶的,葱节绿油油的,蒜头白生生的,五彩斑斓,色香味俱佳。赶忙搛一块入口,细腻鲜嫩,辣度适中,糯悠悠,香喷喷,百食不厌,回味悠长。

其次是青岩卤猪脚。我的老家霍邱城关大街小巷的卤菜摊星罗棋布，几乎家家都有卤猪脚，是食客们喜好的菜品之一。来到贵阳，看到小吃店里基本上都有卤猪脚，我不禁胃口大开，情不自禁地点上一盘，仔细品味。这里的卤猪脚是用特制的卤水卤出来的，火候到位，色泽深黄，浇上一勺葱花、辣椒、酱油、醋搅拌的蘸水，味道糯糯的、香香的、嫩嫩的，不一会，皮、筋、肉全部下肚，餐桌上只剩下一堆骨头。离开贵阳时，有几位同伴忍不住每人买了几斤卤猪脚，用真空袋包装，带回去与家人分享。

还有雷家豆腐圆子。相传公元1847年，贵阳一位叫雷三娘的妇女首创了雷家豆腐圆子，迄今已有一百七十多年的历史。据说1960年周恩来总理夫妇视察贵阳时，也品尝了豆腐圆子，并给予了很高的评价。

豆腐圆子制作考究，选用上等黄豆浸泡六至十小时，磨成浆汁，加上"菜油脚子"（菜油的沉淀质），煮沸并加入酸汤，起锅后再掺入由花椒、八角、茴香、桂皮、草果、山奈配置而成的香粉末及味精、葱花等拌匀，抓起绒豆腐轻轻捏拢，缓缓放入热油里翻炸。豆腐圆子出锅后，趁热用竹片划开一个洞，露出像蜂窝一样的芯子，急忙灌入由酱油、葱花、辣椒、麻油、醋配成的作料，外脆内嫩，香味浓郁，食之五脏六腑无一处不舒坦。为此有位诗家便吟诵道："赢得芳香四方溢，白玉入油壳似金。煮豆烯萁千年事，隔桌呼酒忆古今。金豆入磨转蟹黄，坡仙知味流涎长。俯见维雉牵衣儿，指说雷家圆子香。"诗歌写出了豆腐圆子的色泽、用料、工艺、美味及影响,生动形象,引人遐思。

品尝了贵阳几道地方名菜后,贪婪的欲望仍未得到满足。连续几个夜晚九点钟后,我孑然一人,悄悄地来到美食街,选一家小吃店,头一天晚上要了一碗肠旺面,第二天晚上要了一份丝娃娃,第三天晚上要了一碗红油素粉,第四天晚上要了一碗牛肉粉。吃得津津有味,额头冒汗,饱嗝连连,心满意足。

肠旺面始于晚清,有一百多年的历史。"肠旺"是"常旺"的谐音,寓意吉祥兴旺。肠旺面由黄灿灿的鸡蛋面、雪白的猪肠、滑嫩的猪血旺、香脆的哨子四种原料组成,辅以由二十多种原料调制的作料,经过十二道工序加工而成。望着碗中鲜红的汤汁、翠绿的葱花、白脆的豆芽,嗅着扑鼻的清香,我不由得食欲大增,不到一根烟的工夫,便风扫残云般吃光了,付了账,踱着方步,回到酒店歇息。

丝娃娃的名字别致,引人好奇。为探其究竟,我选了一家丝娃娃店坐下品尝。进入店内,只见一张长长的方桌上面,摆满了酸萝卜丝、胡萝卜丝、黄瓜丝、海带丝、芹菜丝、绿豆芽、折耳根、黑大头菜、凉面、盐菜、蕨菜等,红黄蓝绿紫白,五颜六色,煞是诱人。坐定后,老板娘笑意盈盈,左手端一份薄如蝉翼的面皮,右手端一盏由煳辣椒、酱油、醋、味精、葱花等配好的调料放到我面前,并做了个示范,取一张面皮,平放在左手掌上,右手持筷分别夹取事先切成丝状的各类菜蔬,放在摊开的面皮上慢慢卷起,再于空隙处浇上调料,送到我手上,笑着说道:"老哥哥,放到嘴里就可以了。"我接过丝娃娃,急忙放进口中咀嚼,既有萝卜丝的酸甜、折耳根的香脆,又有海带丝的绵软和蕨菜的筋道,还有黑大头菜的微咸和煳辣椒的爽口……可谓百味杂陈,仿佛有一种别样的滋味游遍周身,顿觉神清气爽。一口气吃下四五个丝娃娃,感觉没有白来贵阳,惬意的心绪真的难以言状。

素粉用米制成,经过发酵后放上一天。食用时在开水中过一下即可。素粉不放汤,过水后盛入碗中,舀半勺辣椒红油浇在上面,再放上花生米、葱、姜、蒜、盐、酱油、味精、黑大头菜、泡酸萝卜等作料,便可食用。米粉滑滑的、软软的、香香的,十分爽口,让人百食不厌。

做牛肉粉的小店,灶台边置上炖了几个小时的牛肉、牛骨头大锅,一直用微火熬着,香味悠悠。在烫好的米粉碗里,浇上一大瓢煮好的牛肉汤,舀半勺清炖的牛肉丁放入,上面再撒上香菜、葱花、味精、盐、花椒油、辣椒面、酸莲花白丝等,一碗清汤牛肉粉便制作好了。

我端起碗,连粉带肉,三下五除二,一扫而光,最后连汤都没舍得剩下一口,真正做到了"光盘"。

我国是个传统的农业大国,历史悠久,尤其是饮食文化源远流长,长盛不衰,享誉全球。这也印证了"民以食为天"的道理。贵阳的风味特色小吃丰富多彩,堪称一绝,在国内外有较大影响,让一拨拨游客大饱口福,留下了深刻印象。此次到贵阳,在短短的一周时间内,难以样样都品尝。以后若有机会,一定再来贵阳,多住些日子,慢慢地享用让我魂牵梦萦的美味佳肴。

## 兰州——一个去了还想去的地方

辛丑年仲春时节,应学生张处长盛邀,我有幸踏上了甘肃省会兰州大地,心情格外激动。4月8日傍晚六时许,我们一行八人乘坐的动车到达兰州站。出了高铁站大门,环视前方,只见张处长肩背挎包,笑容可掬地向我招手致意。我快步上前,脱口道:"古有'西出阳关无故人'之说,今有'西出兰州见故人'之实啊!"师生相见,喜极而泣,急忙握手寒暄。接着我把同行的几位老乡一一介绍给他认识。张处长彬彬有礼地与大家一一握手,表示热烈欢迎,让我们备感亲切,有种宾至如归的感觉。随即张处长打的陪我们到事前预订的宾馆办理了入住手续。稍事休息,便引领我们乘坐出租车,直奔兰州市正宁路小吃夜市,尽情地享受一把兰州的风味小吃。

坐在出租车上,张处长打开了话匣子,热情洋溢地向我们介绍了兰州的地理特征、风土人情与风味小吃。他侃侃而谈,如数家珍,听得我们既新奇又兴奋,心里比吃蜜还要甜上三分。他眉飞色舞道:兰州简称兰或皋,古称金城,历史久远。从秦朝设置郡县始,至今已有两千两百多年历史,当时兰州一带属陇西郡地;汉昭帝始元元年(公元前86年),在兰州置金城县,属天水郡管辖;清康熙五年(公元1666年),设甘肃行省,省会由巩昌(今陇西)迁至兰州,由此,兰州一直为甘肃省的政治中心。

兰州地处中国西北地区,甘肃省中部,自古就是"联络四域、襟带万里"的交通枢纽和军事要塞,以"金城汤池"之意命名为金城,素有"黄河明珠"的美誉。兰州是移民城市,多年来全国各地人士迁居于此,生存繁衍。兰州人性格豪爽,心胸宽阔,接人待物热情大方,不欺生,不排外,乐包容,彼此和睦相处。兰州确为生活、创业的理想之地。

兰州地形独特,西部和南部高,东北部低。黄河由西南流向东北,横穿全境,穿山切岭,形成峡谷与盆地相间的串珠形河谷。南岸自东而西的崔家岭、皋兰山、西果园南梁、西固南岭、宣河梁,与北岸自西而东的虎头崖山岭、安宁北山、九州台、关山岭、白塔山、宋家梁、桑园陕北山等,长年累月默默相望,无怨无悔地呵护着膝下的河谷与盆地,宛若慈母怀抱着可爱的心肝宝贝。

张处长介绍得满含深情,我们听得全神贯注,犹如学生在听老师的精彩讲演。

说到此,张处长话锋一转,开始向我们介绍起兰州的风味小吃。他说,兰州的美食堪称一绝,历来受到文人骚客和海内外游客的青睐。特别是兰州牛肉面,是中国十大面条之一,制作讲究,肉烂味香,风味独特,具有"一青、二白、三红、四绿、五黄"的特点,被称为中华第一面。但在全国其他地方叫兰州拉面,不叫兰州牛肉面,这大概与"橘生淮南则为橘,生于淮北则为枳"是同样的道理吧。离开了兰州,食材和水土都不一样,也就吃不出兰州牛肉面的味道了,故更名为兰州拉面了。我们连连颔首,完全赞成张处长的说法。

谈话间,不知不觉来到了正宁路小吃夜市入口处,下了车,张处长陪着我们在小吃街溜达参观,先饱饱眼福。他边走边介绍道:小吃街长200米左右,宽约5米。傍晚时分,小吃摊主便手推三轮车来此摆摊设点,主要经营烧烤和清真类小吃。摊主多为回族,男人戴小白帽,女人戴围巾,个个热情好客,服务十分周到,让人乘兴而来,满意而归。大家先参观体验一下,开开眼界,等到勾起食欲后,我们再选择一家清真饭店坐下来慢慢品尝。我们欣然应允,跟在张处长身后左顾右盼,忙坏了双眼。

沿街两边,烧烤店和饮食摊点一家紧挨一家,清一色红篷子,高低错落,灯火通明,沿路两边一字摆开,看不到尽头。家家烧烤摊点的几案上,都堆满了各式各样的食材,宛如小山包,琳琅满目。主要有羊蹄、羊头、羊排、羊杂碎、羊肉串、牛肉串、韭菜串,还有煎饼、拉面、凉皮、擀面皮、腊肉夹馍、水果、干果、冷饮等,红黄青白紫,五颜六色,形态各异,应有尽有。烤炉、烤箱和卤锅一个挨着一个,十分稠密,有的烟熏火燎,有的汤汁翻滚,有的雾气蒸腾,香味塞满了我们的鼻腔,我们馋得涎水直流,真想立马选择一家坐定,大快朵颐,满足腹中馋虫的欲望。

我们在小街徜徉,充分感受摩肩接踵、生意火爆的红火场景。我发现来此消费的大多数为俊男靓女,或三五成群结伴而来，或伉俪情侣执手并肩款行，个个洋溢着青春朝气，令人羡慕不已；也有外地的中老年游客慕名赶来，以饱口福。整条小吃街管理规范，井然有序，没有车辆穿行，垃圾不落地，路面干净整洁，不见丁点污水，我不禁心生敬意。

我们饶有兴致地在小吃街晃悠了两个来回，胃口早被高高地吊了起来，食欲爆棚，难以言状。张处长见时机已到，便选好就餐位置，招呼我们坐定，从背包里掏出一大壶青稞烧酒、一大塑料瓶俄罗斯黑啤和一大瓶红葡萄酒，斟满酒杯，供我们选择品尝。服务员一会儿端上来一大碟烤羊肉串，一会儿端上来一大碟烤牛肉串，一会儿端上来一大碟烤鱿鱼串，一会儿又端上来一大碟烤韭菜串，一会儿又端上来一大碟烤羊排……来回穿梭，忙得不亦乐乎。我们个个放下架子，不顾吃相，推杯换盏，狂饮豪嚼，豪情万丈，欲罢不能。

十几分钟过后，我们个个脸上布满红晕，敞开心扉，谈天说地，气氛热烈，其乐无穷。这时，服务员给每人上了一杯白里透黄的汤汁，我们面面相觑，不知是何物。张处长介绍道，这叫"白胡子马爷爷牛奶鸡蛋醪糟"，是正宁路夜市的招牌小吃，许多人慕名而来，在摊前排起长队购买，供不应求。它是把牛奶、鸡蛋、醪糟放在一起加热煮沸后饮用。牛奶和鸡蛋的鲜味叠加在一起，鲜上加鲜，牛奶和醪糟的香味叠加在一起，香上加香，三者堪称完美结合，恰到好处，天下一绝。我们急不可待地品尝一口，味道委实特别，我们仿佛喝上了王母娘娘御制的仙汤，心舒胃畅,快活至极,不禁为兰州人民的聪明才智所折服。接着每人又品尝了一份甜胚子。张处长介绍道,这种美食是由燕麦或青稞做成,口感清爽甘甜,带着淡淡的酒香,当地有句俗语说道:"甜胚甜,老人娃娃口水咽。"深受当地居民喜爱。我们急忙品尝,果然名实相符,纷纷竖起大拇指点赞。

酒过三巡,菜过五味,我们个个吃得酒足饭饱,心满意足。最后张处长为了表达盛情,又安排服务员上了份酿皮和腊肉夹馍。酿皮色泽晶莹,加上油辣子、香醋、芝麻酱和蒜汁之类,味道酸辣糯滑,特别爽口,感觉别有一番滋味上心头。每人搛一块腊肉夹馍细嚼慢咽,外层馍香,里层肉香,十分筋道,吃得唇齿流油,津津有味。此时,大家连连摆手,都叫吃到十二分饱了,实在难以下咽啦。张处长看到我们一行个个饱嗝连连,便吩咐服务员停止再上其他美味,结了账,带着我们依依不舍地离开了正宁路小吃夜市。

返回宾馆的路上,张处长生怕我们不够尽兴,致歉道:"老师,晚上没有招待好大家,恳请见谅!热烈欢迎老师和诸位老乡下次再来兰州,我一定还请大家来正宁路,吃遍兰州美味佳肴,免得留下遗憾!"我拱手作揖道:"兰州的山水、美食,特别是兰州的故人,均令我们流连忘返,备感亲切。张处长,我此生定会再来兰州,重过一把品尝美食的瘾!"

兰州——一个去了还想去的地方。

# 醉游宁夏

"旅游到宁夏,给心灵放个假!"2020年8月,江淮大地溽暑袭人,处处犹如大蒸笼,一旦离开空调房间,立马大汗淋漓,心烦气躁,大有度日如年之感。十分幸运的是,应单位一个同事的昔日同窗丽宁女士之邀,我们一行六人,于8月11日上午乘坐合肥至银川的飞机,赶赴心仪已久的塞上江南——神奇宁夏,学习考察全域旅游。

坐在飞机上,我心潮激荡,脑海中断断续续地浮现出对宁夏的一些肤浅的认知。读初中时,我认为宁夏地处西北边陲,应为荒蛮不毛之地。读高二时,地理老师讲解黄河,特别提到了河套地区,虽时隔四十多年,但我记忆犹新。地理老师说黄河流到宁夏中卫时,向北流经银川,到巴彦淖尔时向东拐了道大弯,再向南,流经陕西和山西,形成"几"字形,再一路向东,奔腾入海。由于宁夏北部被黄河穿越,灌溉渠纵横交错,加之历史上黄河多次改道,形成诸多湖泊湿地,水资源比较丰富。又由于贺兰山遮挡住大西北的寒流,宁夏平原气候比较温润,植被茂盛,素有"塞上江南""西北明珠"的美誉。大学毕业参加工作后,我经常在电视上观看介绍宁夏的节目,阅读书报杂志时,多次看到介绍宁夏历史和风土人情的文章,加之去过宁夏的同事和同学们的叙述,觉得宁夏虽然面积不大,但历史悠久,文化底蕴深厚,地理位置特殊,是边关大漠通往中原腹地的跳板,古往今来,为兵家必争之地。

想着想着,脑海中又浮现出西夏王李元昊东征西掠的情景,浮现出1936年毛泽东率领红军将士登上六盘山的豪迈英姿,浮现出沙坡头、沙湖、西夏王陵、贺兰山岩画等画面,还浮现出宁夏枸杞酒、硒砂瓜和大枣……十点四十分,飞机着陆银川河东机场。我收起了漫漫思绪,手提行李箱,顺着人流,步出了机场大厅。

中午十二点,我们一行草草地用了餐,于下午三点二十分乘坐刚刚开通不久的高铁,赶往中卫市沙坡头水镇一家宾馆入住。高铁由银川站出发,一路向西南狂奔,经过吴忠市后便来到了中卫市高铁站。坐在高铁上,我两眼始终紧盯窗外一闪而过的景致,生怕遗漏掉重要发现。一路上只见黄土高坡、沙丘与平原相依相连,沙丘上的植被稀疏,黄沙漫漫,蔚为壮观;平原上的田畴一望无涯,生长着翠绿的玉米和水稻等庄稼,杂树四合,郁郁葱葱,十分养眼。下了高铁,我们打的到沙坡头水镇。十几千米的路程,左拐右绕,不到二十分钟便到达了入住地点。坐在出租车里,司机介绍道,这里的交通十分发达,高铁、高速、公路等四通八达,出租车多,价格合理,随叫随到,乘坐方便。我摁下车窗玻璃,只见公路两边,生长着一排排杨树,枝条紧抱树干,根根直立向上;树叶向阳面墨绿光滑,背阳面银白发亮,如盛开的白玉兰,十分惹眼。有的路边生长着一株株或翠绿或浅绿的垂柳,枝条披拂,随风摇曳,好像在窃窃私语,欢迎我们的到来。有的路边栽着栾树、白蜡树、金叶榆、国槐、龙槐、油松等,高低错落,千姿百态,干挺叶茂,生机盎然,令人眼花缭乱,心旷神怡,欲揽之于怀,以之为伴,长相厮守,终老余生。

入住水镇,我们在一家酒店用过晚餐后,便在水镇的大街小巷转悠,感受浓郁的地方风情。水镇开发不久,从头到脚都是新的。河渠环绕,背靠大塘,绿树成荫,花香四溢,空气清新,宛如人间仙境。街市两边大多为三层仿古建筑,古色古香,屋瓦接堞,鳞次栉比,窗明几净,一尘不染,美观大方。餐饮、娱乐、住宿设施齐全,为南来北往的游客提供舒服的休憩之地。

8月12日上午,我们一行来到沙坡头区常乐镇原上游村大湾自然村——"黄河·宿集"参观游览。大湾村是个具有百年历史的古村落,地处黄河之隈,与沙坡头景区隔河相望,地理位置特殊。大湾村于2017年6月被一家温州企业收购打造,保留了当地民居夯土建筑风格,复原了原始土地与古村落整体风貌,建成集边塞古城、西北村落、沙漠黄河于一体的地方特色鲜明的文化旅游综合体。

下了公交车,映入我们眼帘的是生长于村头的几棵大枣树,翠绿的枝叶间,缀满玛瑙般的青枣,挨挨挤挤,压弯了枝头,仿佛向游人们挤眉弄眼,撩拨得我心痒难耐,勾起了我的乡愁,使我想起儿时居住的村庄来。征得民宿主人同意，我顺手摘了两粒大枣，用餐巾纸擦拭几下，放到嘴里，既脆又甜，生津止渴，十分惬意。村庄房前屋后长满枣、杏、梨、沙果、苹果、核桃等果树，还间杂着椿树、栾树、杨树、槐树、榆树等杂木，绿意盎然，充满生机与活力。有些树杈上悬挂着奇形怪状的鸟巢，平添了诗情画意，勾起游人们的无限遐思。民宿里引进了咖啡厅、面包房、温州菜馆、威士忌酒吧、户外精酿啤酒吧、美术馆、书店、杂货铺等，还植入了当地非物质文化遗产项目西夏陶艺、宁夏手工羊毛毯等。民宿内，设施讲究，古朴典雅，布置精当，具有很高的艺术品位，吸引中外游客或享用，或体验，或玩赏，或选购，让游客心情愉悦，仿如置身世外桃源，无忧无虑，飘飘欲仙。

在西夏陶艺馆，我们遇上了丹麦籍的一对中年夫妇，带着活泼可爱的女儿和儿子，在认真学习制陶工艺。小女孩在制陶艺人的指导下，精力十分集中，一丝不苟地潜心学习，充满无限情趣与欢乐，看得我们兴味盎然，不忍离去。

民宿还配套了观光体验农场，游客可以种菜、采摘水果和蔬菜，当一回农民，乐在其中；也可以体验挤羊奶的全过程，尝尝鲜奶的味道，过一把当牧民的瘾，畅快至极！

吃过中饭后，我们又来到迎水桥镇沙坡头村，参观考察农家乐项目。沙坡头村原来是不毛的沙丘，经过几十年治理，现在变成了瓜果飘香的绿洲。全村 175 户村民，有 120 户在沙坡头景区就业，其中 63 户开办了农家乐，每户年均经营收入 15 万元，纯收入7万元。沙坡头村道路全部实现了硬化、绿化、亮化,到处长满枣树、李树、苹果树,还有一些名贵花木,目之所及,郁郁葱葱,生态优良,处处洋溢着欢歌笑语。进入农家,仿如进入城市宾馆,设施齐全,宽敞明亮,环境清幽,别有洞天,令人啧啧赞赏,流连忘返。

8月13日,我们乘坐高铁回到了银川。丽宁女士提前为我们订好了晚餐地点——银川美食街一家专做地方土菜的餐馆,并安排两位安徽老乡驾着私家小轿车把我们拉到银川市中阿之轴、花卉博览园、博物馆、阅海湾等处兜风,感受银川市美轮美奂的市政建设和花团锦簇、令人心醉的绝妙风致。我们一行饱览了银川市的秀色之后,便来到土菜馆等候丽宁女士的闪亮登场。晚上七点钟左右,丽宁女士风风火火地从会场赶来,踏进包厢,满面春风地同我们一一握手寒暄,并对自己因参会延迟了接待时间深表歉意!

安排我们落座后,丽宁女士十分热情地请我们品尝提前安排人排队购买来的银川美食牛肉饼和辣条。牛肉饼用精面和牛肉制作,用料考究,做工精细,吃到嘴里,既松软又筋道,咸淡适中,唇齿留香。辣条咸津津的,辣味适中,很有嚼头,回味悠长。接着服务员陆续上齐了十几道菜肴,主要有手抓羊肉、羊杂碎、黄河糖醋鲤鱼、枸杞红枣炖仔鸡、红烧牛肉、时令小炒,还有沙葱、苦菜、秋葵等时令凉菜,五颜六色,风味独特,吃得我们满头冒汗,心花怒放,兴致高昂。

大家边吃边聊，兴味盎然。丽宁女士介绍道，2019年8月她从石嘴山市调到自治区人大机关工作，生活在银川市，她感到特别温馨与惬意。她说银川市处于宁夏平原腹地，西依贺兰山，黄河从身边流过，河湖纵横，四季分明，植被丰茂，是典型的鱼米之乡，适合人居。近年来银川市发生了很大变化，取得了诸多桂冠，先后被命名为"全国民族团结进步示范市""全国文明城市""国家节水型城市""国家卫生城市""国家园林城市""国家环保模范城市"，荣获"中国人居环境模范范例奖""全球首批国际湿地城市""健康中国年度标志城市""中国智慧城市发展示范城市"等殊荣。

看到我们全神贯注地听她的精彩介绍，她谈兴更浓，继续说道：银川是国家历史文化名城，古称兴庆府、宁夏城，古有"塞上江南、鱼米之乡"的美称。她的传说十分绮丽迷人。相传古时候，贺兰山飞来一只凤凰，看到这里黄河横贯，麦浪翻滚，一片风光秀丽的江南景象，不愿离开，竟化身一座美丽的城市——银川。现东门外的高台寺为凤凰头，紧临黄河；高台寺旁边有两眼井，为凤凰的眼睛；鼓楼是凤凰的心脏；西塔和北塔为凤凰的两只爪子；西马营湖泊相连，林茂草密，花团锦簇，是凤凰的尾巴，绵延逶迤，一直拖到贺兰山麓。凤凰是传说中的神鸟，象征着吉祥和美好，为银川披上了神秘的色彩。

她介绍得眉飞色舞，我们听得十分痴迷，个个张着嘴巴，神情专注。接着她又介绍道：银川以沙枣和国槐为市树，以玫瑰和马兰花为市花,以喜鹊为市鸟。宁夏有红、黄、蓝、白、黑"五宝",红即枸杞,黄即甘草,蓝即贺兰石,白即滩羊皮,黑即发菜。我们听得兴味盎然,眼界大开,纷纷表示不虚此行,对她的盛情款待表示由衷感谢!不知不觉间,已到晚上十点半,我们个个酒足饭饱,依依不舍地与丽宁女士等握手道别。

8月14日上午八点半至下午六点,我们先后参观了源石酒庄、镇北堡昊苑村民宿、贺兰山漫菊小镇、山上人家、芦花小镇、西夏王陵等乡村旅游项目。每到一处,都被新奇的创意、精致的建筑、优美的环境和旺盛的人气所吸引,被宁夏人民开拓进取、艰苦创业的精神所折服。一天下来,我们的情绪始终亢奋,兴致始终高昂,个个收获颇丰,满载而归。我们回到旅馆,刚刚吃罢晚饭,丽宁女士亲自驾车赶到我们的居住地,接我们去参观银川的夜景,体验一把阅海公园的水上灯光秀。

来到中阿之轴,我们换乘观光车,在彩灯闪烁、空灵曼妙的大道上穿行。我们四处张望,忙坏了双眼,宛如在天街里徜徉,不知今夕何夕!

在大道上游览近半个小时,观光车把我们拉到了阅海公园,此时离晚上九点开始的灯光秀还有二十分钟。年轻英俊、面带微笑的司机便开着观光车,带着我们在公园内游逛。整个公园到处灯火辉煌,异彩纷呈,亮如白昼。灯具造型新颖别致,有的像星星,有的像皮球,有的像莲花,有的像火炬,有的像棒槌……千奇百怪,形神毕肖,流光溢彩,美不胜收。

九点的钟声敲响了,水上灯光秀闪亮登场。吞云吐雾的大型喷泉时刻变换着造型,或天女散花,或闪转腾挪,或一飞冲天……变幻莫测的七彩灯光映射在造型各异的水幕之上,应和着舒缓激越的音乐节拍,构成勾魂摄魄的美妙图景,挥洒飘逸,斑斓夺目,令人叹为观止。我们个个屏住呼吸,目不转睛,看得如痴如醉,再一次享受到终生难忘的视觉和听觉盛宴。

随着"欢迎光临阅海公园"几个大字在水幕上时隐时现,四十五分钟的水上灯光秀戛然而止,落下了帷幕。我们一行意犹未尽,纷纷举起手机,捕捉终生难遇的画面,并合影留念,凝固一段美好的记忆,以便在余生中慢慢回味。

百闻不如一见。从银川返回安徽霍邱已逾十天,脑海中始终萦绕着宁夏之行的诸多场景,口中反复吟咏"贺兰山下果园成,塞北江南旧有名"的诗句,深感"塞上江南"的美誉实至名归。宁夏不仅自然风光旖旎,人文景观独特,环境整洁优美,物产鲜美富饶,而且人们精神饱满,文明礼貌,热情好客。衷心祝愿宁夏人民平安幸福!宁夏的明天更美好!

## 绵绵秋雨中的青岩古镇

庚子年仲秋时节，我到贵阳办事。事情办完，我于一个周六的清晨七点，约上两位同伴，打的冒雨赶赴青岩古镇，一睹她的芳容，慢慢欣赏她的多姿多彩。

坐在于细雨中穿行的出租车里，我邀请四十开外的司机小哥介绍一下青岩古镇的来历及特点。司机小哥中等身材，穿着整洁，眉清目秀，说话不徐不疾，彬彬有礼，好像肚子里喝了不少墨水，具有亲和力，让人有种一见如故的感觉，我不禁对贵阳人的文明礼貌和热情好客平添了几分敬意。

司机小哥边驾车，边介绍，如数家珍，我们仨竖起耳朵，神情专注地倾听，生怕落下了什么。

司机小哥侃侃而谈："贵州多山地，雨水充沛，自古就有'天无三日晴，地无三里平'之说。青岩古镇坐落在贵阳市花溪区，为贵州省四大古镇之一，始建于洪武十一年（公元1378年），距今已有六百四十多年历史。原为军事要塞，洪武十四年（公元1381年），朱元璋征调三十万大军平滇，部分军队在此屯扎而建镇。古镇历经明、清朝代和民国时期，多次扩建整修。目前古镇面积方圆三平方千米，有东、西、南、北四门，街道路面全由青石铺筑,史称青石屯或青石堡。现为国家 AAAAA 级景区,一年四季游客众多,生意兴隆。"我们不住地点头,听得兴味盎然。

"请问古镇有什么特产?"我插话道。"青岩的地方小吃很有名气,主要有卤猪脚、鸡辣角、豆腐果、水盐菜等,风味独特,诸位到后可以品尝品尝。还有刺梨糯米酒、双花醋、赵司茶,特别是玫瑰糖,你们可以买几袋带回去,慢慢享用。"

"青岩古镇历史悠久,肯定也出了些风云人物吧?""那是自然。有参与编纂《康熙字典》的周渔璜,他是青岩骑龙村人,22岁时参加乡试夺魁,29岁时考取进士,可谓才华横溢,有'大清秀才'之称,得到康熙皇上的垂青,也是贵州人的骄傲。还有一位状元郎赵以炯,他于1886年携他弟弟赵以煃一起参加科举考试,结果他夺取了状元,他弟弟也中了进士,一时朝野为之震动,贵州籍在朝廷里做官的人无不弹冠相庆,纷纷发贺信,表示祝贺。赵以炯是贵阳历史上唯一一位文状元,虽事隔多年,家乡人仍引以为傲。"

司机小哥口若悬河,越说越起劲,我们听得也心花怒放,暗暗地为青岩古镇的人杰地灵叫好。

不知不觉间一个小时过去了,出租车在青岩古镇北大门外停下,我们付了车费,与司机小哥拱手道别。

按照司机小哥指引的路线,我们顺着一条坡道冒雨前行。纵目远眺,只见古镇上空烟雨迷蒙,被青山包裹着的清一色的明清古建筑群,屋瓦接堞,鳞次栉比,宛如一幅偌大的水墨画铺展开来，浓淡适中，美轮美奂，引人遐思。

时光仿佛回到六百多年前，我们俨然是大明朝初来此地的士兵，在大街小巷里穿行，感觉周遭的一切都十分新奇而别致，不由得东张西望，忙坏了两只眼睛。穿过一道石牌坊，右拐，便来到古镇的北大门前。驻足仰望，三层门楼巍峨，气势如虹，上书"青岩"两个遒劲的大字，十分厚重大气，格外吸人眼球。门楼上插满杏黄旗，在微风中飘摇，仿佛向我们招手致意。我的心灵受到震撼，情不自禁地合上雨伞，冒着霏霏细雨，在门楼前拍照留影，贮存一段难忘的记忆。

跨过弓背小桥，穿越北大门，在铺满青石板的大街小巷里徜徉，入眼是形态各异的大小店招、高悬着的红红的灯笼和五颜六色的旗幡，营造出古色古香的意境，弥漫着清幽的情调。被雨水淋洗过的一块块方形的青石板，横竖搭配，错落有致，油光发亮，一尘不染，行走其上，不敢使劲，生怕踩痛了它那光滑柔嫩的肌肤，得罪了当地的土地老爷。无论楼房还是平房，皆为灰瓦盖顶，飞檐翘角，木格门窗，青砖青石砌墙，双重挑檐，雕梁画栋，古韵犹存，独具一格，惹人怜爱。细品慢读之后，一股别样的滋味不禁涌上心头。

被几百年松烟熏得黑乎乎的雕花窗棂，一处处残缺不全的木雕遗存，还有那随处可见的布满青苔的湿漉漉的老砖墙，无不流露出饱经风霜、与岁月抗争不屈的风骨，令我的肝肠百转千回，一种敬佩、景仰之情油然而生。驻足于写满历史沧桑的赵伦理石牌坊之下,流连于赵状元府前后院落之间,深嗅着古刹里飘逸出的香火味道,心中五味杂陈,翩飞的思绪纵横驰骋,难以收拢。大千世界,白云苍狗,浪淘尽千古风流人物,唯独文化的精髓不灭,滋润千秋万代,绵延不绝,生生不息。

打着雨伞,踱着寸步,我们贪婪地浏览了东、南、西、北四门和蜿蜒逶迤的大街小巷,脑海里被琳琅满目、小巧玲珑的工艺品和香气馥郁、色泽鲜嫩的风味小吃刻下了涂抹不去的印痕。抵挡不住诱惑,每人特意选购了手链、苗绣、银器、牛角梳等价廉物美的工艺品,还有玫瑰糖、刺梨糕和卤猪脚等风味独特的地方小吃,可谓满载而归,实现了精神与物质的双丰收。

转眼已到上午十点半,为了赶乘午后返程的高铁,我们仨依依不舍、一步一回头地离开了青岩古镇。

坐在返程的出租车里,我的心绪难平,脑海中始终回放着古镇一幕幕动人的情景,尤其是绵绵细雨中的画面,特别妩媚曼妙,清澈水灵,比丽日和风中的古镇更富墨韵,更富诗情画意,一种爽爽的感觉,让人回味不已,难以言状。

青岩古镇宛如一幅画、一本书和一坛老酒,颇值得玩味品读。若有机会,我一定再来访古探幽,尝美食,喝甜酒,品香茶,给心灵放个假。此生何求,此乐何极!

## 拜谒阳明文化园

农历庚子年仲秋,我有幸到贵州省修文县中国王阳明文化园参观游览,心情格外激动,思绪万千,感慨良多,不吐不快。

王阳明是我国明代著名的思想家、文学家、哲学家和军事家,其书法造诣也让许多书家难以望其项背。王阳明是我国封建时代"三不朽"的代表人物之一。"三不朽",即儒家宣扬的"立德、立功、立言"。《左传·襄公二十四年》记载:"太上有立德,其次有立功,其次有立言,虽久不废,此之谓不朽。"唐朝孔颖达疏曰:"立德,谓创制垂法,博施济众……立功,谓拯厄除难,功济于时;立言,谓言得其要,理足可传。"纵观整个封建时代,能够做到"三不朽"的人,实属凤毛麟角,堪称完人。

20 世纪 70 年代初,我读初中时,社会上正风行"批林批孔"运动,王阳明被当作孔孟的"孝子贤孙"遭到了批判,打那时起,我头脑中便留下了模糊的印象。成人后考取大学,学习中国古代史,对王阳明有了初步认知,知道他是个大哲学家,创立了心学体系,主张"心即理""致良知""知行合一"等观点,是主观唯心主义的代表人物。参加工作后,于读书人的言谈中,零零星星地耳闻了他的生平及哲学观点,对其认知渐渐加深。知天命之年时,我去书店买了一本《传习录》,权当附庸风雅,装饰门面,没有认真拜读。退居二线后,为了打发多余时光,便先后购买了他的不同版本的传记,慢慢品读,对其立志成圣的志向、博大精深的学问、彪炳史册的功业、临危不惧处变不惊的非凡胆识与气度,无不佩服得五体投地,心悦诚服之至。

此次有机会到阳明先生龙场悟道的原地拜谒,实乃人生中的一大幸事,怎能不让我激动万分呢?遗憾的是有几位同行者对阳明先生不感兴趣,与我们分道扬镳,奔赴黄果树瀑布看自然风景去了。我打心底里地替他们感到遗憾。王阳明文化园熔人文景观和自然景观于一炉,文化积淀深厚,耐人寻味,启人心智,使人在赏心悦目中观念受到冲击,思想受到熏陶,灵魂受到涮洗,品行得到升华。

步入王阳明文化园,过了大门,映入眼帘的是一座高大的石牌坊,上书"知行合一"四个遒劲的行体大字,格外醒目。仰首仔细观察,只见整座牌坊用整石砌筑,四面八柱,暗含欢迎四面八方的游客之意。牌坊高耸巍峨,气势恢宏,采用传统的"板凳挑"结构及榫卯交结工艺构成,是目前世界上最大的一座整石牌坊,令人叹为观止。

过了石牌坊,由著名画家、雕塑家袁熙坤先生设计创作的阳明先生高大挺拔的铜雕塑像赫然入目。铜像高 15.08 米,寓意先生到龙场的时间,即 1508 年。塑像面向西南,目光深邃,表情沉毅,呈现出特有的精神内涵,令人肃然起敬。铜像立于四方形的基石上,基石四面以浮雕的形式记载了先生在立德、立功、立言三方面的卓越建树,可谓高山仰止、景行景止。我情不自禁地围绕先生雕像转了三圈,反复观瞻,不愿离去。

穿过竹木森森的园林,足下的石板路蜿蜒曲折,环境清幽雅静,浮躁的心情渐趋空灵。不一会,便来到了阳明先生纪念馆。纪念馆由贵阳市政府于1999年投资兴建,回廊立柱式四合院,明清建筑风格,飞檐翘角,古朴厚重,气势非凡。通过视频、文字、图片、雕塑等形式,系统地介绍了阳明先生"真三不朽"的传奇人生,讲述阳明心学的发展历程,内容全面,条分缕析,丰富多彩。参观纪念馆结束,在门厅里遇见几十名中学生,他们正在老师的带领下,齐声诵读阳明先生的诗文,声音洪亮齐整,表情十分专注,我视之欣喜不已!

步出纪念馆,心潮激荡,久久难以平静,对阳明先生的仰慕之情,如滔滔江水,难以述说。

告别了纪念馆,穿越一块空地,进入山间石径,跨过几十级台阶,转了几道弯,便见到了心仪已久的阳明洞。山洞居于龙岗山上,洞口上方书写"阳明先生得道处"几个猩红的大字,洞深40米左右,从前山直通后山,入洞处是一个高4米的"大厅",最宽处有10余米。厅内有一个天然石床,洞的一侧有泉水从洞顶往下滴,若用器皿接住盛起来,可以饮用。当年阳明先生带着童仆住进来后,便起名叫"阳明小洞天"。

我在洞内来回走了三趟,感觉前后通风,保暖性差,又有泉水下滴,潮湿阴冷,条件十分简陋,真不知道当年阳明先生带着童仆是如何艰辛度日的。

我还欣喜地看到洞壁内外布满大量的摩崖和碑刻,行、楷、隶、篆各显风骚,将五百多年的文化沉淀于此,无怪乎获得了"中国第一哲理山洞"的美誉。

这里本为一处不起眼的山洞,阳明先生不嫌其陋,深居于此,专心悟道,终于茅塞顿开,大彻大悟,创立了心学。五百多年来,这山洞不知吸引了多少文人骚客前来拜谒参观,成就了人世间的许多佳话。

离开阳明洞,前行一段山道,便来到建于山间平地的何陋轩。现在的何陋轩为清代所建,为歇山顶抬梁式砖木结构,面阔三间,进深一间,屋脊两端塑有龙形兽吻,中间为宝顶,翼角以卷草和鱼做装饰,栩栩如生,檐下四周为回廊。何陋轩四周杂树参天,满目苍翠,环境清幽。行走其间,轻手轻脚,不敢高声说话,生怕惊扰了阳明先生。

20世纪六七十年代的"文化大革命"中,何陋轩的门窗、板壁、匾额等被拆,只剩框架,室内碑刻被砸坏。经1981、1996年两次重建,终于恢复了原貌。轩内墙壁间嵌有根据拓片复制的清人镌刻的碑刻十四通,均为道光二十六年(公元1846年)地方官员书录的阳明先生诗文。其正门门楣之上悬挂着陈恒安补书的"何陋轩"三字木匾,朴拙厚重。清光绪年间,刘玉山为何陋轩题写了一副楹联:"何陋辟仙居,山水有情皆入赏;其文延圣统,烟霞无恙任追思。"内容精当，对仗工整，文采飞扬，读之朗朗上口，令人回味不已。

原何陋轩为1508年龙场百姓凿岩伐木所建，有居室、客厅、书房、凉亭，气势雄伟。居室四壁徒立，干净舒适，取名"何陋轩"，客厅取名"宾阳堂"，凉亭取名"君子亭"，反映出阳明先生乐天知命、积极向上的高雅情趣。紧接着地方百姓又帮助兴建了寅宾堂、玩易窝等建筑，与何陋轩一起统称为"龙冈书院"。阳明先生在书院周边种上竹子、花卉、蔬菜和草药等，整日在其中吟诗作赋，并渐渐地学会了当地的语言，与苗族人民打成一片，常来常往，深受苗族人民的拥戴。阳明先生因势利导，开始教授当地百姓礼仪孝悌等思想，影响越来越大，收的学生越来越多，形成了"龙冈书院"。教授的内容为由他编写的《五经臆说》，他还撰写了规章制度《教条示龙场诸生》，分为立志、勤学、改过、责善四条，今天读来，对学习、做人、做事仍有普遍的教育意义。

阳明先生建龙冈书院，在书院讲学，首开贵州教化之风，为贵州教育的勃兴做出了重大贡献。为此明人阮文中在《阳明书院碑记》中写道："始，贵阳人未知学，先生与群弟子讲明良知之旨，听者勃勃感触，日革其浇漓之浴而还诸淳，迩者衣冠济济与齐鲁并，先生倡导之德，至今不衰。"日本东官司侍讲、文学博士三岛毅欣然作七绝一首："忆昔阳明讲学堂，震天动地话机藏；龙冈山上一轮月，仰见良知千古光。"

夕阳西下，火烧云笼罩着半边天空。回望阳明文化园，它身披道道霞光,显得无比璀璨夺目,一种依依不舍的情愫萦绕胸际。若有机会,我定会再来这里接受不老的哲思浸润,让贫瘠的精神家园不断得到丰盈,以便踏踏实实地度过余生,少留遗憾。

坐在返程的大巴车里,我的心绪难平,脑海中不停地回放着阳明先生龙场悟道的情景,不禁陷入了沉思。

阳明先生初来龙场,面对"没有住处、没有口粮、没有熟人"的"三无"局面,没有怨天尤人、悲观厌世,没有抱怨朝廷不公,使他被贬谪至蛮荒之地;而是自立自强,带着童仆修房舍、开荒地、修鸡笼、建猪圈、打理菜园,过上了艰苦的农耕生活,并始终没有放弃读书悟道,创造条件,积极传播文明之火,启人心智,教化风俗。他还创作了大量脍炙人口的诗文,其中在龙场创作的田园诗,记述了日常生活,充满质朴的情趣和乐观向上的心态。其中《瘗旅文》和《象祠记》两篇散文被收入《古文观止》中,深受读者喜爱,影响深远。

龙场的环境虽然幽僻艰苦,但让阳明先生远离了人际关系十分复杂的京都官场,远离了没完没了的公务俗事,他以苦为乐,静下心来,排除杂念,对前半生所学所思进行系统的梳理、反省、参悟,完成了一次"淬火",终于悟出了成为圣人的途径:心即是理,心外无物,知行合一。龙场成为阳明先生新的起点,他从此宏图大展,建功立业,平定了南方的匪患和宁王宸豪叛乱,著书立说,热心教育,最终完成立德、立功、立言的"三不朽",让后人顶礼景仰。

阳明先生告诫说:"某于此良知之说,从百死千难中得来,不得已与人一口说尽,只恐学者得之容易,把作一种光景玩弄,不实落用功,负此知耳!"先生言之谆谆,吾辈千万不可听之藐藐,当成了耳旁风,重蹈不良之徒的覆辙,铸成无可挽回的大错!

# 千里迢迢访亲家

农历庚子年国庆节，连襟的宝贝儿子与女朋友在合肥举办隆重的婚礼，亲朋好友欢天喜地，齐聚一堂，个个脸上都洋溢着灿烂的笑容，异口同声地夸赞新郎新娘，一个英俊潇洒，一个贤淑美貌，才华横溢，堪称绝配，纷纷为他们送去美好的祝福——一生一世，相濡以沫，互敬互爱，白头偕老！

新郎官是连襟唯一的宝贝儿子，新媳妇是亲家唯一的掌上明珠，小夫妻俩均为首都某重点大学高才生，硕士毕业后，一个留校任教，一个考上公务员，都有稳定的工作，令人十分羡慕！

亲家公20世纪80年代末大学毕业，现任交城县某国有林场一把手，为人正派，工作能力强，很有亲和力；亲家母与亲家公为同年代大学毕业生，秀外慧中，现任交城县某中学数学骨干教师，她教学认真、水平高，深受学子们爱戴。恩恩爱爱的夫妻俩特意提前一天，不远千里，从山西太原坐动车到合肥，参加女儿女婿的婚礼，见证激动人心的时刻，委实令人感动。

按照交城县习俗，举办婚礼三天后，新郎官要陪着新媳妇回娘家探视父母及亲人。连襟为了表达诚意，对女方表示尊重，特意请儿子的大舅和大姨夫代表男方回访。亲家公和亲家母知晓后,十分重视,安排女婿提前为我们购买了合肥至太原的往返机票。

2020年10月5日下午五时许,飞机降落太原机场。我和大内弟下飞机,步出候机大厅,很快坐上了亲家派来接我们的车,马不停蹄地赶往交城县城。一个小时后,小车子开到亲家居住的小区大门口。我和大内弟下车后,不禁被眼前的景象所震撼:红绸布和钢筋骨架搭起的拱形长廊有丈把高,一百多米长,红地毯铺地。长廊顶端内侧悬挂两排大红灯笼,左右间隔一米上下,流光溢彩,斑斓夺目,放眼望去,宛如一条长龙,昂首挺胸,鲜艳婀娜。行走其间,心旌摇荡,仿佛置身天街,大有赴王母娘娘盛宴的味道。

上三楼来到亲家居室,只见四面墙壁上贴满了大红喜字,顶灯、壁灯交相辉映,红地毯光鲜发亮,室内外气氛融洽,给人十分温馨喜庆之感。落座后,亲家公安排知客给我和大内弟每人送上一杯热茶,又给大内弟点着了一支喜烟,请我吃橘子和苹果。我感觉有一股暖意涌上心头,好似游子归家,惬意至极。

十几分钟后,亲家公领着我和大内弟下楼共进晚餐。为了安排好接待地点,亲家公和亲家母于两天前,招呼楼上楼下左邻右舍的男女老少齐动手,在小区的空地上搭起个棚子。邻居们把自家的桌椅板凳搬下楼摆好,作为亲朋好友和街坊邻居吃酒席的场子。又临时搭建了厨房,炊具和餐具全由亲友和邻居们自带。因我和大内弟远道而来,亲家公高看一眼,把邻居家的车库腾出来并打扫干净，在里面摆上一张圆桌和十把方凳，作为专门招待我俩的"雅座"。亲家公专门邀请了几位交城县城的贤达作陪，他们个个彬彬有礼，儒雅大方，口吐莲花。喝着地方美酒，品着地方美味佳肴，洗耳恭听他们介绍山西和交城县的风土民情、风景名胜和历史名人，气氛热烈融洽，情意浓浓，如沐春风，令我收获良多，旅途上的劳顿消逝得无影无踪。

酒足饭饱之后，亲家公把我俩安排在县城条件最好的宾馆住下，房间桌子上摆满了水果、花生、瓜子、小糖、茶叶和香烟，照顾得无微不至，令我和大内弟感动得不知说啥好。

6号上午、下午和7号上午，亲家公和亲家母一边张罗着女儿回门的答谢喜宴，一边忙于送往迎来，抽不开身陪我俩转悠，便特意安排精通地方文化的两位朋友做向导，陪同我们参观交城县的街容市貌，感受浓郁的乡土气息。老城区里巷的古老沧桑、新城区迎宾大道的宽广大气、卦山生态园的勃勃生机、玄中寺的清幽雅静和吕梁英雄广场的庄严肃穆，各具特色，精彩纷呈。我们边看边聆听介绍，既开阔了眼界、增长了见识，又愉悦了身心，可谓一举多得，让我终生难忘。

7号上午十一点，亲家公和亲家母在宾馆里安排了一桌丰盛的酒席为我俩饯行。饭毕，又安排专车把我俩送到太原机场，每人赠送两盒交城县产的核桃和大枣。我和大内弟再次被感动得泪花闪闪，连连拱手作揖，表示深深的谢意。

从太原机场返家后，一段时间内心潮始终难以平静，脑海里不停地回放着驻足交城县两天两夜的所见、所闻、所思、所感、所获,对亲家公和亲家母热情周到的招待深表感激,对交城县人民的纯朴厚道、热情好客、豪爽率真、勤劳俭朴的性格特征留下了美好记忆,对交城县市政建设取得的长足进步表示欣慰,对交城县的厚重人文历史与旖旎自然风光表示由衷的赞佩。

通过两位富有丰厚文化底蕴的朋友介绍,我知晓了交城县的前世今生,对山西省有了更加深入的了解,增长了许多见识。

交城县于隋开皇十六年(公元596年)置县。唐天授二年(公元691年),位于汾、孔两条河流交汇处的古交城被洪水冲毁,后移至却波村(现址)重建,距今已有一千三百多年历史。唐天授二年,于东南平川磁窑河与瓦窑河之间,筑交城东、南、北三门,城墙周长五里九十步,高一丈五尺。整个城池形似牛身,东关形似牛首,故有"卧牛城"之称。

玄中寺位于县城西北10千米的石壁山中,始建于北魏,是佛教净土宗祖庭,也是全国佛教三大戒坛之一。寺中流传鸠鸽二仙的传说,神奇迷人,于2009年被列入山西省第二批非物质文化遗产名录。20世纪70年代后期,日本佛教净土宗和净土真宗的高僧大德来华夏寻根问祖,找到此处,寻到了祖宗,并塑碑纪念。后日本宗教界人士络绎赶来朝拜,深化了中日友谊,留下了一些佳话和美谈。

玄中寺立于石壁山半山腰一处平地之上,青山四合,重峦叠嶂;苍松翠柏,傲然挺拔;杂树森森,肃穆幽静。进入寺内,目视森严的大殿和慈祥的佛像，不禁肃然起敬，不敢高声说话，生怕惊扰了佛祖的安宁。

位于县城西北角的卦山，因山形而得名。传说"八卦"起源于此，这里是一座文化富矿，自古及今，吸引天下骚客前来拜谒推演，激发他们的创作灵感。"卦山之柏"与"黄山之松""云栖之竹"并称华夏树木奇观，被许多文人雅士歌颂。山中建有中外闻名的天宁寺，为中国佛教华严宗巨刹，至今香火不绝。卦山集文物、宗教、古建、森林公园于一体，形成了"儒门释户道相同，三教从来一祖风"的多元体系，被誉为"易学之源、八卦名山"，令人神往。

三晋大地，自古而今人才荟萃，声名显赫。君主有尧、重耳、武则天等，忠臣良将有卫青、霍去病、关羽、张辽、尉迟恭、柴绍、徐向前、傅作义等，能臣和大学者、文学家有狐突、狐偃父子，张仪、狄仁杰、王维、王昌龄、柳宗元、司马光、于成龙、陈廷敬等。

古代四大美女中，除西施、王昭君外，貂蝉和杨玉环均为山西人。前两个大美女有"沉鱼落雁"之容，后两个大美女有"闭月羞花"之貌，她们才貌双全，各展风姿，自古以来，其事迹口口相传，不绝于耳。她们的故事被世代文人墨客歌吟，被改编成戏剧和电影搬上了舞台和银幕，令代代观众痴迷，洒下了无数同情和喟叹的泪水。

古有秦晋之好，今有皖晋联姻。特别是外甥能够娶到交城县的美媛为妻，委实幸运之至！与亲家公首次见面交流时，我说自古安徽与山西就有不解之缘,今天生活在安徽的一些后生的老祖宗就是山西的。传说明朝初年,一批人聚集于山西洪洞县贾村广济寺旁的一棵老槐树下,被集中迁徙到安徽等地落户。此说有民谣"问我祖先来何处,山西洪洞大槐树;问我老家在哪里,山西洪洞老鸹窝"为证。明清时代,徽商和晋商均经营得风生水起,其中交城县的皮毛交易远近闻名,影响远达海外。当时,安徽许多地方都建有山西会馆,声名远播。黄山、九华山、大别山等为安徽的风景名胜,恒山、吕梁山、太行山、五台山等是山西的风景名胜;九华山和五台山同居中华四大佛教名山之列,均为佛教信徒们朝拜的圣地。安徽有歙县和寿州古城,山西有平遥、晋城等古城;安徽有西递、宏村等古村落,山西有乔家大院、王家大院等古民居;安徽有长江、淮河,山西有黄河、汾河……两省不分伯仲,各展其长。亲家公对我的看法表示完全赞同,并且有"有缘千里来相会,无缘对面不相识"的感叹,真可谓相见恨晚啊。

于是,我不揣冒昧,搜肠刮肚,赋打油诗一首,聊作此次千里访亲家之行的纪念:

千里迢迢访亲家,
耳闻目睹皆美嘉。
卧牛大地藏龙虎,
舅犯山川披彩霞。

幸福生活年年好，
九州黎庶福无涯。
晋皖喜结好连理，
天长地久月老夸。

## 鹏城春风分外暖

农历辛丑年二月下旬,江淮大地春寒料峭,我有幸远赴位于深圳市福田区深南大道右边的人民大厦,参加县人大常委会组织的培训班,心情格外激动。

记得头一回去深圳,还是在 20 世纪末,距今已整整 20 个春秋,其间,唯有从媒体和书报等途径了解她日新月异的变化,连做梦都想再次踏上南国大地,重新感受一把深圳人民敢为人先、拼搏奋进的气息和人与环境和谐相处、坚持可持续发展的美好氛围。

坐在六安开往深圳的高铁上,心潮起伏跌宕,思绪万千,耳边仿佛再度响起《春天的故事》嘹亮的旋律:

"1979 年,那是一个春天,有一位老人在中国的南海边画了一个圈。神话般地崛起座座城,奇迹般地聚起座座金山。春雷啊,唤醒了长城内外;春晖啊,暖透了大江两岸。啊,中国,啊,中国,你迈开了气壮山河的新步伐,走进万象更新的春天……"

我脑海中不时浮现出深圳二十年前的情景:高楼鳞次栉比,直插云天;工业区厂房林立,马达轰鸣,秩序井然,弥漫着蓬勃向上的朝气;世界之窗,移步换景,多姿多彩,美轮美奂;国贸大厦设计精巧大气,立于旋转餐厅的窗口,美丽景致尽收眼底;街道和马路上车来人往,川流不息,热闹非凡;市场内各类商品摆放有序,琳琅满目,吸人眼球;行道树郁郁葱葱,高低错落,充满勃勃生机……

不知不觉间,高铁行进到广东境内的韶关,天气由阴转晴,艳阳高照,来往行人皆着单衣,有的年轻人穿着短衣短裤,好像过夏一般。目睹此景,我不禁感到一阵燥热,立马脱去毛衣,尽情地感受初夏的热情。大约过了四十分钟,高铁到达终点站,我立即下车,双脚再次踏上了心仪已久的深圳大地,弥眼的乔木、灌木,枝繁叶茂,青翠欲滴,仿佛张开双臂,热烈欢迎远道而来的朋友;怒放的木棉、紫荆、三角梅,似火炬,似云霞,似仙女,姹紫嫣红,妩媚姣好,脉脉含情,仿佛敞开胸怀,给我们一个热情的拥抱;大街和马路上的车辆和行人,各行其道,井然有序;地面不见烟蒂、纸屑和杂物……时隔二十年,目力所及,她从头到脚都是新的,宛如喷薄而出的一轮朝阳,又如花枝招展的新娘,令我目不暇接,忙坏了双眼。

入住人民大厦,开启了为期五天的学习培训生活。深圳市人大培训中心精心设计课程,安排我们用三天时间聆听专家的专题讲座,两天实地参观考察。先后赴联创科技集团、当代艺术与城市规划馆、华强商贸城、莲花山公园、前海深港现代服务业合作区等处,全面了解深圳不平凡的创业史和取得的不同凡响的新成就,延展学习培训空间,活跃学习培训方式,增强学习培训效果。通过五天的学习和参观考察,我眼界大开,心灵受到触动,认识得到升华,浑身上下仿佛浸润在和煦的春风里,既温馨熨帖,又神清气爽,增添了对深圳的感情,觉得她特别可亲、可爱,发展潜力巨大,前程似锦,未来可期,不由得心醉神迷。

深圳拥有近七千年的人类开发史、一千七百年的城市史、六百多年的海防史、三百多年的客家人移民史,既古老又年轻,文化底蕴深厚,是一方神奇的风水宝地。深圳的别名"鹏城",源自明朝初年的"大鹏守御千户所城",寓意深圳似展翅高飞的大鹏,搏击风云,翱翔长空,勇往直前。又有人说,深圳东部的大鹏半岛版图像一只大鹏鸟,希望深圳能够"大鹏展翅,搏击长空",对深圳寄予了殷殷期盼和美好祝愿。

自 1979 年成立以来,深圳市作为我国设立的第一个经济特区和改革开放的窗口,凭着敢为天下先的理念,冲破种种束缚和羁绊,敢闯敢冒敢试,勇立潮头,大胆革新,轻装上阵,取得显著成果,令人倍感欣慰和自豪。特别是 1984 年 2 月,邓小平视察深圳时欣然题词:"深圳的发展和经验证明,我们建立经济特区的政策是正确的。"犹如一声惊雷,响彻云空。一代伟人的充分肯定,为深圳插上了快速腾飞的翅膀,深圳从此步入了发展的快车道,创造了举世瞩目的深圳速度,被世人誉为"中国硅谷"。

20 世纪 90 年代初,深圳人敢于吃螃蟹,成立了深圳证券交易所,注入市场经济的因子,使社会主义经济发展实现了计划经济与市场经济的双轮驱动,创造了中国速度,人间奇迹。

经过四十年的拼搏奋斗,深圳已成为粤港澳大湾区四大中心城市之一、国家物流枢纽、国际性综合交通枢纽、国际科技产业创新中心和中国三大全国性金融中心之一。一顶顶金碧辉煌的桂冠,炫人耳目,撼人心魄,令人感到无比骄傲与自豪。

2018年2月,国务院同意深圳市以创新引领超大型城市可持续发展为主题,建设国家可持续发展议程创新示范区。2019年2月,中共中央、国务院要求深圳加快建成现代化国际化城市,努力成为具有世界影响的创新创意之都。2019年8月,中共中央、国务院大力支持深圳建设中国特色社会主义先行示范区。

纵观深圳40年的发展脚步,始终足音跫然,步步登高,没有停滞,不愧"鹏城"之名。

深圳市的决策者们,向来目光远大,秉持"天人合一"理念,坚持人与自然和谐相处,既要金山银山,又要绿水青山,实现了可持续发展,不仅造福当代人,还造福子孙后代,令人心悦诚服,赞佩有加。

建市之初,深圳人在保护绿水青山的前提下,大力实施人工绿化工程,舍得投巨资打造旅游景点景区,经过几十年的滚动发展,打造出世界之窗、欢乐谷、笔架山、梧桐山、莲花山、大小梅沙、仙湖植物园、大鹏湾、欢乐海岸等20多处风景名胜,形成了大鹏所城、莲山春早、侨城锦绣、深南溢彩、梧桐烟云、梅沙踏浪、一街两制、羊台叠翠等"深圳八景",令人心驰神往,流连忘返。全长17.2千米的深南大道,笔直宽广,花草葳蕤,成片的榕树、香樟、棕榈和栾树等苍翠挺拔，一望无涯，宛如系于腰间的翠带，十分鲜艳夺目，不仅是交通要道，而且是休闲散步的好去处，俨然成为深圳市的一张名片。

多年来，深圳人民建成各种类型、不同级别的自然保护地25处，占全市陆域面积的24.75%；开展自然保护地人为活动遥感监测，对疑似破坏斑块进行登记核查，发现问题，及时处置，不留遗患，实现自然保护地全覆盖遥感监测监管。同时大力推进裸露土地修复治理，实施生态复绿；进行低效林改造、薇甘菊防控和中幼龄林抚育，全市森林面积达78816.39公顷，覆盖率为39.78%，远远高于全国平均水平；注重保护野生动物和生物的多样性，野生动物多达110科513种，真正做到了生态宜居、人与自然和谐相处，为可持续发展创造了优越的外部环境，打下了牢固的根基。

深圳学习培训之行虽已结束两月有余，但我脑海中时常浮现她的高楼、厂房、马路、公园、蓝天、白云、青山、绿水、花草、树木等美丽景象，仿佛听到她阔步前行、勇立潮头的铿锵足音，仿佛触摸到她顽强拼搏、敢为天下先的火热心跳……深圳，鹏城，在南国的天宇里自由翱翔，不鸣则已，一鸣惊人；不飞则已，一飞冲天。过去如此，将来也会如此。这一点我坚信不疑，因为鹏城的春风已在我的灵魂深处种下了绵绵不绝的暖意。

## 吴起崛起的密码

陕北西北高原分布着纵横交错的山峦，在头道川和乱石头川交汇处，即洛河的源头，坐落着一座遐迩闻名的历史文化名镇——吴起镇，因战国时魏国大将军吴起在此屯兵戍边、以御强秦二十三年而得名。隋唐时期在此设立洛源县；清末民初，这里先后划归定边、靖边、保安等县管辖。20世纪大革命时期，这里是陕甘边革命根据地的一部分。1942年陕甘边区政府在这里设立了吴旗县。2005年经国务院批准，重新以大将军吴起的名字命名，既传承历史文化遗脉，又寓意着吴起各项事业的腾飞与崛起。

我知晓吴起的大名始于20世纪70年代中期，初中学习毛泽东的《七律·长征》时，语文老师专门介绍了长征的伟大意义，特别说到了中央红军到达陕北的第一个落脚点就是吴起镇。从此，吴起镇的大名便深深地刻在我的脑海中，挥之不去。2000年仲秋和2018年孟夏，我两次到延安，皆因时间仓促，未能到心仪已久的吴起县一睹芳容，甚感遗憾。时间的脚步行进到2021年季春时节，我终于有幸踏上了魂牵梦绕的吴起大地，感觉格外兴奋，喜悦之情难以言表。

从西安乘动车去延安，再转乘中巴车去吴起。中巴车在延吴高速路上行驶两个小时左右，便来到吴起县城外围。在县城东入口处，矗立着大将军吴起的雕像：身披战袍铠甲，两目远视，表情凝重，右手叉腰，左手紧握剑柄，身材魁梧，庄严肃穆，威风凛凛。视之令人肃然起敬，耳边仿佛响起两千多年前吴将军率领魏国将士奋力抗击强秦军队的喊杀声，内心久久难以平静。

中巴车顺着洛河右岸街道迤逦慢行，只见整座县城背倚青山，宛若婴幼儿躺在摇篮中酣眠。洛河两岸楼房林立，鳞次栉比，装饰新颖，吸人眼球。洛河内溪流潺潺，清澈见底；行道树高低错落，郁郁葱葱，仿佛列队的士兵向游人招手致意；大街小巷十分整洁，花草葳蕤，见不到一个烟蒂和一片纸屑；车辆行驶和停放有序，未见拥堵现象发生；来往行人，个个脸上洋溢着笑容，显得十分自信，充满朝气……

目睹眼前的一切，我彻底改变了多年来对其的臆度：蜗居黄土高原一隅，被重山秃岭围抱，到处黄沙弥漫，房屋破旧，垃圾乱丢，居民灰头土脸，卫生意识差，交通闭塞，秩序混乱，不堪入目……想到此，我不禁脸皮发烧，痛恨自己目光短浅，孤陋寡闻，思想陈旧，可悲可笑至极。而今的吴起县今非昔比，发生了天翻地覆的变化，荣获全国退耕还林示范县、全国百强县、全国文明城市等桂冠，令人刮目相看，佩服得五体投地。

在当地向导的介绍启发下，我感到吴起是一块神奇的土地，具有迷人的传奇色彩。为了解吴起进步神速的密码，我以当地向导为师,刨根问底,探究深层次原因。向导为了满足我们的渴求,笑容可掬地带领我们参观了吴起革命纪念馆、吴起中央红军长征胜利纪念园、吴起县图书馆以及部分街道、社区和机关事业单位等,令我们眼界大开,心灵受到洗礼,认识得到升华,收获颇丰,不虚此行。

这是一块红色的土地,革命的种子早在20世纪30年代初便在这里播种生根、发芽生长,为今天的腾飞奠定了得天独厚的物质和精神基础。1934年2月,陕甘边区革命委员会成立,境内的白豹川、杨青川、脚扎川、水涧川、卜罗寺川便被开辟为苏区,成为陕甘边革命根据地的一部分。同年11月,陕甘边区苏维埃政府成立,并成立了赤安、定边、西靖边三县苏维埃政府,境内的白豹川一带为赤安县五区,杨青川一带为六区。1934年7月,保安游击队在吴起地区成立了赤卫军,有基干队员八十余人,普通队员一百余人,配合红军打游击,建立起第一支群众武装。1934年12月,赤安县六区区委在宁塞川走马台组建中共赤安县六区一乡党支部干事会,指定刘景瑞为支部书记,时有六名共产党员,成立了吴起境内第一个党支部。

1935年5月中旬,陕北红二十六军第二团解放了吴起镇。到1935年底,吴起境内除头道川、二道川和周湾罗涧河沿岸属游击区外,其他全部为西北革命根据地。1935年10月19日,中央红军胜利到达吴起镇,张闻天、毛泽东、周恩来、彭德怀、王稼祥等率领红军七千多名将士,在此驻扎十三天,先后召开四次重要会议,打了一个大胜仗,叫切尾巴战役,全歼敌六师十七团,击溃另外三个团,彻底站稳了脚跟。在10月25日召开的全军干部会议上,毛泽东热情洋溢地总结道:"长征是宣言书,长征是宣传队,长征是播种机。"他郑重宣告,中央红军长征胜利结束。由此红军从胜利走向胜利,掀开了历史崭新的一页。

十三天日子虽短,但发生了许多可歌可泣的故事。红军纪律严明,不进民房,不拿群众一针一线,深受群众欢迎。露宿在头道川倒水湾的红军跟当地老百姓张宪杰家借了一口缸煮饭,不小心把缸烧裂了几道口子。红军战士按照新缸的价钱赔给张宪杰两块银圆。张宪杰觉得这口缸意义非凡,把它重新箍好,小心地保存下来。1966年吴起革命纪念馆建成后,张宪杰把这口泛着淡黄色的缸赠予纪念馆,此后这口缸被人们称为"红军锅",现为国家三级文物,受到精心保护。另外,徐特立冰河救人,群众救助、护理红军伤员的感人故事,至今还在吴起群众中广为流传。

当时,为了迎接中央、支援红军,吴起人民在地方党组织和苏维埃政府领导下,积极主动腾窑洞、筹军粮、做军鞋、缝棉衣、救伤员,上演了一幕幕慰劳红军的动人场景,大力弘扬了军民鱼水一家亲的优良传统。

1942年,陕甘宁边区政府决定,从定边、靖边、志丹和华池四县各划出一部分,新设立"吴旗县",下设六个区三十三个乡。从此,县委、县政府带领全县干部群众,开荒种地,组织变工队,发展农牧业、手工业和运输业,涌现出一批劳动模范(其中马玉祥出席了边区劳模会,被评为甲等劳模),将这里打造成大名鼎鼎的根据地模范县,为陕北根据地的发展壮大做出了重大贡献。

解放战争时期,三万多吴旗人民全力以赴为战勤服务,在崎岖不平的山道上形成了一条运军粮、军鞋、弹药和伤员的慰劳大军,为解放战争的胜利贡献出了应有的力量。据统计,1946年9月至1949年8月,吴起境内共输送新兵1145名,出担架8684人次,牲口2000余头次,做军鞋16400双,炒干粮750000斤,彰显了吴旗人民无私奉献的精神,再一次诠释了"军民团结如一人,试看天下谁能敌"的英明论断。

吴起有着辉煌的昨天,她因是中共中央和中央红军长征的落脚地而彪炳史册。今天的吴起人民,不忘初心,牢记使命,精心建设了吴起革命纪念馆和中央长征胜利纪念园,让长征精神和延安精神代代传扬;投入巨资建设一流的县图书馆,形成浓郁的读书氛围,全面提升人口综合素质;继承艰苦奋斗、一往无前、永创伟业的革命传统,用自己的勤劳和智慧,建设美丽的新家园,向着更远大的目标迈进。正如当地一位文艺工作者创作的快板词所描述的那样:

打竹板,响连天,富裕吴起人称赞;
党的政策领航船,城乡处处喜讯传;
新农村,不一般,农民日子赛蜜甜;

石油业，更抢眼，由弱到强做贡献；
　　农副开发有特点，特色食品无污染；
　　条条大路日益宽，私家小车已普遍；
　　惠民工程春光暖，养老医保多亮点；
　　农村老人政府管，义务教育十五年；
　　全县人民总动员，跨进国家百强县。
　　……

行文到此，我想，我已经找到了吴起崛起的密码。

RENWU XIEZHEN
# 人物写真

## 探望父亲

我平时半个月接不到老家打来的电话,心里就空荡荡的,坐立不安;但一旦听到老家打来的电话,心又突突直跳,生怕身患绝症的老父病情恶化,离我而去。从 20 世纪 90 年代中期至今,我始终都在这种矛盾的心态下度日。

2005 年元旦前夕的一天傍晚,我突然接到老家小哥打来的电话,说老父生命垂危,叫我抓紧回去见老父最后一面。放下电话,我的眼泪就出来了,心被一只无形的手牢牢揪住,我冲下楼,叫了一辆面的,急急忙忙地往老家赶去⋯⋯

我快步走到老父久卧的榻前,见他已挂上了点滴,安静地睡着了。这时,满含热泪的母亲告诉我:"你老伯四点多时吃了两片管支气管哮喘的药,过了一会浑身发乌,要奔命了。你小哥一看不得了,急忙打电话给你后,便去找医生抢救。医生才走,说打了两支抢救针,再挂两瓶吊水,暂时无生命危险。"听了老母的介绍,我绷紧的心弦才稍稍松弛下来。我直立在老父床头,久久注视着他那灰黑的面孔和皮包骨的手臂,双眼渐渐地模糊了,脑海中浮现出他的一些往事来⋯⋯

1931 年,父亲降生在霍邱县夏店乡的一个农民家庭,排行老二。小时候因家贫,只读过一年私塾。稍长便给地主家放牛、打长工,一直到新中国成立后,才挺直腰板渐渐过上好日子。

父亲一生虽没有做出过惊天动地的伟业,可是凡力所能及的事情都竭尽全力去做。年轻时,他踊跃报名参加兴修梅山水库。因身强体壮,做事不惜体力,很快被组织上挑选为青年突击队队长,推小车、扛沙包、卸大石等脏活重活,他总是抢在前面,从不偷懒耍滑,每次都能带领突击队员们出色地完成任务,多次受到组织上嘉奖。

回到生产队务农,他是种庄稼的好把式,犁田、打耙、种麦、下秧、插禾、瞧水、收割、打场、扬场等活计,样样驾轻就熟,干得出色。父亲还是个出色的茅匠。土坯端得既快又好,墙砌得既快又直,稻草盖得既快又平,很受房主喜欢。每年秋冬二季,父亲常常被四处邻家请去盖房,虽累得腰酸胳膊疼,两手皴得像咧嘴的石榴,但他从不在人前叫一声苦,道一声累。

20世纪80年代初期,父亲虽年逾半百,仍只身远赴辽宁昌图窑厂做工。两年下来,因精明能干,肯出硬力,赢得了当地窑厂主的信任,让他返乡招工承包窑厂的活计。父亲连续几年总共从家乡带了几百名青壮年小伙去昌图窑厂做工,每年做工时间都在八个月左右,每人除去吃喝花销,年终都能带回一千多元现金,娶妻、建房,改善生产生活条件,一家人其乐融融。父亲也因此受到了这帮青年农民的尊敬和爱戴,他们都亲切地称他"庄伯伯"或"庄大叔";每年春节期间,来我家拜年的人络绎不绝,这时，父亲的心里比吃了蜂蜜还要甜上三分。

　　1994年秋，父亲患了绝症，虽及时做了手术，但饮食困难，加之支气管哮喘和肺气肿等老毛病缠身，身体一天天地垮了下来。尽管体力不支，躺在病床上，父亲的心始终也没闲着，经常怀抱收音机收听新闻，关注国家农村政策的变化。我每次回老家探望他，他总是问这问那，关心我的身体和前程，千叮咛万嘱咐，要我堂堂正正做人，不做没良心的事，更不能做缺德的事。每每听到这些，我都连连点头，牢记在胸，并躬身践行。

　　而今，看着父亲衰弱的身躯和憔悴的面容，我的心如被刀割一般疼痛。有时我不禁突发奇想，若能买到灵丹妙药医好老父亲的绝症该有多好啊。

# 母亲的教诲

20世纪70年代中后期,我已读高中,因小时候家贫,营养不良,母亲虽百般呵护,但我长到十六七岁,个头仍不高,只有150厘米左右,且身体瘦弱,在学校常常受同龄人欺负。我放学回家向母亲诉苦,母亲一把将我揽入怀中,双手抚着我的头,满含热泪地开导我说:"吃亏常在,破帽常戴。遇事忍着点,它的好处等长大了你就知道了。"而今,三十余年过去了,我已逼近知天命之年。其间,无论走到哪里,在什么工作岗位上,我始终没有忘记母亲的教诲。

随着年龄的增长和学识的积累,我对母亲教诲的感悟日益加深。所谓"吃亏常在",说的是吃亏是福,吃亏可免遭横祸,吃亏可保全自我;所谓"破帽常戴",说的是不管在什么情况下都不丢弃平民本色,知足常乐,在得势或发迹时不可趾高气扬,忘乎所以,莽撞行事,而应谦虚内敛,居安思危,克勤克俭,低调做人;所谓"好好念书,有了出息,别人就不会欺负了",说的是知识可以改变命运,知识可以使人强大,让人顶天立地,免遭他人欺侮。

而今母亲已年近八秩,半个多世纪以来,她老人家始终安守本分,勤俭持家,坚持与人为善,从不与别人争高低,从不侵占别人的利益，绝少与人吵架拌嘴，更未与人动过手，在家里是个好媳妇、好妻子、好母亲，在庄上是个好嫂嫂、好婶婶、好邻居。

由于从小受到母亲所作所为的熏陶，加之她对我刻骨铭心的教诲，我的为人处世很像母亲。读高中、上大学期间，我心无旁骛，一头扎进书本里，尽量团结班上的同学，不到万不得已，不跟任何人翻脸。记得我上高二时，有一位高一的男生，长得五大三粗，很有力气，平时总爱欺负比他个头小的同学，我也是他常常欺负的对象。在校园里或放学的路上，只要碰到他，他不是当胸打你一拳，就是用手摸摸你的头，嘴里老是不干不净的。这样的事在我身上发生了许多次，每次我都想和他干一仗出出闷气，可一想到学校纪律，想到母亲的教诲，我一次次地忍了下来。后来有一次在球场上，他又来欺负我，我忍无可忍，使出吃奶的力气，一掌把他推倒在地，并教训他一番，从此他便与我化干戈为玉帛，握手言和。

走上工作岗位，我的耳边时常萦绕着母亲的教诲，始终以母亲为榜样，老老实实做人，踏踏实实做事，从不投机取巧、偷懒耍滑，赢得了上司的垂爱和重视；与同事、同学、亲朋相处，信奉友谊至上，真情相待，以心换心，和睦相处，尽量避免发生矛盾和冲突；有时事业不顺，不去怨天尤人，而是自我反省、自我解脱，力求保持心态平和，一如既往地努力工作。天道酬勤，老实人虽讨不到什么大巧，但终究也不会吃什么大亏。我参加工作近三十年，由普通教师到学校中层干部，后被选拔到县直某机关任办事员,再一步步升到正科级职务,虽未做出惊天动地的伟业,但在事业上还算顺风顺水,取得的成绩也差强人意。

我出门在外,礼让在先,不相信天上会掉下馅饼,不争强好胜,不贪便宜,从未与人发生不快和冲突,也没有受过骗上过当,造成意外损失。

母亲虽然是普普通通的农妇,从未进过学堂,说不出什么高深的道理,但她的敦厚为人、高尚品德和朴实教诲,为我树立了安身立命的标杆。母亲给我的教诲,仿佛久旱后的甘霖,滋润着我龟裂的心田;母亲给我的恩泽,宛若滔滔江水,一生一世享之不尽,受之不绝;母亲对我的恩情,今生今世报答不完。大恩难报!

# 岳父的爱

一个女婿半个儿。在岳父心灵的天平上，我这个女婿和我的两个小舅子始终是一般轻重的。我打心底里感到自己是天底下最幸福的女婿了。

第一次与岳父见面的场景，虽事隔二十年有余，但我仍记忆犹新，历历在目。当时岳父是一个小乡的党委副书记，我是一名即将毕业的大学生。在去岳父家之前，我听说岳父是位不苟言笑、不易接近的人。在去岳父家的路上，我怀里像揣着一面不停敲打着的小鼓。中午十二点左右，岳父从乡政府下班回来了。他一进门，我慌忙站起身向他打招呼。岳父把手提的篾筐放到地上，迅速伸出右手和我握手，面带微笑："到家不要拘礼。"彼此落座后，我提到嗓子眼的心逐渐下落。接着岳父便打听我家庭及大学里的一些情况，我都一五一十地照实回答。叙着叙着，我觉得岳父是个心地善良、和蔼可亲的忠厚长者。

和岳父畅谈了半个钟头，岳母端上来一大桌引人掉口水的乡间土菜，盛情招待未过门的"乘龙快婿"。吃饭间，岳父不停地往我碗里搛菜，什么鸡大腿、猪蹄筋、鸭肫、咸鹅脯之类，把我的饭碗堆得满满的，我不顾吃相，不停地咀嚼，还是吃不完岳父搛的诸多美味。打那以后,每次到岳父家,岳父都笑逐颜开地热情款待我。每每品着岳父搛的香喷喷的菜,仿佛一缕缕和煦的春阳沐遍周身,一种幸福的况味久久挥之不去。

有一年春夏之交的一个夜晚,我在岳父门前晒酱的台子上露宿,岳父在门边一条长板凳上露宿。睡到下半夜,起风了,岳父怕我着凉,便轻手轻脚地爬起来,到屋里拿了床毯子轻轻地盖在我身上。天蒙蒙亮时,我一觉醒来,才发现身上盖了床毛毯,抬头看见岳父已在淘米烧稀饭。望着岳父忙碌的身影,泪水模糊了我的双眼。

20世纪90年代末,岳父退休了。每逢放长假,我和两位小舅子及连襟都携妻带子一齐拥到岳父家团聚。大人小孩十几口子,大呼小叫,把岳父的两间居室和小小院落吵闹得沸反盈天。岳父不愠不火,不急不躁,忙得像个陀螺:烧水沏茶、买菜、择菜、洗菜、带孙子、孙女嬉戏,坐在锅门前烧火,端盘子、洗碗、刷锅,样样都干得津津有味。我几次上去帮他忙活,他就是不让,说我们平时上班辛苦,好不容易放几天假回到家来,好好休息休息、娱乐娱乐。我深知岳父的脾气,拗不过他,只好任他忙个不停。我也知道这是岳父对儿孙们火一样的爱的集中表达,便对他更加尊敬。

平时,岳父还十分牵挂我的工作和前程,怕我出现什么闪失,经常打电话千叮咛万嘱咐:工作要上劲;与同事要处理好关系;注意休息,不要累坏了身体;等等。每每听到岳父大人的嘱咐,我总感到有股暖流涌上心头,浑身仿佛有使不完的劲。我暗暗发誓:一定走好人生的每一步,以丰硕的成果,回报岳父大人那炽热而又纯真的厚爱!

## 忆外公

随着中秋节的临近,仙逝十周年的外公的慈祥面容常在我的脑海中浮现。他的为人,他的呵护,宛若一股暖流冲破了我关闭已久的记忆闸门。

外公小时念过几年"四书",年轻时做过私塾先生,在乡旮旯也算是文化人了。孩提时,每逢夏天纳凉,我总是依偎在外公温暖的怀里,一边沐浴着他手摇蒲扇生出的凉风,一边聆听他口述动人的故事。外公讲故事时,精神头十足,讲到动情处,便情不自禁地手舞足蹈起来,我瞪大双眼,听得如醉如痴。只可惜随着岁月的冲刷,而今许多故事已记忆模糊,唯有"颜回拾银不取"我仍记忆犹新。春秋末年,有个叫颜回的,少小时父母双亡,孤苦伶仃,家境十分贫寒。长大后拜孔夫子为师,读书特别用功,品学兼优,深得孔夫子垂爱。一日,一位有钱人想接济颜回,又怕他不接受,于是想了一个法子,在他放学回家的路边放上一锭银子,外面用布帛裹着,上书:"天赐颜回一锭银!"颜回路过,发现一锭银子躺在路边,不禁大喜,拾起来瞧了瞧,若有所思后,又将银子放回原处,说道:"外财不发命穷人。"头也不回地走了。这个故事的真实性虽无从查考,但在我幼小的心灵里却深深地扎下了根。

外公勤劳，心灵手巧，一年四季忙忙碌碌，没有闲的时候。早春时节，外公早早起了床，或到田畈拾粪，或到砖井挑水，或打扫庭院，忙得头上直冒热气。清明前后，菜地里从早到晚都晃动着他的身影，整墒种瓜点豆，除草浇水施肥，菜蔬被侍弄得青翠欲滴，长势喜人。割稻时节，外公看场、打场、扬场、堆草垛，整天连轴转，黝黑的脸膛上始终泛着红晕。深秋时节，外公除了忙公家活外，一有空闲，便手持镰刀，到菜园四周和沟埂扦柳条和木槿花条，编筐打篓；到荒滩拔茅草，编织蓑衣。雪花纷飞时节，外公仍然闲不住，不是搓绳，就是打草鞋和麻窝子，或是到野外捡些碎砖烂瓦，墁廊台和铺院地……由于外公十分勤劳，年逾古稀，身子骨仍很硬朗，耳聪目明，饭量特别好，走起路来呼呼生风，干起活来风风火火，为此，庄上的人们给他起了个绰号叫"不倒翁"。

外公虽然十分疼我，但对我要求很严格。他经常督促我温书习字，有时掏出我的课本考我，一旦发现问题便耐心地帮我补差补缺。外公常开导我："娃啊，你能捞上读书的机会不容易，要向颜回、苏秦和孙康那样，发愤苦读，将来做一个对社会有用的人。"在外公百般呵护教诲下，我经过努力，高考一举"金榜题名"，外公乐得两眼眯成一条线，逢人便夸他的小外孙有出息，令四邻八乡羡慕好一阵子。

我大学毕业时，外公已届耄耋之年，腰像一张弓，怎么也直不起来了。为了报答他的呵护之恩,每逢节假日,我都要买一些糕点、糖果之类孝敬他,直到他老人家走完了八十二年的人生旅程。

今年中秋节,无论多忙,我都要抽空回到外公的坟前,烧上两刀纸,放上一挂炮,表达多年来绵绵不尽的思念。

## 货郎表舅

时光的车轮驶过公元 2007 年深秋的门槛,我忽觉冬之将临。伫立寒窗,眺望灰蒙蒙的天空,任紊乱的思绪流淌……

20 世纪 60 年代末,我刚踏进校门,虽说缺衣少食,面黄肌瘦,但在纯朴的童心里,感到许多人和事都比较新鲜,于脑海中烙下深深的印迹,其中便有挥之不去的货郎表舅的身影。

货郎表舅家住在淮河北岸一个不知名的小镇上,他出生于富农家庭,年少时读过七八年私塾,肚子里颇有点墨水。1966 年,"文化大革命"爆发,表舅于 1967 年春,偷逃到淮河南岸的夏店、固镇一带。因其是我母亲的表哥,便时常到我家歇脚。我第一次见表舅,便留下深深的印象:他年近半百,头发斑白,中等身高,瘦弱的身躯微微有点佝偻,说话声如洪钟,幽默风趣,于十丈之外,都能听得清清楚楚。由于表舅性格开朗,为人谦和,很快便和我们庄上的男女老少打成一片。但因当时户口管理得严格,表舅无法在我们村落户。又因我家一穷二白,一年有半年时间吃了上顿无下顿,养活不起表舅。为了减轻我家的生活负担,表舅萌生了做卖货郎的念头,以便赚点微利糊口。经过再三商议,父亲终于同意了表舅的想法,便四处凑了十几块钱,帮助表舅置办了一副货郎担子。从此,表舅便肩挑货担,手执拨浪鼓,走村串户,做起了地地道道的卖货郎。每到一个村头,他都先摇响拨浪鼓,嘴里不停地吆喝:"有鸡肫皮、牙膏袋、鸡毛、鸭毛,都来换针换线啊!"那叫声高亢激越,响彻村庄的角角落落,引得狗儿狂吠,鸡鸭乱窜,大姑娘、小媳妇、老奶奶、娃娃们,潮水般涌出家门,把表舅及货担团团围住。有的要换一根针,有的要换一些线,有的要买一支铅笔,有的要买两颗纽扣,还有的要买几粒糖豆……你一言,我一语,七嘴八舌,好不热闹。表舅提高嗓门、面挂微笑道:"大家都别急,一个一个慢慢来!"过一会,交易完毕,大人孩子们慢慢散去,表舅的头上沁出了几粒汗珠,但心里十分惬意,于是重新挑起担子,迈着有力的步伐,向下一个村庄走去……

就这样,表舅肩挑货担,风里来,雨里去,四处为家,一年多下来,足迹几乎踏遍了方圆几十里的每一个村落。其间,每隔十天半月,表舅都要来我家一趟,大都住上一宿。每次来,表舅都给我摆一场"龙门阵",讲封神榜、三国、水浒、孙悟空大闹天宫、青蛇白蛇、梁山伯与祝英台等许多勾人心魄的故事;此外,或送我一支铅笔、一块橡皮,或塞给我几粒糖果,虽然不值钱,但每每接到手中,我仿若得到最高奖赏,心里比吃蜜还要甜上三分。日久天长,表舅在我心目中的形象越发高大,我始终觉得他是个自食其力、和蔼可亲、与人为善、满腹经纶的忠厚长者,最起码不是什么坏人。可天有不测风云,人有旦夕祸福。转瞬间到了1968

年秋。一天,突然有三位操北方口音的彪形大汉来到我家,找我父亲索要表舅。开始我父亲搪塞一阵,三位彪形大汉怒气冲冲,看样子要把我父亲带走。在万般无奈的情形下,父亲只得说出表舅的下落。三个彪形大汉扬长而去,父亲一屁股坐在板凳上,许久没说半句话,脸上充满无尽的痛苦和无奈。

两个月后,北乡一位亲戚捎话来,说表舅回乡后,遭到严酷的批斗,他万念俱灰,气恼之下,投河自尽了。

乍听表舅去世的消息,我幼小的心灵仿佛被人捅了一刀,疼痛难忍,不禁喃喃自语:"像表舅这样老少不欺的大好人,不该去得这么快呀!"

后来,随着年岁和阅历的增长,我对人世百态有了更深的了解,常常为表舅的不幸际遇感到愤懑和不平。而今,我已到了表舅当年做货郎的年岁,如今乡下像表舅那样的货郎早已销声匿迹。每每想起表舅当年的窘境,我打心眼里感到今天的生活美满幸福,越发热爱我们的社会。若表舅地下有知,也一定会为今天淮河两岸农民生活的巨大变化而感到十分快慰的。

## "老地主"

1926年,"老地主"降生在一个一贫如洗的农民家里。四岁时因少不更事扒歪了一小木桶开水,把双脚烫成了终身残疾。十岁那年父母因病相继去世,他便成了孤儿,一直靠给地主放牛或打长工熬到了新中国成立。

"老地主"姓张,名应堂,为人憨厚耿直,明里暗里都是一盆火,乐于助人,不惜体力。他住在一间低矮的茅草屋内,家徒四壁,一直未能娶上媳妇,乡邻们便反其意而用之,给他起了个"老地主"的绰号。打我记事起,便知晓四邻八乡都亲切地喊他"老地主",只有生产队开会点名和记工分时才用到他的大名。

"老地主"走路虽没有好胳膊好腿的人快,可在生产队里干活,从不拈轻怕重,耘田、撒种、插秧、收割、打场、卖粮,样样精通,抢在前面,干在前面,从不叫苦叫累。为此,社员们一致推荐他任生产队副队长。

自从任副队长之后,"老地主"不仅干活的劲头铆得更足,而且爱护生产队的一草一木胜过爱护自己的眼珠子。平时一有空,便在队里的庄稼地里转悠,一旦发现有牲口糟蹋了队里的庄稼,无论牲口的主人是谁,他都会毫不留情地狠剋一顿,而且还要扣去那人的工分,让他赔偿经济损失。

他一年到头都睡在生产队的稻场上或牛屋里,义务看护集体的粮草、耕牛和农具。一年冬天的一个雪夜,"老地主"半夜披衣起床小解,发现有人在掏生产队储粮房屋的后墙,他不顾寒风刺骨和个人安危,一边呼喊,一边扑上前去。他的举动,把盗粮的小贼吓得魂不附体,慌忙丢下作案工具,落荒而逃。生产队的粮食保住了,可"老地主"被冻成重感冒,一连几天高烧不退,吓得乡邻们又是请医生,又是找偏方,直到把病魔驱走,大家绷紧的心弦才松弛下来。

"老地主"乐于助人的故事举不胜举。四面邻家只要遇上红白喜事和打土坯、盖房子之类的大事,"老地主"不请自到,挑水、洗菜、做米饭、端盘子,抑或端土坯、担土坯、撂土坯、扔稻草捆子等样样都干,常常累得汗如雨下,从不耍滑偷懒,因而赢得了乡邻们的尊敬和喜爱。

"老地主"孑然一身,手头一直比较紧巴,但乡邻们打盐买油缺个块儿八角的,一旦张嘴向他借,只要兜里不空着,他总是慷慨解囊。20世纪70年代初,我上小学二年级。开学了,每人需交书本费一块二毛钱。中午,我放学回到村头,找父亲要钱,恰好遇到父亲在跟"老地主"聊天。我走到父亲跟前要书本费,父亲一脸无奈,摸了半天口袋才掏出二毛钱,还差一块钱没着落。父亲告诉我,先交二毛钱,另一块钱过两天想办法凑齐。因我领新书心切,旋即眼泪就出来了,硬缠着父亲立刻想办法把钱凑齐交到我手上。见状,"老地主"冲我笑了笑:"娃子,不要哭鼻子了,我腰里正好有一块钱,你拿去买新书吧。"我当即破涕为笑,双手接过钱,一蹦三跳地跑回了家。

  2004年国庆节长假,我回老家探望父母,在村口遇见年近八十、身体稍微有点佝偻的"老地主"。我眼睛一亮,急忙上前握住他的大手,寒暄了一阵子。交谈中我发现,"老地主"的身板依然硬朗,说话还是那样风趣,精气神仍然十足。我打心眼里祝福好人"老地主"健康长寿,快快活活、无忧无虑地度过晚年。

## 谒恩师

扳指一算,近三年了,我没有专门拜访过中学时代的语文老师张凌云,一股愧疚之情不禁从心底直往上涌。

1996年9月2日恰逢周六,我便乘上开往长集中学的公共汽车。路上,张老师对我无微不至关怀和培养的情景历历在目。

1975年,我读初二时,张老师教我们的语文课,那时他年近半百,精力充沛,知识面广,上课幽默风趣,每堂课我都听得如醉如痴。大约我记忆力好,课文背得快,他渐渐地对我这个黑瘦如柴的农家子弟产生了好感,课余问我多大了,家住哪里,家里几口人,经济状况如何,等等,我都一五一十地向他如实汇报。望着他那慈祥的面庞,我内心深处除了尊敬之外,还多了几分温馨和感激。

上初三时,一天放晚学,张老师突然提出到我家家访,我既紧张,又高兴。从小学到初中,这可是老师第一次光顾我家呀。陪张老师步行几华里后,终于来到我的家——三间低矮的茅草房,一张旧大桌,几只破板凳。进屋落座寒暄后,父母亲乐呵呵地慌忙逮鸡杀,被张老师拦住了:"我是来家访的,不是来吃喝的。你们的家境我了解,炒一碗素菜就行了。"说实在的,那年月家里穷得叮当响,除了几只小家禽,挖地三尺也找不到什么好吃的。拗不过张老师,母亲只好炒了一碗青椒铺鸡蛋,蒸了一碗酱豆子,招待家中的贵客。老师吃得很香,和父亲叙得投机。谈话内容大体上是关于我的表现,张老师劝说父母要大力支持我多读几年书。吃罢饭,叙到夜里九点多钟,张老师便独自一人摸黑赶回了学校。

1976年底,我初中毕业,在张老师的全力举荐下上了高中,张老师任我的班主任兼教语文课。在他的精心呵护指导下,我学习更加努力,半个学期下来,学习成绩由全班第七名上升到第一名,并一直保持到高中毕业。其间,张老师每学期都到我家家访一至两次,与我父母亲交流意见,沟通信息,决心把我培养成才。在学校,张老师经常耐心细致地做我们的思想政治工作,用"学者如禾如稻,不学者如蒿如草""自古雄才多磨难,纨绔子弟少伟男""少壮不努力,老大徒伤悲"等名言警句教导我们好好学习,将来做一名对社会有用的人。他的话我始终铭刻在心,催我自警,促我奋进。

在生活上,张老师也十分关心照顾我。我没有饭票,他除了个人资助外,还发动班上同学资助,使我能够克服困难,顺利完成高中学业,考入大学。一天放晚学后,我拿着书本到校外田畈背诵,回校后,食堂饭卖完了,张老师知道我晚上没吃饭,便把我叫到他的寝室,烀了一瓷钵豌豆给我充饥,我感动得热泪夺眶而出。我平时没钱理发,他掏钱帮我理;没有笔记本,他掏钱帮我买……

"同志,长集中学到了,请下车。"售票员的一声喊话,把我从回忆中拉回。下了车,我直奔恩师家门,准备向他详细汇报近几年来在工作、学习上的诸多收获。

# 思念

　　时光奔驰,岁月无痕。中学时代崇拜的林建华老师的形象,在我的脑海中越来越清晰、高大。我对他的思念之情日益浓厚,他的音容笑貌便在我眼前鲜活起来……

　　1974年春,我升入夏店中学读初一。秋季学期,学校确定我们班增开英语课,由林老师授课。第一堂英语课的上课铃声敲响了,只见一位身材高挑,皮肤白净,戴着一副眼镜,英俊潇洒,年龄在二十七八的年轻老师,双手捧着教材,健步走上讲台。班长喊过"起立""坐下"之后,林老师操着十分标准的普通话自我介绍道:"我叫林建华,学校安排教你们英语课。我是门外汉,今后和同学们一起学习。"接着便教我们英语字母"A"。林老师教得认真,同学们听得也十分专心。几堂课下来,我被林老师渊博的学识、高超的语言艺术以及英俊洒脱的仪表所倾倒,打心眼里庆幸遇上了好老师。

　　我第一次给林老师留下比较深刻的印象并不光彩。记得一天下午,学校集中学习柳宗元的《封建论》。我坐在最后一排,林老师和班主任坐在我们后面。《封建论》比较佶屈聱牙,对我们刚上初中的毛伢子来说等于天书。刚开始还能勉强集中精力听一阵子,三十分钟过后,我心里便渐渐长了草,开始做小动作,和同学交头接耳……这些不良表现,都被坐在我们身后的林老师和班主任看得一清二楚。林老师便从班主任那里打听我的名字和平时表现,形成了初步印象:好动、顽皮、学习成绩不错。带着这一印象,第二天上午第二节英语课,林老师一上堂,便给我来了个下马威:"昨天上午,我们学习完了26个英语字母的大小写,下面请庄有禄上台默写。"因林老师昨天没有布置今天抽查默写,我感到十分突然和意外,但师命难违,还是乖乖地走上讲台,拿起粉笔在黑板上将26个英语字母的大小写一个不落、准确无误地默写出来。林老师见状,先是夸奖我一番,最后便道出了缘由——"昨天下午上大课时,庄有禄爱做小动作,听课不认真。你们班主任介绍他平时学习成绩不错,我今天就来个突然袭击,验证一下他的学习成绩到底如何。"经过这一次验证,林老师对我比较关注,我也对他更加敬畏。

  时光飞逝,转瞬间我读完初中升入高中。这时刚刚恢复高考,我学习的劲头铆得更足。恰巧林老师教我们外语课和地理课,他对我格外关心,课余时间经常找我谈心,介绍他的身世和学习方法,鼓励我只要勤奋学习,必能跨入高等学府继续深造。日久天长,我对林老师的了解更加深入,崇敬之情难于言表。

  1979年初夏,临近高考,我患上了严重的红眼病,双眼皮肿得让我看不见任何东西,只好回家卧床休息三天。第四天返回校园,林老师见到我,特地安排我下晚自习后到他寝室去,给我补几天来落下的课程。我当即感动得热泪盈眶，暗下决心，无论如何也要把落下的课程尽快补上来，绝不给林老师丢脸。

光阴似箭，大学毕业后，我步入了讲坛，成为一名光荣的人民教师。不久，林老师调往合肥轴承厂中学，没两年又调到上海。在霍邱期间，我每次去拜望他，他总是鼓励我深入钻研，争当一名出色的中学语文教师。我痛下决心，始终以他为榜样，严于律己，严谨治学，追求不止。经过近十年的艰苦努力，终于在霍邱教育界崭露头角，多次受到县委、县政府记功和晋级表彰，赢得了学子们的尊敬与爱戴。

而今我已离开讲坛十余载，林老师的信息虽日渐稀少，但我对他的崇敬和思念之情却丝毫没有减少，我时常在心灵深处祝福他身体健康，幸福快乐！

## "普九"迷

气宇轩昂,声如洪钟,精明能干,自强不息,这便是我对霍邱县教育局原局长王顺生的总体印象。年逾半百的王顺生已在教坛上辛勤耕耘了三十多个春秋,对教育工作有着特殊的感情。20世纪70年代中期至80年代初期,他先后任两所农村完全中学校长,把学校治理得井井有条,教育质量逐年上升。1984年因工作需要,组织上调他任河口镇镇长、书记。凭着对教育执着的爱,1987年夏,他毅然放弃晋升的机会,主动请求返回教育部门工作。1989年秋天,组织上把教育局长的重任压在他的肩上。当时全县880多所中小学,70%左右是"草房子,泥桌子,土凳子"学校,办学条件极其简陋;小学毕业生升学率仅有40%,教学质量低下。

1992年,我由乡村一所完全中学教师调教育局任文字秘书,做了王顺生的部下,几乎天天与他打交道,聆听他的教诲,服从他的调遣,与他结下了深厚情谊,对他的做人与做事风格佩服得五体投地,心悦诚服。而今,时间虽过去二十多年了,但他献身霍邱县"普九"事业的动人故事,再一次在我的脑海中浮现。

为尽快甩掉霍邱县教育落后的帽子,加快"普九"进程,上任伊始，王顺生便一头扎进十分繁重而又紧迫的"普初"战斗中。经过两年的艰苦拼搏，霍邱教育面貌发生了较大变化。正当他满怀信心地申请省、地"普初"验收时，一场历史上罕见的特大洪涝灾害，将王顺生等人的劳动成果和希望变成了泡影。全县90%的中小学受灾，其中249所中小学被洪水吞噬。面对汹涌的恶水，王顺生等没有后退一步，立即带领全局机关干部，火速奔赴抗灾一线，和师生一道，战狂风，斗恶浪；汗水、雨水、泥水浸透了衣衫，顾不上擦一把，渴了掬一捧雨水，饿了啃几口干粮，困了倒在堤坝上打个盹⋯⋯经过三十多个昼夜的激战，全县没有淹死一名师生，没有一所学校延期开学，创造了抗灾复课的奇迹。

紧接着，霍邱县被国家教委确定为全国水毁校舍恢复重建试点县，他来不及掸去身上的尘土，就全身心地扑到灾后复校的硬仗中——调兵遣将，夜以继日，制定复校计划；风餐露宿，栉风沐雨，坐镇施工现场；调动方方面面的积极性，闯过了道道难关，以神奇的速度，在四个月内建成了50多栋崭新的教学大楼，创造了灾后复校的奇迹。

由于长时间、高强度、超负荷工作，1993年入夏，王顺生胰腺炎突然发作，被送往安医附院就诊。他于20世纪60年代初毕业于省体育学校，身体素质特棒，他怎么也不相信自己会躺倒在病榻上。待病情稍有好转，他首先想到的还是工作。医生再三叮嘱他要注意休息，可他怎么也做不到。一会打听彭塔乡小学流失的学生是否全部收回,一会询问临水镇学校的危房是否改造完毕……刚刚脱离危险期,他再也住不下去了,不听医生的劝阻,执意提前出院。到家稍稍歇了歇脚,便又投入紧张的工作之中。

面对繁重而紧迫的任务,王顺生一工作起来往往忘记了吃饭和休息,人一天天憔悴了,身体一天天垮下来,可他从未叫过一声苦,道过一声累。1993年10月下旬,正赶上迎接"普初"验收,他因睡眠不足,疲劳过度,眼球充血,胰腺炎复发,急需住院治疗。领导和同事们再三相劝,老伴、儿女苦苦哀求,可他总是无动于衷,哽咽着说:"我县'普初'已拖了全省后腿,今年再通不过省、地验收,我有何面目见领导和父老乡亲?眼下正是关键时刻,我说什么也不能离岗治疗。"就这样他硬撑着,边工作,边治疗,一直拼搏在"普初"第一线。

1994年11月中旬全省教育工作大会结束,王顺生连夜赶回县城,第二天便抽调精干力量组成材料组,夜以继日地代县委、县政府草拟了贯彻省教委精神的8个配套文件。而后,趁热打铁,抓紧时间向县委常委会汇报,并得到了肯定。县教育大会一结束,这些文件便陆续出台了,对推动霍邱教育快速、健康发展起到了积极作用。

紧接着,王顺生又亲自参加修订"普九"规划,在征得县委、县政府同意后,将实现"普九"时间从原定的2005年一下提前到1998年。他深深认识到,要如期完成这一光荣而紧迫的历史使命,必须自加压力,付出百倍的努力。为此,他算了一笔账,1998年实现"普九",在前几年投入的基础上,尚需增加改善办学条件资金1.3亿元以上。如此大的投入,对一个贫困的农业大县来说,简直是天文数字。为广泛争取投入,他不放过一次出差、开会的机会,跑上跑下,竭诚呼吁,以求得社会各界的理解和支持。他经常语重心长地开导部下说:"教育投入坐着等不来,一定要放下架子,做到腿勤、心诚、眼活、政策明、讲实话、有磨劲,方能奏效。"精诚所至,金石为开。1991年至1996年,在王顺生等的努力下,霍邱县多渠道筹集改善办学条件资金达1.2亿元,新建、维修校舍35万多平方米,仅1994年、1995年两年就新建教学楼120多栋,办学条件有了显著改善,绝大多数学校实现了"春有花、夏有荫、秋有果、冬有青"。

1996年伊始,为提高"两一"入学率和在校生巩固率,王顺生经常忍着病痛,深入学校,走村串户,调查研究,督政督学,帮助乡镇和学校分析形势,找出差距,制定对策,解决难题。为此,乡村干部给他起了个绰号——"普九"迷。在王顺生等人的艰苦努力下,霍邱县小学适龄儿童入学率达99.3%,小学毕业生升学率达97.2%,中小学生流失率分别控制在3%和1%以内,取得了显著成绩。

望着王顺生整天忙忙碌碌、来去匆匆的身影,我和他的同事们除了深表钦佩之外,都感到十分心疼。他的老伴和儿女们常常劝他退居二线,颐养天年,可他总是乐呵呵地说:"人生难得几回搏,为了'普九',就是累死也是值得的。"

而今已八十高龄的王顺生退而不休,把一腔热血又无私奉献给了霍邱县国学堂,继续为霍邱县义务教育发展添砖加瓦,彰显了终身献身教育事业的赤子情怀和高尚品格,令我钦佩不已。

# 第一好房东

1992年我举家从乡下调往县城，因工作单位不分配住房，只好租房容身。经人介绍认识了房东胡大叔。

第一次去看房，年过半百的胡大叔又是拿烟，又是泡茶，让人顿感一股暖流涌遍全身。落座后，胡大叔便开了腔："我的两个儿子都分出去了，女儿也出嫁了，楼上楼下四间房和对面两间小房就住着我们老两口，怪寂寞的。我想找个三口之家做邻居，平时彼此也好有个照应。你们来住我欢迎，楼上两间大房和楼下一间小房腾出来给你们，租金嘛，除掉水费，每月一百块，你看行吗？"

我跑到楼上楼下看了看，觉得楼上房屋内装修不错，楼下小房面积也不小，三口之家居住绰绰有余，又想想房东大叔如此开朗、健谈、平和，便满意地答应下来。

搬家那天，零下六度，房东大叔跑上跑下，累得满头大汗，感动得我和妻儿不知说啥好。住定后，房东大叔又经常教我们一些生活小常识，如怎样给炊具去污、给水壶除垢啦，怎样烧清蒸武昌鱼啦，多吃生花生米可治贫血症啦，等等。平时，电线不通电了，电饭锅不煮饭了，水龙头不淌水了，诸如此类鸡零狗碎的事情，只要喊一声胡大叔，一会儿线路便通了，电饭锅也煮饭了，水龙头又开始出水了……

胡大叔"文化大革命"前就读于省内一所技工学校，毕业后被分配到县农机二厂当工人。由于工作积极肯干，技艺超群，很快便提了干。后由工厂调到县物价局工作，曾多次受到国家和省、地、县表彰奖励。

随着时间的推移，我们对胡大叔的身世了解得越来越多，对他也越来越尊敬，彼此间感情越来越深。胡大叔和老伴把我们当作儿女，我们视他们老两口为父母。每逢节假日，我们全家下乡串亲戚、访朋友时，把房门钥匙往胡大叔手里一塞，打声招呼，就无忧无虑地到乡下开心地玩个够。每次外出回来，胡大叔总是笑容可掬地迎上来问长问短，总是提前把冰凉的煤炉燃得通红，总是准备一瓶开水送给我们解渴。有时妻儿下乡，唯我一人在单位加班时，不等我回去做饭，他便提前把饭菜烧好，亲自跑到办公室喊我回去就餐。每每吃着香喷喷的饭菜，我的喉咙哽咽了，眼睛模糊了。我逢人便炫耀说："我的运气真好，能碰到天下第一的好房东。"

## 家有挑剔妻

妻在北京和重庆等地当过兵,秉性耿直,快人快语;平时喜读书,普通话讲得挺地道,天生一副好嗓子。妻心地善良,心高气傲,满心希望丈夫和儿子有出息。因此,对我们父子各方面要求都很严,日久天长,便养成了爱挑剔的习惯。

每天清晨眼一睁,妻便立即进入挑剔的角色,两眼盯着我和儿子不放,稍有不顺,便挑剔开了——"儿子,脸没洗净,重洗一遍。""老公,眼角还有眼屎呢,再洗一洗。""儿子,书包背好喽,走路要挺胸抬头,不要弓着腰。""老公,衣领没翻好,咋不讲究呢,到机关上班可要注重形象。"

有时双休日不加班,我便和妻在家里"卡拉OK"几嗓子。我不怎么识谱,每唱到跑调处,妻便将手向下一砍,"停,唱错了,跟我来"。妻不厌其烦地教,直到我唱准了才让我唱下一曲。交谈中,我有时吐不准音,妻都一针见血地帮我校正过来。

工作之余,我喜好舞文弄墨。每当写就一篇文稿时,妻都要认真看几遍。看完后,总要挑剔一番,不是说立意不深、角度不新,就是说某段太啰唆,不够精练,等等,我总是俯首帖耳地按她的"挑剔"意见反复修改,才将文稿发出。十年来,我能在省内外

20余家报刊上发表10余万字的文章,与妻的"挑剔"密切相关。

妻除对我处处挑剔外,对儿子也毫不放过。当发现儿子看书、做作业低头猫腰时,她总要咋呼几声,直到儿子的坐姿正确为止。有时,家中来客,儿子没有打招呼;吃过饭,儿子忘记收拾碗筷等,她都要挑剔教训一通,直到儿子改正。

妻子的挑剔,我和儿子大都能接受。但有时妻挑剔多了,挑剔过火了,我和儿子便私下里结成统一战线,瞅准时机,一齐向她"开炮"。见我和儿子火力过猛,妻便笑眯眯地一言不发。我和儿子见状,自然也就偃旗息鼓,收兵罢战。

说句实在话,妻的挑剔已成为我们父子俩前进的动力,我们真诚地希望她一直"挑剔"下去。

## 同窗情深

1974年初春,我考入霍邱县夏店中学初中部。开学不久,班上突然转来一位新同学,他个子瘦小,上身穿打补丁的黑色棉袄,下身穿严重褪色的蓝色棉裤,四方脸,剃个小分头,两眼炯炯有神。上课铃声响了,班主任赵守成老师向全班同学介绍道:"从今天起,我们班由砖洪初中转来一名新同学,他叫朱国运,今年十三岁,学习成绩特别棒;希望同学们尽快地熟悉他,接纳他,千万不要欺负他……"

下课后,同学们像看大把戏似的把朱国运紧紧围在中央,问这问那,搞得他面红耳赤,不好意思地低下了头。见状,我急忙开了腔:"同学们,不要再问了,以后天天在一起,了解的日子多着呢!"话音未落,我便把国运从人堆中拉了出来,帮他解了围。

在朝夕相处的日子里,我对国运的了解日益加深:他家住砖洪集公社寺城村,父母和哥嫂在家务农,下面有三个妹妹,大妹、二妹在上小学,小妹未到上学年龄,在家玩耍;国运从上小学一年级开始,一直跟随任村小教师的二叔父读到五年级;小学五年间,他学习勤奋刻苦,且天资聪颖,语、数成绩始终稳居全班第一。

随着时光的推移,我和国运的感情日笃,几乎到了形影不离的程度。下课了在一起跑跳玩耍;课外活动或一起打乒乓球、羽毛球,或一起玩单双杠,或去图书室借书、看书……如影随形,情同手足。有时逢星期天或节假日,相互邀请到家里做客,拜见对方的父母,帮助对方家干力所能及的农活,同甘共苦,心甘情愿,无怨无悔。

我私下庆幸今生今世能遇到这样一位同学,平时我暗暗观察他,注意他的一言一行,在他身上学到了许多做人的美德——温柔敦厚,克勤克俭,谦虚好学,与人为善,重情重义……

时光飞逝,弹指间三年的初中生活匆匆而过,我和国运十分顺利地升入本校高中部。当时学校招收一百六十名新生,分成两个班,国运被分在一(1)班,我被分在一(2)班,虽然两班只有一墙之隔,但我心里总有一种空荡荡的感觉。不在一个班学习,平时切磋的机会自然就少了许多,只能在课外活动时走到一起,交流学习心得以及对未来的美好憧憬。到高二上学期,学校分快慢班,我和国运又走到了一起。我们课下经常凑在一起,或看书,或打球,或玩耍,亲密无间,从未闹过矛盾、发生过不快之事。可惜好景不长,一个学期过后,学校分文理班。刚开始,我和国运都选择学理。但一个月过后,节外生枝,校委会郑重做出决定,安排我学文。乍听到这个消息,我先是惊诧,接着十分矛盾,犹豫不决。这时国运看出了我的心事,课后主动找我谈心,帮我分析利弊——因为我记忆力比较强,背书速度快,加之语、数、外基础较好,弃理学文,不失为一个好的选择。国运的一席话让我犹如夜行时遇见一盏指路明灯,心里豁然开朗,于是接受了校委会的安排,毅然弃理学文。

离开了理科班来到文科班,与国运交往的机会便渐渐少了起来,这一方面是因为高考前夕,各位授课老师对复习抓得很紧,我们每天都有做不完的高考模拟题;另一方面是因为我弃理学文时离高考只有半年时间,历史、地理两门学科几乎是从零开始学起,学习任务重、压力大,无暇多交流。尽管如此,每过十天半月,不是我主动找他谈心,就是他主动找我交流,我们互相勉励,决心考出好成绩,不辜负老师、家长和同学们的厚爱与希望。

高考结束后,寂寞难耐的半个月终于熬了过去。高考成绩揭晓,我和国运榜上有名,不久双双跨进心仪已久的高等学府。读大学期间,除了平时写信互相通报学习生活情况外,放寒暑假期间,我们也聚到一起,走亲戚,访朋友,玩得特别开心。大学毕业后,我被分配回故乡一所农村完全中学教书,接着娶妻生子,安安心心当起了教书匠。国运大学毕业后,被分配到地区建筑公司医疗所,那里医疗设备很差,不利于他发挥所学的知识,于是我鼓励他勤奋苦读,继续深造,改变工作环境。他工作之余,夜以继日地备考,缺复习资料,我在省教院进修,想方设法帮他购买,并花十天时间抄写厚厚一本时政资料寄给他,全力以赴帮助他迎考。经过充分准备,国运顺利地考入北京防化研究院攻读硕士研究生,后又攻读博士研究生,而后到美国普渡大学进修两年,接着在亚特兰大工作两年后,转到加拿大多伦多工作;后又回到美国旧金山,在一家知名公司任新药品研发总监,成为国际上知名的新药品研发专家。

无论在北京,还是在美国、加拿大,国运每年都要给我写来几封信,嘘寒问暖,无微不至,介绍工作、生活情况以及异国他乡的风土人情。后来,我调进小县城某机关工作,自从家里装上固定电话后,国运每隔一到两个月便从万里之遥打来电话,轻声慢语问工作、问家庭、问身体、问家乡变化……情意融融,感人至深。我们每次通话时间均在二十分钟以上,有时长达八十分钟,胳膊举得酸痛。每每接到他那热情洋溢的电话,仿若一股股暖流涌遍全身,我既感到骄傲欣喜,又加深了思念之情。

有一年,他回老家过春节,年三十上午九时左右赶到家,他放下行李,跨上自行车急忙赶到我家吃午饭。我和父母亲见到国运突然来到村庄沟坝头,先是吃惊,接着激动欣喜。全家老少像迎接亲人一样,拥出院落,把他团团围住,问长问短,暖意融融,场面十分动人。

1996年单位集资建房,每户需集资五万元,我和妻子工资低,平时没积蓄,虽想尽办法只筹到三万元,还差两万元无着落。万般无奈之下,我只好打电话向国运借。国运二话未说,不到半个月,我便收到了他从加拿大寄来的五千加元,可谓雪中送炭,解了我们的燃眉之急,我和妻子感动得泪花闪闪,终身难忘。

国运每次从国外回乡探亲,都必带着纪念品来我家探望,风雨无阻。我和妻儿欢天喜地,置酒买菜,烧一桌土菜盛情招待。饭前饭后有说不完的知心话,我们总是埋怨时间过得太快,相聚时间太短,留下诸多遗憾!

# 赴京领奖散记

2002年的7月26日,是我终生难忘的日子。我有幸受报告文学征文办公室之邀,出席了在人民大会堂隆重举行的颁奖大会。颁奖大会由《人民文学》杂志社、北京东方英才教育研究中心联合主办。主持人是我国著名作家、《人民文学》杂志副主编肖复兴。

此次颁奖活动历时三天,包括高层论坛、参观考察、文艺联欢、签名售书,内容丰富,形式多样,张弛有度,我既受到了教育,又愉悦了身心。参加这次活动,不仅是我人生中的一大幸事,也是我人生旅途上的加油站。活动结束后,坐在返程的列车上,在欣喜、激动、亢奋之余,我陷入了深深的思考——去京城领奖之前,我自我感觉良好,认为自己笔耕不辍,经常有作品见诸报刊,骨子里颇有一些自鸣得意和傲气。然进京拜识了这些文学大家之后,顿感自己是只丑小鸭,卑微得无地自容。

20世纪70年代末80年代初,在大学校园里我就拜读过肖复兴、张锲、韩作荣、雷达等作家的大作,他们的大名令我仰慕不已。此次赴京领奖,与他们零距离接触,聆听教诲,我感到无上荣光和自豪。特别是此次征文特等奖获得者、著名作家何建明的大名更是如雷贯耳。他连续两次夺得鲁迅文学奖,他的报告文学力作《落泪是金》《根本利益》等代表着当今我国报告文学创作的最高水平。尤其是他的关于报告文学创作的精辟论述,令我茅塞顿开,大有听君一席话,胜读十年书之感。我这次获奖的拙作《淮河作证》如与大家们相比,他们是高耸云天的大山,我不过是大山脚下的一块石头;他们是翱翔天宇的雄鹰,我不过是刚刚试飞的雏鸟;他们是劈波斩浪的游泳健将,我不过是刚刚涉水的旱鸭子……

高山不让累土方能成其高,大海不弃细流方能成其大。在今后的文学创作道路上,我唯有心无旁骛、辛勤耕耘,方能缩小与大师间的差距。为了实现这人生目标,我将生命不息,奋斗不止!

## 笑对疾病

进入猪年,我感觉身体不适,加之消瘦得厉害,在妻子的多次催促下,时值惊蛰,便到县医院做了健康检查,果然查出了糖尿病。大夫告诉我,这是一种富贵病,染上后需终生服药。从现在开始,要管住你的嘴,迈开你的腿。

乍听大夫说我得了糖尿病,心头顿时蒙上一层乌云。暗忖,真倒霉,上天真的与我过不去。童年、少年时家境贫寒,缺衣少食,一年到头很难吃到荤腥;年轻时考上大学,随即参加了工作,生活一天天好起来;而今,儿子大学已毕业,走上了工作岗位,生活的担子较前几年轻了一大截,正赶上过舒坦日子,却偏偏染上了这种"劳什子",怎能不让人沮丧呢?

回到家里,我百思不得其解。平时在饮食上已比较注意,少吃荤菜,多吃蔬菜、水产品和豆制品,按说不应该受到这种疾病的"垂青"呀。我家祖上三代又没有得过糖尿病的,遗传的因素也不存在。到底何种原因导致?于是我从书橱里找出《疾病预防诊疗常识 1000 问》,仔细翻阅,终于查到"糖尿病"词条,病因介绍得清清楚楚——身体肥胖,精神压力大,长期劳累,饮酒过量,等等。对照自身,觉得毫厘不爽。再往下看,是治疗的方法,主要有控制饮食疗法、药物疗法、精神疗法和体育锻炼疗法。

为了尽早恢复健康,次日起我便向疾病发起挑战和反攻。首先是控制饮食。遵照医嘱,一日三餐,每顿吃的主食米面不超过二两,少吃高脂肪、高蛋白、高糖分的食物,如鸡鸭鱼肉、香蕉、苹果、西瓜、葡萄等,多吃杂粮和蔬菜,如玉米、山芋、豆类、黑米、小米、高粱、青菜、萝卜、茄子、黄瓜、青椒、西芹、莴笋、韭菜、苋菜等。因为米面吃得少,蔬菜吃得多,不顶饿,妻特地从超市买回几斤无糖饼干分放在家中和我的办公室,让我饿得头晕眼花时充饥;此外,妻还给我口袋里塞进几粒糖果,以备血糖过低导致浑身淌虚汗、四肢发抖时救急。

其次是按时吃药。每天三顿饭前都吃一粒降糖药。出差在外,兜里装上几粒,留着饭前食用。偶尔因家中来客或工作忙,饭前忘记吃药,过后心里特别懊悔,赶紧补吃一粒。

再次是调整心态。食疗、药疗不如神疗。精神压力大、心理负担重,日久天长,纵然身体十分健康的人恐怕也能憋出毛病来。于是我尽量给自己减压,发扬阿Q精神,多往好处想。得了糖尿病虽说目前不能彻底治愈,需终生服药,但总比得上不可救药的绝症好千百倍;得了糖尿病,饮食起居有了规律,而且必须控制饮酒,可以大大降低得高血压、高血脂、脂肪肝等疾病的概率,岂不是因祸得福吗?

多往好处看。看社会,一日千里,蒸蒸日上,国力日益强盛,振兴中华的夙愿正在一步步成为现实,作为中华民族的一分子,怎能不为之骄傲和自豪！看家庭，长幼和睦，丰衣足食；虽说住的算不上宽敞高档，但窗明几净，常用家什一应俱全，生活起居十分方便，置身其中，怎会不感到温馨荡漾，其乐融融？看大自然，恰逢惊蛰刚过，春风送暖，鸟语花香，昆虫纷纷睁开惺忪的睡眼，打着哈欠、伸着懒腰，赶趟儿似的从泥土里钻出来，欢呼雀跃，为我的心头平添了几缕灿烂的阳光；百花争艳，万物复苏，处处充满蓬勃的朝气，怎不令人心旷神怡、神清气爽！

最后是锻炼身体。改变二十多年来晚睡迟起的不良习惯，坚持晚上十一点之前准时上床休息，次日早上六点准时起床，走到野外散散步，打打拳，扭扭腰身，松松筋骨，贪婪地呼吸新鲜空气。每天吃过晚饭后，风雨无阻，或城郊，或广场，或大街，快步行走四十至六十分钟，然后回到家中，看看电视，读读书报，放松身心，好不快哉！

经过一个月来的综合治疗，我的血糖指数快速下滑，基本趋于正常，我和妻喜形于色，击掌庆祝，更增添了战胜疾病的信心和决心。

其实，人吃五谷杂粮，一生一世哪有不生灾害病的道理，一旦生了灾、害了病，应以乐观积极的心态去对待它，想方设法去战胜它，不应该意志消沉，怨天尤人，一击即溃。

# 幸福人生沐暖阳

俗话说，人不怕生错门，就怕生错了时代。一旦生错了时代，即使生出三头六臂，拥有经天纬地之才、匡时救世之能，往往也无处施展，会被奔突肆虐的洪流无情吞噬。虽然出身寒门，但若赶上了好时代，也能如鱼得水，茁壮成长，有机会施展才华，去实现报效国家和民族的鸿鹄之志。

我于20世纪60年代初，出生于安徽省霍邱县夏店公社院墙大队一个地地道道的农民家庭，祖祖辈辈面朝黄土背朝天，靠种田锄地营生。查家谱，祖宗八代没有读书做官之人，都是普通民众，没有给子孙后代留下升官发财的半点根基。

我长到六七岁时，在家放鹅鸭，父母本想让我发蒙念书，无奈小学离家较远，中间又隔条小河，行走不便，又怕雨雪天路滑发生意外，于是打消了念头。九岁时，国家号召大办教育，每个村都办起了小学或教学点，父母毅然决定让我去村小报名念书。母亲连天加夜将一块老粗布裁剪后缝制成土得掉渣的书包，挎在我的肩头。于是我便神气十足地与同庄上的几位同龄小伙伴跑到村小报名入学，开始了漫长的读书生涯。

踏进学堂后，父母便发了话："老孩（兄弟三人，我排行老末），家里穷，你大哥小哥没有条件念书。你赶上了好时光，学校办到家门口，你要好好念书，只要你有本事，能读到高中、考上大学，我们都供养你，哪怕是砸锅卖铁！"父母的一席话，虽算不上什么至理名言，但却在我幼小的心田深深地扎下根来，激励我克服生活上遇到的重重困难，始终珍惜来之不易的读书机会，发奋苦读，积极上进，学业上不断取得进步，深得老师和父母的夸赞。

1979年高中毕业，我参加高考，过关斩将，闯过了独木桥，全班八十多人，唯有我榜上有名，被录取到六安师范高等专科学校中文科。全家人欢天喜地，割肉置酒庆贺，热热闹闹，风风光光，在十里八乡产生了较大影响。那时考上大学，便意味着端上了铁饭碗，吃上了商品粮，从此衣食无忧，前景光明。当时在农村还是非常令人羡慕的。

在六安师专读书期间，我犹如井底之蛙见到了大海，眼界大为开阔，遇到了一批才高德劭的老师和才华横溢的同窗，我感到十分幸运，倍加珍惜难得的学习机遇，仍然攒足劲头，继续发奋苦读，被评为"三好学生"。我没有辜负父母、亲人和老师的希望，以优秀的成绩毕业，被分配到霍邱县长集中学任教。

当时刚刚恢复高考不久，长集中学高中部教师缺乏，在万般无奈的情况下，学校把我这个刚出大学校门的毛头小伙子推到了教授高中毕业班语文的岗位上。我感到"压力山大"，几天几夜都没有睡好觉，只好斗胆向校长提出改教初中的请求。校长苦口婆心地帮我分析了学校师资情况，又说了很多鼓励的话。

我心头不禁一热,毅然答应了学校的安排。

正式走上讲坛,面对几十双求知若渴的莘莘学子的眼神,我感到肩上的担子十分沉重,来不得半点的马虎与怠惰。我每天都备课到深夜一点半钟才上床休息,认真撰写教案,不放过任何一个知识疑点,倾其所学,力求把课上得朴实、生动、有效。功夫不负有心人。一年下来,我带的班级参加高考,语文平均分在全县十几所完全中学中排名第二,受到县教育局的表彰奖励,我心里犹如吃了蜜糖一般,感觉十分熨帖。

两年后,通过认真学习准备,我战胜了诸多高手,一举考取安徽教育学院中文系脱产进修。有了工作经历,进修期间,我学习的目的性更加明确,如饥似渴地补差补缺,不断丰盈贫瘠的大脑。两年下来,我阅读了大量中外名著,文学功底打得更加深厚扎实,为重新走上教学岗位打下了坚实的基础。

从省教育学院毕业后,我被分配到霍邱县河口中学高中部任教。两年后,长集中学恢复高中招生,我又申请调回长集中学。教学中,我不断总结经验,力求把课上得生动活泼,不断激发学生学语文的浓厚兴趣,培养他们自觉读书作文的良好习惯。三年下来,我所带班级参加高考,语文平均分在全县夺魁,为此县教育局安排我在全县高考总结表彰会上做交流发言(全县唯一)。我的发言结束后,会场上的掌声经久不息,我感动得泪花闪闪,两颊绯红,不好意思地低下了头。

1992年8月下旬,在我不知情的情况下,被选调到县教育局任秘书，由乡下小镇调入县城，由一名教师变成了公务员，人生轨迹由此改变。从此，我没日没夜地忙于写不完的材料，甚或年三十上午还在爬格子，虽说遭到家人的数落，累坏了颈椎和腰椎，但在小县城里有了一定的名气，被县委授予"全县优秀共产党员"称号。两年后，县委办、县政府办欲调我去效力，无奈教育局局长不同意，我只好留在教育局继续听令。

又干了两年多，县委宣传部把我调到宣传部办公室任主任，大半年后升任部长助理兼办公室主任。在新的岗位上，一切都是新的，需要从头做起，我既干行政管理，又干公文和新闻写作，还兼干《霍邱报》"城西湖"文学副刊编辑，一年到头，忙得像个陀螺，没有停歇的时候。因工作尽职尽责，甘于奉献，取得了些许成绩，我被地委宣传部授予"六安地区宣传思想工作先进个人"，被县委、县政府授予"霍邱县首届十佳公务员"等称号。虽然付出了无数心血和汗水，亏欠了父母和妻儿，但面对组织上给予的一个又一个荣誉，我内心仍感到甜丝丝的，有种不可名状的快意，算是苦中作乐、累有所值吧！

2001年5月，县里干部大调整，我又在不知情的情况下，被调任县委政研室副主任。当时心里感觉五味杂陈，既有提拔后的欢欣，也有未跳出写材料行当的酸楚，还有高处不胜寒的胆怯……身为共产党员，服从组织任命是天职。于是我收起复杂的心绪，迈着坚定的步履，走上新的工作岗位，继续夜以继日地打拼了五个年头。

2006年6月,县委再次调整干部,我始终不变的工作态度和做人风格,打动了顶头上司,将我由副转正。为报答组织厚爱,我竭尽全力,又昏天黑地地工作了两年。因年龄偏大,加之身体不适,不能坚持做伏案工作了,在万不得已的情况下几次要求调离县委政研室,到县直部门做行政管理工作,但多次遭到组织上的否决,理由是没有把写材料的接班人培养好。我无言以对,只有服从组织决定,一边咬牙坚持工作,一边专心致志地培养写材料的接班人。

时光匆匆。又过了两年,组织上终于把我调整到县旅游局局长的岗位上。因霍邱县旅游业基础差,旅游局为"三无"单位：无人、无钱、无车,是典型的冷门。一开始,我有些情绪和想法,但最终还是服从了组织决定,义无反顾地走马上任,开启了长达九年的漫漫创业打拼之路。

一路风雨,一路坎坷,一路拼搏,有成功的喜悦,也有失败的痛楚,还有被误解的委屈……不管遇到什么艰难险阻,我没有退缩,没有混天了日、坐吃山空,更没有胡作非为、违法乱纪！虽然力不从心,没有做出轰轰烈烈的业绩,但工作开展得风生水起,取得了一定成绩,被省旅游局评为"全省旅游系统'创先争优'先进个人",上对得起组织,下对得起同事,也对得起家人。工作上虽然留下了一些遗憾,但我问心无愧,没有丧失良心,没有给组织丢脸。

2017年初春,县四大班子换届,我主动让贤,转岗至县人大常委会任委员、教科文卫工委主任。非常感谢组织上的关怀,没有让我的仕途提前画上句号,给了我发挥余热的平台,让我参与对"一府两院"工作的监督。但我做得更多的是为政府出谋划策,长善救失,为加快霍邱经济和社会事业发展添砖加瓦,贡献绵薄之力。

"老夫喜作黄昏颂,满目青山夕照明。"因身逢盛世,赶上了好时光,我走过的六十年风雨人生路,总体上看,均为上坡路,宽阔且平直,少有坎坷与阻碍。中间虽有所迟滞,但始终积极向上,没有误入歧途,更没有滑倒或因失去定力而飘飘然,招致一落千丈,摔个鼻青脸肿,后悔不迭!

笔者由乡下的一名小屁孩,健康成长,接受高等教育,又由一名普通教师成长为一名副处级干部,全靠党的阳光普照,党的精心教育和无私栽培。没有共产党的英明领导,就没有我的成长、进步和美好幸福的生活。

吃水不忘挖井人。几十年来,无论在任何单位任何岗位上,我都坚决做到听党的话,跟党走,服从组织安排,执行组织决定,埋头工作,不追名逐利,始终做到生活上知足常乐,事业上尽力而为,仕途上随遇而安,创作上自娱自乐。抱着一颗平常心、善良心和感恩心,对待领导、同事、同学、家人和亲朋好友,踏踏实实做善事,一心一意做好人,不做小人、坏人和恶人;诚实守信,表里如一,不阳奉阴违、两面三刀;不对人落井下石、上屋抽梯。对嘴上讲好话、脚下使绊子,甚或背后捅刀子的无耻之徒,我更是嗤之以鼻,绝不与其为伍。

  2021年5月,我将正式退休。只要一息尚存,我就不忘共产党的恩情,活到老,学到老,甘心做铺路石子,帮忙不添堵,鼓劲不泄劲,为建设美丽家园、和谐霍邱,一如既往地贡献智慧和力量,直至生命画上休止符!

YUFU　　ZAYAN
# 愚夫杂言

# 漫话朋友

物以类聚,人以群分。大凡是人,就应该有朋友。古人云:"同师曰朋,同志曰友。"朋友,泛指相交好的人。不同时代、不同的人有不同的交友原则。古时候拥有侠肝义胆和一身正气的人常常歃血为盟,团结一心,追求有福同享、有难同当的大同世界,最典型的代表应数聚众造反的水泊梁山一百零八将,他们个个身怀绝技,重情重义,路见不平,拔刀相助,大都是"舍得一身剐,敢把皇帝拉下马"的江湖好汉。有为了国家和集团的利益而捐弃前嫌、结为刎颈之交的英雄豪杰,廉颇与蔺相如便是其中的突出代表。有不求同年同月同日生,只求同年同月同日死的拜把兄弟,江湖上的游侠或同流合污的暴戾之徒,往往结成这类朋友。暴戾之徒为个人或小团体的狭隘利益,不惜冒天下之大不韪,做出惊世骇俗或伤天害理之事,他们的行为往往为人所不齿。有肝胆相照、纾难解困、同甘共苦的挚友,那些志趣相投、性格相近、人生追求相差无几的人,才能结成这类朋友。这类朋友古往今来比较多见。还有经常在一起吃吃喝喝的酒友,经常在一起搓麻将的牌友,经常在一起跳舞的舞友,等等。这几类朋友,有的古已有之,有的是新生事物,他们之所以成了酒友、牌友、舞友，要么是同乡、同学、同事、战友，要么是亲戚、邻居或生意场上的伙伴，往往为了消磨时光、放松身心、寻求刺激等聚到一起，不一定是推心置腹的真心朋友。

常言道，亲戚分三等，朋友分五伦。根据不同需要，结交不同的朋友。交友不可拘泥于个人狭小的生活圈子，应走出大山、走出乡野、走出城市、走出国门，不分三教九流，只要是正人君子，都可以与之交友。俗话说，多个朋友多条路，朋友多了路好走。但也不可滥交，绝不与心地诡诈、为非作歹的人交朋友，不与见利忘义、过河拆桥的人交朋友，不与盛气凌人、目空一切的人交朋友，慎与身份不明、来路不清的人交朋友，少与人生观点不合、兴趣爱好相左的人交朋友，因话不投机半句多，两者间的裂痕难以弥合，终究难免分道扬镳。

应交知心朋友。"相交满天下，知心能几人"，说的是朋友好交，但知心朋友难交，这是由于人的性格、学历、职业、兴趣、爱好、经济条件等千差万别。知心朋友虽然难交，但不可望而却步，更应花一番心思去慎交。真心朋友，不是江湖朋友，不是酒肉朋友，更不是狐朋狗友，他是经得起时间、财富、名誉等考验的不计名利得失的全天候朋友，是见面后共饮千杯尚嫌少的朋友，是危难之时显身手的朋友，是同甘共苦干事业的朋友……这样的朋友难觅，所以弥足珍贵。鲁迅曾言，人生得一知己足矣，诚为真心朋友难觅的佐证。要想交到真心朋友，首先自己要心胸坦荡，行得端，坐得正，本着去利重情存义的原则去交友。其次应慎重观察,在朋友圈中筛选寻找,不可过于挑剔,也不可急于求成。除结交真心朋友外,也应结交一些普通朋友,如诗友、文友、画友、棋友、球友、牌友等,目的是切磋技艺,愉悦身心,交流信息,完善人生。

朋友之间应淡交。古人云,君子之交淡如水,小人之交甘若醴;淡交意厚怀冰暖,蜜爱情疏抱火寒。所谓淡交,指的是情投意合,不拘俗礼,直言相诤,危难相帮,不是貌合神离、同床异梦,不是互馈重金,常在一起吃喝玩乐,表面上如胶似漆。

社会是个广阔的大舞台,每个人都在上面尽情地表演着。一个人欲使自己一生多姿多彩,活得像模像样、有滋有味,离不开广交朋友,更离不开交真心朋友。

# 公仆的远虑

"虑"即思维,具有思维能力是人类区别于其他动物的本质特征。人民公仆是方针政策的制定者和执行者,在"两个文明"建设中发挥着不可替代的作用。人民公仆相较于百姓而言,肩上的担子更重,责任更大。正因如此,人民公仆应当养成勤于思考、善于思考的良好习惯;饱食终日、无所用心,日久天长,势必成为庸官、糊涂官,终将落后于时代,被改革的大潮淘汰。

作为人民公仆,应当具备非同寻常的洞察力和透过现象看本质的分析能力,应当善于归纳总结经验和教训,具备异中求同、同中求异的本领,尤其是拍板决策时,事前必须开展深入的调查研究,征求方方面面的意见,在此基础上,深思熟虑,做出科学的判断。应慎重处理好眼前利益与长远利益、局部利益与整体利益的关系,切忌鼠目寸光、头痛医头、脚痛医脚,顾此失彼,不能为了眼前利益和局部利益而牺牲了长远利益和整体利益。当眼前利益与长远利益、局部利益与整体利益一致时,应理直气壮地维护、发展眼前利益和局部利益;当眼前利益与长远利益、局部利益与整体利益相左时,应考虑牺牲眼前利益和局部利益,千方百计地维护长远利益和整体利益。

古人云："人无远虑,必有近忧。"作为公仆,应当居安思危,练就一叶知秋、以近知远、以所见知所不见的能力。在一帆风顺时,应善于观察潜存的危机;在遭受挫折时,应善于创造化害为利、变被动为主动的条件。就拿农业生产来说,在风调雨顺时,应考虑到水旱灾害的侵袭,不应高枕无忧,放松了水利工程建设。搞水利工程建设,既要做防汛工程,也要做蓄水工程,既要筑堤修渠,也要挖塘打井,做到能排能灌,防患于未然,切实提高农业保收的安全系数。

人民公仆,民命系身,深谋远虑,重于泰山。"凡事预则立,不预则废"。人民公仆们多"预"勤虑,则事业兴盛,百姓幸甚。

# 人与水

有水才有人类的生存繁衍,有水才有世界的多姿多彩。人生与水有许多相似之处,有风平浪静,有流水潺潺,有奔腾不息,有巨浪滔天。人与水相伴而行,密不可分。

水是人的恩人,也是人的天敌,既给人以生命、智慧和物质力量,也给人带来困难、痛苦和灭顶之灾。人虽然依赖水、离不开水,但人不能做水的奴隶,而应做水的主人。

在立世上,人应该做纯净水,清澈透明,不含杂质;在生活上,人应该做安分守己的池塘,虽掀不出拍岸巨浪,亦没有大起大落;在事业上,人应该做穿石的水滴,认准目标,持之以恒,不达目的,誓不罢休;在知识追求上,人应该做广纳百川的海洋,聚少成多,集腋成裘,永不自满;在爱情上,人应该做温馨的港湾,给伴侣以依赖、平安和幸福;在亲情友情上,人应该做烟波浩渺的水库,汩汩不停地灌溉着亲人和友人的心田;在对待后生和徒弟上,人应该做甘甜的雨露,孜孜不倦地洒下滋润的养分……

总之,人应该弘扬水的善性,遵规守矩,多行义举,造福社会;遗弃水的恶性,不胡乱作为,恣睢肆虐,贻害万物。

# 花与叶

花名扬则生命短,叶无闻则寿命长。花与叶各具特色,各有所长,似血脉紧密相连,似光影结伴而行。配合得体,则相得益彰;配合失度,则美之大伤。花过大而叶过小,或叶过大而花过小,则比例失调,距美于千里之外;花太多而叶太少,难免单调乏味;花太少而叶太多,往存喧宾夺主之憾。花鲜艳至极,则叶失色暗伤;叶分外夺目,则花羞怯难当。

花与叶应当找准各自位置,各守其道,适时而开,适时而落,扬其长,避其短,同呼吸,共命运,四季协和,方能滋润生长,繁衍不绝。

# 得与失

　　得与失是一对亘古不变的矛盾,任何一个正常的人都无法回避。因为人的一生就是在得与失中度过的。从表面上看,有的人是得大于失,有的人是失大于得,而实际上绝大多数人的得失是大体相当的。

　　世界是千差万别、丰富多彩的,三百六十行,行行出状元。人生短暂,时间和精力有限,什么都想学,什么都想干,结果只能是什么都无法学好,什么都无法干好。一个人既想搞服装设计,又想搞机械制造;既想搞尖端武器研究,又想做辩护律师;既想搞软件开发,又想搞杂交水稻制种;既想精通哲学、文学,又想精通数学、物理、化学……这对于普通人来说,只能是天方夜谭。由此可知,在选择职业上必须有得有失,每个人只能根据兴趣、爱好和可能去选择适合自己的专业和职业,即使有的人一专多能,这个"能"也只是万能之中的数能而已。

　　一个人想事业有成,就必须付出努力。事业上收获越大,付出的也越多;反之,付出的少,收获也就少。有时付出和收获不成正比,付出的多不一定收获就多。不劳而获的业绩和荣誉,只能是昙花一现,终究难以保住,甚至要为之付出更大的政治、经济和生命的代价。弄虚作假、投机取巧，只能一时得势得利，不可能长久得势得利。

亲爱的朋友，在学习、工作和生活中，应当时刻保持清醒的头脑，做到"风物长宜放眼量"，努力摆正得与失的关系，该得的要理直气壮地拿来，该失的要义无反顾地舍弃，不可鼠目寸光，锱铢必较，只想"得"而不愿"失"。

## 河水与河堤

　　鸟往高处飞,水往低处流,乃自然规律使然。水若无河堤限制,必信马由缰,胡突乱冲,吞没良田,肆虐成灾,贻害无穷。为趋利避害,人们挖河道,修河堤,使桀骜不驯的河水循规蹈矩地流动;人们再筑坝建闸,控制水的流量大小,使之完全按照人的意志,灌溉发电,滋润万物,发挥出更大的经济效益和社会效益。

　　由此,笔者联想到了政令畅通和严明纪律。有的地方令行禁止,一呼百应,万事皆遂;有的地方视政令为儿戏,我行我素,百事不顺。究其因,除了与那个地方领导班子的整体素质高低、凝聚力、号召力、战斗力强弱等因素息息相关外,恐怕一个很重要的原因就是纪律不严明。就拿税费改革来说,同在一个区域之内的乡镇或行政村,有的审时度势,目光远大,下定决心,对税费改革中顶风违纪、软拖硬抗、阳奉阴违的基层干部,毫不含糊地律之以纪,该通报批评的通报批评,该停职的停职,该撤职的撤职,对少数违法乱纪的移交司法机关,依法追究其法律责任,绝不心慈手软、姑息迁就,收到了惩一儆百、令行禁止的良好效果,保证了中央和省市的税改顺利进行。相反,有的地方在税改中,对有令不行、有禁不止者,睁一只眼,闭一只眼,听之任之,以致一段时间内形成税改雷声大、雨点小的被动局面,搞得上级和群众都不满意,影响了社会稳定和其他工作的开展,其深刻教训,值得吸取。

　　由是观之,执行纪律是党的政策能贯彻落实到位的重要保证。纪律松弛,随心所欲,各行其是,党的政策就不能得到很好的落实,甚至被扭曲,群众利益和党的利益就会受到损害,各项工作开展就会举步维艰;纪律严明,依法行政,按规办事,党的政策就能顺利地落到实处,群众就能感受到党的政策的温暖,党组织的凝聚力、号召力和战斗力就能进一步增强。

　　没有规矩,不能成方圆;没有河堤,河水会漫流;不严明纪律,党的政策落实就失去了必要的保证。

# 话说"品位"

人的一生,大多不满期颐,去掉少不更事的十几年,独立行事一般只有五十到七十年。在这短暂的人生历程中,一般来说,人人都想活得风风光光、有滋有味,人人都想活出"品位"来。

人要想活得有"品位",除了需要一定的外部条件和生理条件外,恐怕最重要的还得靠自己的后天修行。

首先要会做人。所谓会做人,就是要做一个品德高尚的人,一个光明磊落的人,一个刚直不阿的人,一个坚持真理的人,一个乐于助人的人,一个脱离了低级趣味的人……归根结底一句话,就是要做行得正、坐得端的正人君子,不做见利忘义、损人利己的龌龊小人。

其次要有本事。所谓有本事,笼统地讲就是指有知识、有水平、有能力。从小处讲,就是具有谋生发展的能力,具有建设温饱之家、小康之家的能力;从大处讲,就是具有推动一个区域、一个民族、一个国家乃至整个人类发展进步的能力。人与人之间的能力有差别是个永恒的社会现象,什么时候都无法改变。但大千世界,气象万端,三百六十行,行行都需要出状元。每个人只要善于发现和挖掘自身的潜在优势,紧跟时代节拍,活到老学到老，不断提高工作能力和工作水平，虽说对社会贡献有大小之别，但都可算是有本事、有能力的人。

再次要口碑好。所谓口碑好，就是在家庭、单位和社会上能够得到大多数人的好评，一个人要想获得好口碑，靠伪装欺骗只能是昙花一现，靠金钱收买也只能是画饼充饥，靠威逼利诱只能适得其反。要想口碑好，必须德才兼备、有所建树，否则只能是一厢情愿。

综上所述，会做人是有"品位"的根本所在，有本事是有"品位"的关键环节，口碑好是有"品位"的重要条件，三者相辅相成，不可或缺。愿天下之人，人人皆有"品位"，果如是，则人类更加文明，生活更加美满，社会更加和谐！

## 城市应为农民工"充电"

随着我国工业化和城市化的步伐加快,城市农民工的队伍越来越庞大,由于农民工的文化素质普遍较低,他们在城市绝大多数从事着最基层、最日常、最艰苦的工作。但是我们也应当看到,正因成千上万个城市农民工承担了城市最险、最脏、最累的劳动,才使城市生活得以正常运转,农民工为加快城市经济健康发展做出了重要贡献。为此,城市有责任、有义务为提高农民工素质创造更好的条件,付出更大的努力。不应目光短浅,急功近利,只使用,不培训,甚至把培训任务推给农民工户口所在地政府,形成教育培训的"真空",从而增加了国家从根本上解决农民工身份问题的难度,延缓了国家实现工业化和城市化的进程。

城市政府、教育主管部门及用工单位,都应把加强对城市农民工的培训尽快摆上重要议事日程,纳入教育发展总体规划,加大投入。通过办夜校、短期培训班、文化补习班以及择优送入职业技术学校进修等途径,全面提高城市农民工的文化素质和技术本领,使他们尽快融入城市文明,在城市长久安身立业。

## 欲进城先"换脑"

时下,进城务工是农民增加收入的主渠道之一。随着城市规模的不断扩张和功能的逐步完善,城市将会吸纳更多的农民工进城就业。农民工户口所在地党委、政府也纷纷主动作为,把劳务输出作为一个大产业抓住不放,不断提升组织化程度,收到了明显成效。但毋庸讳言,农民工自发进城、盲目外流的现象仍不在少数,他们往往因找不到合适的工作岗位而处处碰壁,阮囊羞涩地空手而归,不仅没有挣到钱,反而赔了盘缠。为此,笔者建议,农民工欲进城,应先"换脑"。所谓"换脑",就是解放思想,转变观念,不断提高综合素质。

其一,要"换脑",应熟悉有关政策法规。通过读书看报,收听收看广播电视,进短训班,请有文化、有见识的子女或亲戚朋友辅导等途径,重点了解《宪法》《社会治安管理处罚条例》《合同法》《劳动保障法》《计划生育管理条例》等法律法规常识,了解国家和各地出台的有关劳动用工方面的优惠政策,增强遵纪守法的观念。其二,要"换脑",应多渠道搜集用工信息。通过劳动就业服务中心、劳动就业服务站、外出务工的老乡和亲朋好友介绍等渠道,多方搜集城市用工信息。其三,要"换脑",应练就一技之长。有选择地进职业学校、技工学校或社会力量举办的各种短训班,学习编织、缝纫、烹饪、电焊、装潢、油漆、木料加工、美容美发等技术,获得谋取就业岗位的必要条件。其四,要"换脑",应了解和遵守城市文明的基本要求。改掉陈规陋习,养成遵守交通规则、礼貌待人、不随地吐痰、不乱扔纸屑杂物、不讲脏话等文明习惯,尽快融入城市文明。其五,要"换脑",应掌握谋职的窍门。进城务工,要带齐身份证、毕业证、技术培训合格证、婚育证等有效证件;要学会推销自己,做到诚信为本,不卑不亢,随机应变,给用工单位留下良好印象,增加就业机会。

## 洗澡与"洗脑"

人生在世,无论高低贵贱,人人都要洗澡,洗澡是生理之需求,生活之需要。一个正常的人若不经常洗澡必然蓬头垢面,身上异味难闻,甚至生虱子,招来疾病。洗澡对于正常人来说是一种自觉行动,要洗就洗个干干净净、痛痛快快,少有敷衍塞责、草率了之的。可"洗脑"则未必如是。有不少人认为大脑长在颅骨内,健康干净得很,无须清洗。然而,一个人若长期光洗澡不"洗脑",生理上或许没有毛病,仪表也能给人清新之感,但其思想上轻者会蒙上灰尘,重者会染上病毒,导致行为失范,甚至坠入违法乱纪的泥淖不能自拔。古今大贪官哪个不是"温泉水滑洗凝脂",体表不能说不干净,可是他们窃居高位之后,犯了共同的大错,忽视了"洗脑"——思想上放松对自我的要求,任凭腐朽思想侵蚀头脑,以致脑中锈迹斑斑,病入膏肓,无可救药。倘若他们平时对待"洗脑"像洗澡一样勤快,随时清除头脑中的垃圾污垢,时刻不放松世界观、人生观和价值观的改造,又何至于落得个身败名裂、遗臭千载的下场呢?

平民百姓,尤其党员干部,不仅要重视洗澡,更要重视"洗脑"。洗澡预防的是生理上的疾病,而"洗脑"预防的是思想上的疾病,生理上的疾病往往对社会影响不大;可一个人不经常"洗脑",思想出了毛病,往往对社会和事业危害很大,尤其是手中握有一定权力的人,造成的危害会更大。

洗澡需要一定的物质条件,"洗脑"则不受外界条件限制,随时随地都可以做到。我们的党员干部都应该做到常洗澡、勤"洗脑",切莫只洗澡,不"洗脑"。

# 多做民情调查

领导干部是人民群众根本利益的忠实维护者。身为领导干部应当经常深入实际,调查研究。领导干部不做民情调查或不愿做民情调查,做决策办事情,难免以耳代目、以偏概全,难免犯官僚主义和形式主义错误;只有经常深入乡村、车间、市井,做些民情调查,才能直接听到群众的意见和呼声,不仅可以看到"门面"和"窗口",还可以看到"后院"和"角落",心中才能始终装着一本明白账。领导干部多做民情调查,就会对基层情况多一份清醒,对人民群众多一份感情,在工作决策中少一点失误。

所谓民情调查,不是前呼后拥,"坐着小车转,隔着玻璃看";不是蜻蜓点水,浮光掠影;不是哇里哇啦,空发议论。而是指轻车简从,不打招呼,直接深入基层,和群众面对面地谈心交心,倾听群众的呼声和建议,沟通思想,联络感情,帮助解决具体问题。这种方式做好了,不仅可以改进工作方式方法、促进作风转变,更重要的是可以使党群、干群的关系更加密切,党的事业更加兴旺发达。因此,领导干部要更好地践行为人民服务的宗旨,就必须真心实意地多开展一些民情调查,想群众之所想,急群众之所急,谋群众之所需,解群众之所难,全心全意地把广大人民群众的利益维护好、实现好、发展好。

# 群众利益无小事

群众利益无小事。各级党员干部都应牢固树立"群众利益至上"的观念,切实把人民群众的利益实现好、维护好、发展好。

实现好、维护好、发展好群众利益,是党的宗旨的内在要求。我们党从宣告成立的那一天起,就旗帜鲜明地把为人民服务、为人民群众谋利益作为奋斗宗旨;历经百余年风风雨雨的考验和洗礼,这一奋斗宗旨始终没有改变,将来仍然不会改变。

实现好、维护好、发展好群众利益,是群众历史地位的必然要求。人民群众是历史的真正创造者。毛泽东同志指出:"人民,只有人民,才是创造世界历史的真正动力。"人民是国家的主人,是决定我们国家前途和命运的最根本的力量。人民群众至柔至刚,既能载舟,亦可覆舟。作为长期执政的党,必须时刻把人民群众的呼声作为第一信号,把为民解忧作为第一职责,把为民谋利作为第一追求,一切为了群众,一切相信群众,一切依靠群众,唯如此,方能永葆青春,立于不败之地。

实现好、维护好、发展好群众利益,是执政规律的普遍要求。任何政权,任何执政党,如果不尊重群众意愿,不为民谋福利,就会失去人民群众的拥护和支持,就会土崩瓦解,成为过眼烟云。一个政权,一个政党,只有顺应历史潮流,始终代表人民群众的根本利益，才能欣欣向荣，从胜利走向胜利。

正确的决策来源于正确的判断，正确的判断来源于正确的思维，正确的思维来源于丰富的实践和深入的调查研究。各级领导干部做决策必须深入基层，反复论证，必须倾听群众呼声，尊重群众意愿，以群众赞成不赞成、答应不答应、高兴不高兴作为衡量决策正确与否的标尺，万万不可脱离群众，违背群众意愿，违背自然规律、执政规律和历史发展规律。现实生活中，少数党员干部盲目草率决策，给党和人民的利益带来了损失。在农业结构调整和农业税费征收中，少数地方党政干部做决策不调研，造假政绩、与民争利，强迫群众种这种那，巧立名目乱收费，增加农民负担，导致农民群众很有意见，干群关系比较紧张。这些教训，我们必须吸取，严防重蹈覆辙。

坚持不懈为群众办实事、解难题，是党员干部的天职，是忠实践行"三个代表"重要思想的生动体现。我们的各项工作都要紧紧围绕解决人民群众生产生活问题来开展。当前情况下，要突出解决好人民群众在生产自救、重建家园、恢复发展中遇到的困难与问题，千方百计保证受灾群众有饭吃、有衣穿、有房住、有洁净水喝、有病能医，确保不饿死、冻死一人，确保适龄儿童都能按时入学。只要我们的各级党员干部时刻牢记党的宗旨和党的群众路线，真心实意、脚踏实地、一以贯之地为群众办实事、解难题，就能赢得人民群众的拥护与爱戴，就能充分发挥一呼百应的凝聚力和号召力，就能不断增强带领人民群众克难攻坚、勇夺胜利的战斗力。

# "两节"期间多下访

元旦刚过,春节将临。在大批外出务工人员陆续返乡之际,在千家万户积极置办年货之时,在每一个家庭都热切地企盼着举家团聚的时候,我们的各级干部尤其是领导干部,应当清醒地认识到,在关键时节,深入基层,进万家门、知万家情、解万家难,十分重要,意义非同寻常,务必时刻放在心头,落实到具体行动上。

牢固树立群众利益无小事的观念,忠实践行为人民服务的宗旨,尽力从繁杂的日常事务中解脱出来,从文山会海中解脱出来,从送往迎来的应酬中解脱出来,不打招呼,轻车简从,进工厂,下车间,入乡村,串农家,特别要深入城镇特困职工、农村特困户、优抚对象、五保户等弱势群体家中,实地查看是否缺粮缺油,是否缺棉衣被褥,真心实意地帮他们解决生产生活中的一些实际困难和问题,把党和政府的温暖及时地送到他们心坎上。

应积极走访离退休老干部、老党员和一般干部职工家庭,向他们送去温馨的节日祝福,倾听他们的呼声,虚心征求他们的意见,敞开心扉,真诚交流,增进了解,消除隔阂,融洽感情,以便集思广益,不断提高决策水平和施政能力,精心构筑心往一处想、劲往一处使、同鸣共振的可喜局面。

## 文明节俭过大年

农历大年,是中华民族的传统节日,炎黄子孙对她都十分钟爱,一往情深,大多提前一个月开始置办年货,准备过一个文明、欢乐、祥和的佳节。但毋庸讳言,一些陈规陋习仍在一部分人的头脑中作祟。有的突击花钱,一掷千金,争豪斗富,造成极大的浪费;有的烧香拜佛,大搞封建迷信,麻醉神经,自欺欺人;有的放纵不羁,狂饮豪赌,既伤害了身体,又败坏了风气;更有甚者,游手好闲,东遛西逛,骚扰乡民,惹是生非……凡此种种,都与社会主义文明新风格格不入,与党和政府的要求格格不入,有的还违背了党纪、政纪和法律法规,受到纪律处分和法律追究,实乃咎由自取,让人痛心疾首。

过大年本来是件喜事、乐事、好事,应当把握住度,平安欢乐地度过,千万不可乐极生悲。应讲文明。放松而不放纵,娱乐而不出格,不暴饮暴食,不酗酒赌博,不搞封建迷信。应倡节俭。机关单位不滥发财物奖金,不用公款相互吃请或组织干部职工游山玩水;每一个家庭都应认真做好支出计划,精打细算,节俭为本,不攀比,不摆阔,不乱花一分钱。应维护稳定。春节期间是万家团圆的欢乐时节,维护社会稳定人人有责。每一位公民都应该严格自律,遵规守纪,做到不该说的话坚决不说,不该去的地方坚决不去,不该做的事情坚决不做;与此同时,积极参加值班、保卫、维持公共秩序和夜巡夜查等工作,全力维护社会稳定,为千家万户都能过上一个祥和安定的春节做出应有的贡献。

# 雷厉风行抓落实

中央和省市经济工作会议皆已落下帷幕,各县区鸡年的工作目标、任务和措施亦基本确定,接下来就是各级干部带领人民群众雷厉风行抓落实的时候了。

雷厉风行抓落实是开好头、起好步的必然要求。一年之计在于春,良好的开端等于成功的一半。欲圆满完成全年工作目标和任务,应当牢固树立争先意识,从现在开始,咬定目标不放,抢抓分分秒秒,紧张快干,顽强拼搏,全力夺取工农业生产开门红。

雷厉风行抓落实是树立优良作风的重要条件。想事业有成,必须有优良的作风;要树立优良作风,必须雷厉风行抓落实。只有抓好落实,才能成事兴业,才能赢得民心。倘若作风漂浮,工作疲疲沓沓,敷衍塞责,必然导致效率低下,甚或一事无成。

雷厉风行抓落实是顺乎民意的最佳选择。一个部门或单位能否雷厉风行抓落实是衡量其形象优劣和威信高低的试金石。群众信任的是埋头苦干的好干部,瞧不起的是言行不一、办事效率低的不称职干部。因此,各级干部应铆足劲头,雷厉风行抓落实,不可有平时工作忙,年头岁尾喘喘气、歇歇脚的想法,更不可陶醉在猴年取得的成绩中故步自封,裹足不前。

## 冷静应对入世

加入 WTO 是把双刃剑,既给我们带来了机遇,也带来了挑战。欠发达地区的干部群众对待入世的态度五花八门,归纳起来主要有以下四种类型:一是逍遥型。这类人对入世反应平淡,觉得与己关系甚微,反正还是做自己的事,种自己的田,吃自己的饭。这些人主要是讲究现实的普通群众和机关单位的一般干部和小职员等,他们对世贸组织不关心。二是乐观型。这类人觉得入世后遍地黄金,到处都是便宜货,可借助入世改善一下个人生活条件。城市白领阶层的人或多或少地抱有此种心态。三是恐慌型。这类人觉得"小米加步枪"斗不过"飞机加导弹",加入世贸,破产倒闭在劫难逃,因而寝不安席,食不知味,诚惶诚恐,不知所措。一些装备条件差、产品档次低的企业的管理者及其职工大多抱有此种心态。四是冷静型。这类人觉得加入世贸组织,机遇与挑战同在,希望与困难并存,与其诚惶诚恐、坐而论道、贻误良机,不如立即行动起来,积极寻求应对之策,以变应变,化害为利,迅速抢占发展先机。一些有知识、有头脑、善思考的党政干部和企业管理者等持有此种心态。由是观之,作为新时期的劳动者,尤其是党员领导干部,应该以冷静的心态对待加入世贸组织,既不做麻木不仁的逍遥派和狭隘盲目的乐观派,也不做大难临头、手足无措的恐慌派,应做沉着应对、扬长避短的冷静派。

要做冷静派,应当放远视野,辩证地审视自我,善于发现、发挥、放大、组合自己的长处,以己之长,趋利避害,以便在激烈的市场竞争中获得比较优势,立于不败之地。

要做冷静派,在扬己之长的同时,千方百计地补己之短,就是要从自己最薄弱的地方抓起,瞄准竞争对手,抢抓时间机遇,快马加鞭,变劣为优,不断地缩小差距,迎头赶上。

要做冷静派,应当潜心学习,不断地提高自身综合素质。知己知彼,方能百战不殆。加入 WTO 后,欲在激烈的市场竞争中站稳脚跟,首先应该了解竞争对手,谙熟世贸组织的基本原则和有关规则,避免吃亏受骗、走弯路。

事在人为,业在人创。入世后,只要我们抱着正确的态度,善于抢抓机遇,争取主动,善于驾驭和控制复杂的局势,就没有攻不克的险阻、闯不过的难关,就一定能够从"山重水复"中走出,到达"柳暗花明"的理想境地。

# 打造优良环境,应以诚信建设为核心

时下,安徽省的经济社会发展环境日益优化,"人人都是投资环境、事事关系安徽形象"的理念正在深入人心。但毋庸讳言,在一些地方和某些方面,环境不优依然是制约经济和社会快速发展的瓶颈,主要表现在思想解放程度不够,观念更新速度不快,经济社会发展环境仍需进一步优化。

要打造优良环境,在优化法制环境、政策环境和服务环境的基础上,要突出加强诚信建设。诚信是中华民族的传统美德,诚信是社会关系的基本准则,是整顿和规范经济秩序的迫切需要;人无诚信不立、业无诚信不兴、商无诚信不发、政无诚信不成、国无诚信不强、社会无诚信不稳,已被千百年来的无数事实所证明。加强诚信建设是个永恒的课题,各地都应该进一步增强紧迫感和使命感。

加强诚信建设,首先要在建设信用政府、信用企业、信用个人三大信用主体上着力。建设信用政府是建设信用社会的龙头和关键。建设信用政府就是要找准职能定位,依法行政,简政放权,恪守准则,兑现承诺,在经济和社会发展进程中当好服务员、导航员和裁判员。建设信用企业就是要恪守市场经济的法则,视产品的质量和信誉为生命，公平竞争，守法经营，以产品的高质量和服务的最优化抢占市场、取信于消费者。建设信用个人就是要通过正面引导、强化正面典型宣传、加大反面典型曝光力度等手段，树立"守信光荣、失信可耻"的舆论导向，使"诚信为本、操守为重"在人们的心灵中深深扎下根来。

加强诚信建设，应当强化信用制度、信用文化、信用监管三大支撑，在打造社会信用体系上着力。应建立健全信用领导体系，制定信用建设总体方案，并设立具体办事机构，加大社会信用监管力度。切实加强信用制度建设，围绕规范信用程序、惩治失信行为，积极建立全省信用制度体系。按照"政府主导、企业运作"的方式，建立全省信用中心和信用网，全面搜集整理各个部门的企业信用信息，建立企业信用信息数据库，开展企业信用等级评估，奖励守信者，惩治失信者，努力营造"信用安徽"的良好氛围。

诚信建设是一项系统工程，是优化环境的核心所在，应该引起重视，形成合力，长抓不懈，方可见效。只要全省上下达成共识，齐抓共管，不断完善诚信建设的政策措施，就一定能够打造出"诚信安徽"的金字招牌。

# 年终"盘点"须较真

2006年即将画上句号,每位劳动者都会情不自禁地对自己一年来的表现和得失"盘点"一番,以调整和锁定奋斗目标,在新的一年里扬长避短,大显身手。

各地方的党政机关、部门和企事业单位,更应抱着实事求是和一分为二的态度,对全年的工作进行认真而又全面的"盘点",不仅要"盘点"取得的业绩,也要"盘点"存在的差距和不足;不仅要客观地分析本地、本部门、本单位已有的优势,以便于将其发扬光大,还要深刻透彻地梳理存在的不利因素,以便于趋利避害。不可脚踩西瓜皮,滑到哪里是哪里;不可借口工作忙,"盘点"顾不上;不可"年年岁岁花相似",旧调重弹走过场;不可掺杂兑水,夸大成绩;不可文过饰非,讳疾忌医。

年终"盘点"是学习、工作和生活中不可或缺的一环,无论是机关、单位还是个人,都应该高度重视,下功夫较真,切实做到把成绩总结够,把差距分析透,把目标定得准,把措施想得实,铆足一身劲,谱写新华章。

## 平常心态看胜负

奥运赛场,群英聚首竞技,斗智斗勇,各显神通。能够技压群芳、摘金挂银固然可喜可贺,但每个项目金牌只有一枚,这就注定了欢喜与伤悲同在、成功与失败偕行。获胜了欢呼庆贺无可厚非,但不可忘乎所以,让胜利冲昏了头脑;折戟沉沙,固然令人心痛,但不可患得患失,怨天尤人,甚或陷入沉沦的泥淖不能自拔。

其实,运动竞争本身就充满着一波三折的悬念,这也正是体育比赛的真谛和魅力所在。能够参加体育大赛,与高手同场竞技,本身就是一种自我超越,只要无畏无惧,尽己所能,虽败犹荣。我们应该抱着一种平常心态对待每一场比赛的胜负,要有赢得起也输得起的气魄和胸怀,不计较一城一地的得失,切勿丧失了冷静、清醒、斗志和豪气。

胜利和失败只能证明过去,不能代表未来,更不是人生较量的终点。这就说明竞争没有休止符,胜者应戒骄戒躁,居安思危,开拓创新,与时俱进,力争续写辉煌;败者应总结教训,汲人之长,补己之短,再接再厉,争创辉煌。

体育竞赛如斯,其他事业概莫能外。

## 善保心理平衡

　　人生是由风雨彩虹、坎坷坦途、悲欢离合交织而成，每一个人面对毁誉、利害、得失，应当善于保持心理平衡，不断为生活、工作鼓起新的风帆；反之，轻者会牢骚满腹、士气低落，影响身心健康，重者会悲观厌世，一蹶不振。

　　要保持心理平衡，首先，应该树立科学的世界观、人生观和价值观，搞清楚为什么活着、怎样活着才有意义。要胸怀博大，放开视野，淡泊名利，不计得失；不可小肚鸡肠，鼠目寸光，唯利是图。其次，应该掌握科学辩证地分析和解决问题的方法。世间的万事万物是相互联系的，不是孤立静止地存在的。失之东隅，收之桑榆；福兮祸之所倚，祸兮福之所伏；失败、失意是暂时的，千万不要悲观失望、万念俱灰。应冷静地分析失败的原因，找出解决问题的办法，及时扫除心头的阴霾；卧薪尝胆，重整旗鼓，心无旁骛地开辟一片新天地。再次，应该丰富生活内容。生活单调乏味，往往会加重心理负担。闲暇时，或读书看报，增长智慧；或唱歌抚琴，释放情绪；或郊游散步，放松身心；或邀朋聊天，增进友谊；或作画养花，陶冶性情……最后，应该养成勤与人交流的习惯。古人云，独学而无友，孤陋寡闻。要保持心理平衡,还应当寻求亲人、朋友、同事等的开导和帮助。话是开心锁。众人拾柴火焰高。常听听亲人、朋友和同事的意见和建议,往往能茅塞顿开。

# 文字秘书的"三种境界"

近日,翻阅王国维的《人间词话》,读到"古今之成大事业、大学问者,必经过三种之境界:'昨夜西风凋碧树。独上高楼,望尽天涯路。'此第一境也。'衣带渐宽终不悔,为伊消得人憔悴。'此第二境也。'众里寻他千百度,蓦然回首,那人却在,灯火阑珊处。'此第三境也"时,不禁联想到文字秘书的成长轨迹。所谓文字秘书,顾名思义,撰写材料之人也。大凡成熟的文字秘书,一般也须经过三种境界:一曰摇笔杆,二曰耍笔杆,三曰玩笔杆。"摇""耍""玩"乍一听,似乎含有贬义,然仔细玩味,觉得有趣,三字较好地概括了做文字秘书的渐进过程。

初为文字秘书,各方面情况不熟,公文写作的套路不熟,写起来吭吭哧哧,思路不畅,谓之"摇笔杆"。此间,若接手一份材料,则吃不香,睡不甜。绞尽脑汁完稿后,送到领导手里,心也提到嗓子眼,怕返工,怕挨领导批评。当得到领导认可时,犹如怀了十月的胎儿一朝分娩,方觉如释重负。此文字秘书第一境也。

几年文字秘书当下来,各方面情况比较了解了,公文写作套路基本熟悉了,写起来比较得心应手了,谓之"耍笔杆"。此间,若接手一份材料,则心气平和,不急不躁,按部就班,准时交卷,返工的次数少，身心压力相对减轻。此文字秘书第二境也。

　　文字秘书做长了，对一个单位或一个地方的情况比较熟悉了，公文写作的技巧运用自如了，撰写的材料常常能够受到领导和同行的好评，有的稍加润色，便可见诸报刊，令人颇有成就感。此为文字秘书第三境也。由"摇"笔杆发展到"玩"笔杆，虽说一字之差，但境界不同。所谓"玩"者，即达到存乎于心、落笔成文之境界。文字秘书若要达到这个境界，必须具备心无旁骛、"衣带渐宽终不悔"的恒心和毅力。

　　文字秘书的职业辛苦，文字秘书的职业高尚，愿天下的文字秘书们不辱使命，与时俱进，不断地向更高的境界攀登！

# 漫话"三"

"三"在汉语中是个颇受青睐的字眼,在政治、文化、生活诸领域使用频率很高、影响较大。

中国共产党的三代领导核心毛泽东、邓小平和江泽民都与"三"结下了不解之缘。毛泽东提出了我党的"三大法宝"(统一战线、武装斗争、党的领导)和"三大作风"(理论联系实际、密切联系群众、批评与自我批评)。邓小平提出了"三个有利于"(有利于发展社会主义社会的生产力、有利于增强社会主义国家的综合国力、有利于提高人民的生活水平)和"三步走"(20世纪末、21世纪20年代、21世纪中叶)的奋斗目标。江泽民提出了"三讲"(讲学习、讲政治、讲正气)和"三个代表"(中国共产党要始终代表中国先进社会生产力的发展要求,代表中国先进文化的前进方向,代表中国最广大人民的根本利益)。

这些提法均来源于实践,高屋建瓴,实属不刊之论,代表了三位领袖的远见卓识和超凡的领导才能,在我国人民的政治生活中产生了深远影响,在党和国家的建设事业中发挥了不可估量的作用。

古人也十分偏爱"三",将政治、自然、生活和文学中的相关事物及名称等归结为"三"。如把太师、太傅、太保(一说司马、司徒、司空)称作"三公",把少保、少傅、少师称作"三少",把天官、地官、水官称作"三官"。把天、地、人称作"三才"或"三灵",把日、月、星称作"三光",把福、禄、寿称作"三星",把伏天分为初、中、末"三伏",把春、夏、秋三个农忙时节称作"三时",把松、竹、梅称作"岁寒三友",把"冬者岁之余、夜者日之余、阴雨者时之余"称作"三余",把儒、释、道称作"三教",把《诗经》中的《周颂》《鲁颂》《商颂》称作"三颂"等,俯拾即是,不胜枚举。

到了现代,一些文人创作了三部内容各自独立而又互相连续的文学作品,称作"三部曲"。如茅盾的短篇小说《春蚕》《秋收》《残冬》称作"农村三部曲";巴金的长篇小说《家》《春》《秋》称作"激流三部曲",《雾》《雨》《电》称作"爱情三部曲"等。

以上列举的"三"均代表实数,在古代和现代生活中,"三"也可能代表虚数。如"三思而行""三言两语""三长两短""三心二意""三番五次""三令五申""三句话不离本行"等词语中的"三"都不是实数,表示多次、屡次之意。

## 人生犹若竞技场

奥运赛场,各路英杰同台竞技,斗智斗勇,各展其长,上演了一出出比速度、比耐力、比实力、比技术、比战术、比心理的竞争大戏,一波三折,峰回路转,扣人心弦。

看罢比赛,回味无穷,觉得自始至终充满悬念和变数,与人生有着惊人的相似之处。

体育比赛的核心就是竞争,追求的目标是更快、更高、更强。反观人生,竞争几乎如影随形,不可或缺,同样充满着曲曲折折,跌宕起伏,充满着定数和变数的互动;一马平川、一帆风顺只能是美好的愿望而已。人类要生存发展,就必须奋斗,要奋斗就离不开竞争,要竞争就必然有胜负,在偶然和必然中,表现出云谲波诡和扑朔迷离,从而形成悲欢离合的多彩人生。

人要实现自身的最大价值,就离不开竞争奋斗。要争取胜利,就要经得住泥泞中的摔打和逆境中的磨砺。鲜花从来与汗水相伴,成功始终与勤奋偕行。投机取巧,守株待兔,浅尝辄止,终究两手空空,一败涂地;瞄准目标,持之以恒,锐意进取,方能登上人生最高领奖台,尽情品味胜利后的激动和喜悦。

## 劝君保持好心境

人生在世,悲欢离合,喜怒哀乐,在所难免。如何调整好自己的心境,让生命之火燃得更旺,值得每一位朋友深思。

君子坦荡荡,小人长戚戚。胸襟博大者,如海纳百川,任尔云谲波诡,内心平静依旧;小肚鸡肠者,如沟塘小溪,只要微风细雨,便浊流四溢。朋友,请美化自己的心境吧!不要为些许小事而自寻烦恼,不要陷入钩心斗角的泥淖而伤心劳神,不要因技不如人而自暴自弃,不要因挣钱没有别人多而捶胸顿足,不要因工作生活上的小摩擦而耿耿于怀、郁郁寡欢。平时保持一种好心境,不仅可以提高工作效率,还有益于身心健康,益寿延年,委实善莫大焉。人只有保持好心境,才能坦对风刀霜剑,踏平坎坷成大道;只有保持好心境,才能处变不惊,在风口浪尖上从容搏击;只有保持好心境,才能迎来百花盛开,硕果满枝。

要保持好心境,必须做到淡泊名利。名利只可遇,不可刻意求,更不能不择手段地攫取。一个人一旦被名利所累,便如身背石磨看戏,很难保持好心境。人如果什么利都想占,什么名都想得,必然挖空心思,使出浑身解数,做出伤风害俗,甚至违法乱纪的事来,结果往往不仅追不到名、谋不到利,弄不好还会落个身败名裂的可耻下场。人生于世，无论何时何地，都不要心存非分之想和邪恶之念，不要贪不义之财、争浮华之名。堂堂正正做人，踏踏实实做事，心境自然会好起来。

要保持好心境，必须做到挫折面前不气馁。人生之旅有坦途、晴空和鲜花，也有坎坷、风雨和失败。人们在工作、生活、学习和交友中，不可能一帆风顺，难免遭受挫折。要以积极进取的心态，认真分析遭受挫折的原因，总结失败的教训，切莫垂头丧气、一蹶不振、半途而废。要知道，没有失败，何来成功；不历坎坷，哪有坦途；不经风雨，怎么见彩虹。

要保持好心境，必须做到择善交友、真诚相待。独处无友，生活的天地狭窄，难免孤陋寡闻、闷闷不乐。日久天长，必生事端，怎么能保持好心境呢？人活着就要交友，要广交君子，不交小人。对所交的朋友一视同仁，以心换心，真诚相待，那么生活的天空就会柳暗花明，煦日朗照。

要保持好心境，必须培养健康向上的兴趣和爱好。一个人如果失去了兴趣和爱好，生活犹如一潭死水，难以激起浪花和涟漪，好心境也就难以保持。工作之暇，茶余饭后，要多参加一些健康有益的活动，以培养兴趣和爱好。或唱歌跳舞，或抚琴读书，或练字作画，或写作对弈，或垂钓郊游……凡此种种，都尽力涉猎，生活就会变得多姿多彩，趣味横生，心灵的绿洲就不会褪色，心境自然就会好起来。

## 感悟幸福

　　少不更事时,头脑中没有形成幸福的概念。跨入学堂后,常听大人们说,某某儿孙满堂有福气,某某吃穿不愁真享福,某某儿媳孝顺有福分,某某夫妻和睦真幸福……当时对幸福的理解犹若雾里看花,模模糊糊,若明若暗。弱冠之年走上工作岗位,对幸福的含义有了理性的把握,即人们对生活和境遇感到称心如意。随着时光推移,由而立之年逾不惑之年,历经几多坎坷,遍尝酸甜苦辣,对幸福的理解亦日益加深,渐渐悟出一些道道来。

　　人生在世,草木一秋,虽然短暂,但渴望幸福,恐怕是共同的理想和追求。现实生活中,有的人通过努力奋斗,获取了幸福;有的人虽苦苦追求一辈子,但仍未搞清楚什么是幸福;有的人虽追求到幸福,却没能守住;还有的人身在福中却不知福……凡此种种,不一而足。其实幸福与痛苦是相对的,没有痛苦也就无所谓幸福。人与人之间出身、知识、阅历、能力、地位等千差万别,不可能统一,但唯独在拥有幸福的权利上是平等的,不管你从事什么行当,地位是高还是低。

　　为什么有的人追求一辈子终究不知道什么是幸福,有的人身在福中却不知福呢？恐怕主要有以下几个原因。

　　首先是没有淡泊名利。名和利皆为身外之物，争不完，夺不尽，生不带来，死不带去，一旦被其所累，犹如肩背粮袋看下棋，不可能有轻松愉悦之感。其次是没有摆正心态。生活上处处与人比高下，这山望着那山高，有了位子想车子，有了车子想别墅，有了别墅想票子，欲壑难填，没完没了，庸人自扰，累日戚戚，很难体味到生活的快乐和幸福。再次是没有学会放弃。只知道做人生的加法，不愿或不会做减法，只求所得，不愿放弃，只管索取，不讲奉献，结果像柳宗元笔下的蝜蝂一样，终将被背上的东西压得寸步难行，甚或一命呜呼。

## 走出去"充电"

一个人想有所作为、有所创造,应该常走出去"充电",拓宽视野,开阔胸襟,增长见识;若长期闭门不出,囿于狭小的生活圈子,势必目光短浅,孤陋寡闻,思想僵化。

纵观古今中外成大事者,无不有广泛的阅历、开阔的视野和海纳百川的胸襟。李白靠读万卷书、行万里路,成就诗仙的美名;唐玄奘靠不辞劳苦,跋千山、涉万水,才取回了真经。徐霞客若足不出户,哪有《徐霞客游记》传世?余秋雨若不走出书斋,哪有《文化苦旅》诞生?孙中山、毛泽东、邓小平等一代伟人,哪个不历经坎坷,踏遍了九州大地的山山水水?

走出去,你会发现外面的世界很精彩;走出去,你会发现自身的缺点和不足;走出去,你会获取许多新鲜的灵感;走出去,你会得到意想不到的收获。因此,耕田种地的要走出田塍村头,搞加工制造的要走出厂房车间,蹲机关的要走出办公室,做学问的要走出书斋和实验室,传道授业者要走出三尺讲坛,从事艺术创作的要走出象牙塔……

走出去,结伴而行,彼此不仅有个照应,还可以进一步沟通思想,相互启发,增进友谊;走出去,组团而行,可以增加安全系数,增强集体观念和纪律观念;走出去,一个人独行,可以寄情山水,放松身心,启迪思维,驰骋想象。走出去,不仅仅是为了猎奇,放松身心,一饱眼福,走出去,更不是蜻蜓点水,而应力求做到见有所思,闻有所悟,学有所得,善于取人之长,补己之短,为今后的学习、工作和生活"充电""加油"。

# 集中精力抓落实

乡村干部工作在最基层，植根于群众之中，是党的路线、方针、政策落实到基层的实施主体，是各项工作落到实处的组织者、实践者和推动者，是推动农村经济发展和社会进步的关键力量。乡村干部把主要精力放在抓落实上，是忠实践行为人民服务宗旨的需要，是做好本职工作、带领群众发家致富的需要，是实现美好的人生价值的需要。

要集中精力抓落实，必须弄懂政策。弄懂政策是抓落实的前提和关键。政策不明，抓落实就会心中无数，东一榔头，西一棒槌，难以取得应有的效果。要弄懂政策，必须勤于学习，深刻领会，融会贯通，把握政策的实质、原则、标准、适用对象及范围，切忌囫囵吞枣，一知半解，更不能把党的政策束之高阁，我行我素，胡作非为，损害党和群众的利益。

要集中精力抓落实，必须明确责任。抓落实是一种组织行为和领导过程，明确责任是抓好落实的内在要求。应建立"一把手"抓落实的责任制度，做到人人头上有指标，根根柱子都使劲，使每一项工作任务都有明确指标、完成时限和基本要求；应科学划分干部和单位的职责，从源头上防止推诿扯皮；切实做到政企分开、政事分开、事企分开，从体制上、机制上解决抓落实的梗阻问题。

要集中精力抓落实，必须讲究方法。不抓落实干不好工作、不懂得抓落实的方法和艺术同样干不好工作。一些乡村干部一年到头忙忙碌碌，看起来很辛苦，但工作成绩平平，原因就在于他们抓工作、抓落实的方法不对头。上面千根针，下面一条线。面对千头万绪的工作任务，南瓜茄子一锅煮，胡子眉毛一把抓，是很难抓出成效的。抓落实必须正确处理"抓大事"与"抓小事"的关系，"有所为"与"有所不为"的关系，善于抓住牛鼻子，突出重点，纲举目张，带动全局。抓落实要学会"弹钢琴"，做到统筹兼顾，协调各方，不能头痛医头，脚痛医脚，顾此失彼。抓落实还要深入实际，善于发现典型，培植典型，以典型推动工作。

要集中精力抓落实，必须改进作风。作风关乎形象，关乎工作的开展。应当高度重视和切实解决当前落实工作中存在的重布置、轻检查，重形式、轻效果，"说起来惊天动地，做起来毛毛细雨"的现象。坚持抓好落实与转变作风同步进行，以作风的转变促进工作的落实。要大兴理论联系实际的学风，善于把上级的方针、政策同本地本单位的实际结合起来，善于把"上情"与"下情"结合起来，在落实中不断创新，在创新中抓好落实。应深入农户和田间地头开展调查研究，倾听群众呼声，号准群众脉搏，把群众需要作为抓落实的第一选择，把群众满意作为抓落实的第一标准。特别要到最困难的地方去，到群众意见多的地方去，到工作推不开的地方去,查找问题的根源,拿出解决问题的办法,尽快打开工作局面。应坚持勤俭办一切事业的方针不动摇,做到走村串户不坐公车,自带干粮,不增加群众负担,切实树立廉洁勤政的公仆形象,增强带领群众抓落实的凝聚力、号召力和战斗力。

# 矮下身子待人处事

人生在世，免不了与人相处和共事，不同的待人处事风格，决定不同的人际关系和幸福指数。

2019年元宵节甫过，于2015年底调往上海松江区城管执法局的一位小同事，首次返回霍邱城关走亲访友。农历正月十九日上午十时许，我突然接到小同事发来的信息，说昨夜携老公和千金回到霍邱，想到我的寓所拜望我。看到小同事的信息后，一股暖流涌上我的心头。心想，小同事调走几年了，头一趟回老家便想到拜望我，真是前世修来的福分，怎能不让我喜形于色、心情舒畅呢？

小同事于2011年底考入县旅游局，任办公室秘书。她身材高挑，面容姣好，聪明伶俐，诚实守信，谦虚好学；与人相处，明里暗里都是一盆火，从未与任何同事红过脸，发生过一丁点不愉快的事情；也没有提过任何无理要求，深得同事们喜欢。2015年底，她因随军调往上海。我和同事们都舍不得她调离，但想到年轻人夫妻团聚、家庭幸福，只得忍痛割爱，在她的调动申请单上签下"同意调动"四个大字。小同事调走后，一段时间，感觉办公室好像少了几个人似的，心里空落落的，常与同事们念道她，夸赞她,她真正做到了"人过留名,雁过留声"啊。我与小同事共事时间虽然不长,但结下了深厚的情谊,并深藏于心坎里,挥之不去。

小同事调往新单位后,仍一如既往地低调做人,埋头干事,以实实在在的行事风格,赢得了新单位领导的欣赏与重视,很快由外勤岗位调入办公室,主要从事文秘工作。目前,小同事在新的工作岗位上,潜心钻研公文写作,水平提高很快,基本上达到驾轻就熟的程度。与小同事交流,她信心满满,脸上洋溢着灿烂的笑容,我感到十分欣慰。祝愿她快速成长,在新的岗位上多建功立业,实现自己美好的人生价值。

由小同事的成长过程,回想到自己的工作经历,我不禁思绪万千,对待人处事再一次进行思考,觉得又有新的收获,值得记录。

我现已年近花甲,很快就要退休了。我一生在七个单位工作过,短的两年,长的九年,同事有三百位左右,有升迁的,有发财的,有做学问的,有平平淡淡的,也有坐牢的,五花八门,不一而足。我与同事间关系总体融洽,对脾气的,相处甚欢;不对脾气的,敬而远之;我从未做过亏心事,搞过阴谋诡计。坚持生活上知足常乐,工作上尽力而为,仕途上随遇而安,创作上自娱自乐,为人处事尽量低调,轻松自在,乐观向上,觉得生活有滋有味,开心快活。

人活在世上,如白驹过隙,保持乐观向上的心态,与人和睦相处,珍视缘分和友情,人际关系就会顺风顺水,就会少生许多闲气,省却许多烦恼。

俗话说,百年修得同船渡,千年修得共枕眠。无论在家庭、学校,还是单位、社会,都少不了与人相处,与人合作共事。与家人、同事、同学、朋友等处理好关系是一门大学问。应坚守中庸之道,和而不同,互谅互让,虚怀若谷,诚实待人,以心换心。不可时时处处以"我"为中心,"宁可我负天下人,不可天下人负我",小肚鸡肠,自私自利,斤斤计较,自高自大,目中无人。古往今来,凡目空一切、狂妄不羁的人,大多没有好下场,要么身败名裂,要么身陷囹圄,要么死于非命。谦虚为怀、低调做人、踏实做事者,大都会有福报,如风行水上,无遮无挡,生活平安幸福,颐养天年,寿终正寝。

与家人搞好关系,应做到对长辈孝,对兄长恭,对弟妹悌,对子女爱,对爱人包容尊重。

与邻里搞好关系,应做到和睦相处,以邻为宝,互帮互助。俗话说,远亲不如近邻,千金难买好邻居。与邻居搞好关系十分重要,因门挨门、墙连墙,抬头不见低头见,关系搞僵了、搞砸了,犹如好斗的公鸡见面,气不打一处来,眼露凶光,恨不能一口吞下对方,嚼个稀巴烂,方解心头之恨,这样既伤身,又伤神,甚至折寿,犹如掉进苦海,烦恼不绝,难以自拔。好邻居有事相帮,有难相助,不是亲人,胜似亲人,如处幽兰之室,馨香四溢,神清气爽,身心愉悦,必能延年益寿,幸福多多。

与同事搞好关系,应相互尊重,相互学习,取长补短,共同提高,共同进步。尺有所短,寸有所长。相互补台,好戏连台;相互拆台,一起垮台。不可互不服气,争风吃醋,甚或钩心斗角,相互倾轧,上屋抽梯,落井下石,像王熙凤那样,明里一盆火,暗里一把刀;嘴上说好话,脚下使绊子。搞得同事间人人自危,惶惶不可终日,整天如身上背着块大石头,身心疲惫,索然无味,生活也就失去了璀璨阳光。

能在一个单位共事,是天大的缘分,应百倍珍惜,学会包容理解。遇到不顺心的事,换位思考,心中的阴云立马就会消散无踪,很快变得天朗气清,和风煦煦。

与亲朋搞好关系,应经常走动,加强联系,交流思想,互助互励,厚植亲情友情,不可嫌贫爱富,厚此薄彼,虚情假意,前头讲话,后面摆手,背信弃义,令人齿冷和心寒,搞得亲戚不亲,朋友不往来,成为孤家寡人,寂寞难耐,生活情趣抛到九霄云外,活着又有何意义呢!

待人处事应铭记孔老夫子的教诲:"吾日三省吾身:为人谋而不忠乎?与朋友交而不信乎?传不习乎?"如此才能行稳致远,得到亲人的喜爱、同事的尊重、邻里的夸奖和社会的认可;才会生活得多姿多彩,趣味盎然;才不会虚度人生,白来世上一遭。

## 正确把握密切联系群众的辩证关系

党的十五届六中全会《决定》明确提出:"坚持党的群众路线,密切联系群众,必须坚决克服形式主义、官僚主义。"要把这一任务落到实处,我们必须学会运用历史唯物主义和辩证唯物主义的观点分析处理问题,在联系群众、听取群众意见、体察民情等环节上下功夫,正确把握密切联系群众的辩证关系,更好地履行职责,发挥作用。

联系群众,既要深入基层,又要防止增加基层负担,坚持工作需要与实际效果的统一。在新的历史条件下,如何密切同广大人民群众的联系,怎样真正了解广大人民群众的疾苦,是每位党员干部必须认真思考和解决的重大问题。作为一名党员干部,应当强化基层观念和群众观念,带着满腔的热忱、眼睛向下的决心和求知的渴望,放下架子,轻车简从,深入乡村农户、工厂车间,真正倾听人民群众的呼声,了解人民群众的意愿,体察人民群众的疾苦。

应当看到,深入基层搞调查研究,并非次数、人数、天数越多越好,还应考虑到基层的承受能力和实际效果。有些党员干部虽然下到乡村,却很少沉到农户,不仅没有给下面解决什么问题，反而给基层增加了过多的接待、陪同等负担。这就给我们机关的同志提出了一个问题：深入基层，不光要下得去，还要考虑怎样才能下得好。一方面要考虑工作的需要，同时也要尽可能地减少下面的压力和负担，切实做到不漂浮、不添乱，真正和基层干部群众打成一片，扑下身子帮助基层解决问题，多干一些实实在在的事情。

听取意见，既要广泛深入，又要防止听过即忘，坚持广开言路与集中民智的统一。毛泽东同志说过，共产党员绝不可脱离群众的多数，置多数人的情况于不顾，必须善于照顾全局，善于照顾多数。为群众谋利益，就必须着眼于最广大人民群众的要求，想问题、做决策，把大多数人民群众是否赞成作为重要依据。因此，联系群众，应当注意广泛深入地了解各方面群众的意见，既听老同志的意见，也要听年轻同志的呼声；既听干部的意见，也要听普通群众的心声；既听先进者的意见，也要听后进者的想法；既听正面的意见，也要听反面的看法；既要重视多数人，又要关注少数人；既要重视熟悉的人，又不忽略陌生人。只有这样才能切实保护和发挥好最广大人民群众的积极性，群众有话才会向我们说，有事才会找我们办，党和政府的威信才会高，我们才能全面掌握群众的情绪、认识、立场和倾向性，为党委正确决策提供可靠的依据。

坚持"从群众中来"，着眼于大多数人的意见，还要善于分析群众的意见。由于所处的地位不同，认识水平和思想觉悟不同，群众的意见也不可能完全一致,甚至可能完全相左,这就需要我们把群众分散的意见集中起来,认真分析,变成正确的决策,再到群众中去宣传解释,化为统一的意志。否则,尽管有满腔热情,费心劳神,最终不是环节过多、大事旁落,就是四面出击、应接不暇,甚至是"老虎吃天,无处下牙"。要科学地集中民智,首先要善于把握重点。善于把群众的建议放在改革、发展和稳定的大局中考虑,努力从群众的意见中发现对本地区、本部门和本单位发展有重大影响的问题并予以重点突破,以"龙头"带动"龙体",全面推进。其次,要特别关注有识之士的意见。一般来说,有识之士分析问题比较全面、比较科学,他们的意见对减少风险、避免失误、从根本上保护群众利益很有作用。再次,要辩证分析少数人的意见。在尊重大多数人意见的同时,也要注意辩证地分析少数人的意见,学会从一些牢骚怪话中听出弦外之音,从被众人忽略的方面看到整体,以更好地把群众的正确意见和根本利益体现在决策之中。

体察民情,既要关心群众疾苦,又要防止消极迎合,坚持服务群众与教育群众的统一。党政机关不是处在真空中,与社会方方面面有着千丝万缕的联系,党员干部也并非不食人间烟火的神仙,而是要吃要穿、有家有口的凡人,我们的思想问题大都可以从实际困难中找到原因。党员干部应当设身处地为普通群众解决实际困难,时刻把群众的冷暖放在心上,坚持心向基层,情系群众,做到群众有呼声、领导有回声。对于涉及广大人民群众利益的问题,不仅知道怎么办,还要敢于去办、愿意去办、善于去办,切实把实事办实、好事办好。

对群众疾苦视而不见、充耳不闻,是一种严重的官僚主义,对少数人的不良行为,不批评、不制止,甚至消极地迎合,就是丧失了党性。作为党员领导干部,在不良言行面前,尤其是不合理的要求面前,应大胆批评教育,不能唯唯诺诺,求得无原则的一团和气。批评教育应一针见血,剥皮见骨,既讲小道理,也讲大道理,不能只提无关痛痒的理解和希望。在解决群众疾苦的同时,应当自觉肩负起教育群众的责任,坚持"服务"和"教育"两手抓,在服务群众中不断提高教育质量,把服务群众的过程变为发动群众、凝聚群众力量、提高群众整体素质的过程,从而使党所依靠的群众基础更加坚实牢固。

# 人大代表应着力增强"六种意识"

人大代表是经过组织慎重考察、选民投票选举产生的,是组织认可、选民信任的各行各业中的精英分子,欲做一名合格的人大代表,必须着力增强"六种意识"。

增强政治意识。政治是统帅、是灵魂,具有指南针和定海神针的作用,来不得半点马虎和含糊。坚持党的领导、人民当家做主和依法治国三者有机统一,其中党的领导是顶天立地、毋庸置疑的。作为一名中共党员、县人大代表,必须增强政治意识。听党的话,跟党走,决不三心二意,妄议中央大政方针。时刻擦亮眼睛,不被社会上各种错误言论迷惑,不信谣、不传谣,时刻与各种错误思潮做坚决斗争,永葆共产党员的先进性和纯洁性。

增强政治意识还要做到个人服从组织,下级服从上级,个人利益服从集体利益,局部利益服从整体利益,什么时候、任何条件下,都不能把个人凌驾于组织之上,让个人利益取代集体利益、局部利益超过整体利益。个人只是汪洋大海中的一滴水,必须融入奔腾不息的洪流之中,才能发挥磅礴力量,摧枯拉朽,所向披靡,无往不胜。日常工作中,应听从领导指挥,服从组织安排,吃苦在前,享受在后,不拈轻怕重,不投机取巧,出色完成各项工作任务,让领导放心,同事舒心,群众称心。

增强人民意识。人民是国家的主人。只有人民,才是创造历史的真正动力。民贵君轻,是孟子两千多年前就亮明的观点,今天看来仍有现实意义。人民在国家政治生活中的主体地位是通过人大代表作为人民代表大会的主体来实现的。人民选我当代表,我当代表为人民。人大代表来自人民,与人民同呼吸、共命运,血浓于水,血肉相连,浑然一体,什么时候都要饮水思源,不能丢根忘本。要放下架子,扑下身子,深入基层,深入一线,与人民群众打成一片,知冷暖,察疾苦,把脉搏,听呼声,想人民之所想,急人民之所急,盼人民之所盼,做人民群众的知心人、贴心人和代言人。不应高高在上,盛气凌人,自以为是,随心所欲,胡乱建言,主观臆断,草下结论。

作为一名县人大代表,应当经常深入选区,走村串户,与选民打交道,交朋友,以心换心,把他们的所思、所盼、所求及时向县人大常委会反映,形成意见和建议,真心诚意帮助他们解难题、办实事,以实实在在的言行,体现对选民们的忠诚与尊重。

增强法治意识。人大代表要做到依法履职,必须增强法治意识。我国是法治国家,依法治国早已深入人心,得到全面落实。人大代表是国家职务,行使国家权力,即公共权力。一定要牢记,公权的行使应遵循"法无授权即禁止"的原则,思考、说话、做事,都应以法律为准绳,时刻绷紧法律这根弦。在日常工作中要做到"四从",即有法从法,无法从解释,无解释从政策,无政策从惯例，不应随心所欲，胡言乱语，恣意妄为，给党和国家的事业增堵添乱。平时在工作和生活中，要谨言慎行，不合法的话坚决不说，不合法的事坚决不做，不合法的利坚决不取，为家庭、为单位、为选民做出样子，上无愧于天，下不怍于地，一身正气，两袖清风，清清白白做人，踏踏实实做事，不慕荣华富贵，只留芳名在人间。

增强服务意识。往大的方面讲，人大工作应服务保障党和国家的中心和大局工作；往小的方面讲，县人大工作应服务保障县委的中心和大局工作。首先要服务好县委的中心和大局工作。应全面了解把握县委中心工作内容、工作重点及保障措施，明确工作着力点，避免人云亦云，主次颠倒，胡子眉毛一把抓。其次应服务好全县人民，尤其是所在选区的选民。水可载舟，亦可覆舟。没有人民群众的广泛支持，自己即使是条龙也翻不出多大水花来。只有真心实意地服务好人民群众，才能如鱼得水，发挥一技之长，为他们分忧解难、伸张正义，增强存在感和荣誉感。再次要服务好上级人大机关。对上级人大机关安排的工作，应精心谋划，悉心准备，力求取得最佳效果。与县人大办公室的同志，应平等相待，互帮互助，心往一处想，劲往一处使，不应袖手旁观，更不应使绊子或挑拨离间，各吹各的号，各唱各的调，形同散沙，无法收拾。最后应服务好社会。多做善事，成人之美，为打造自由、平等、公正、法治的理想社会添砖加瓦，多做贡献。

增强创新意识。创新是社会进步的不竭动力。历史车轮,滚滚向前,顺之者昌,逆之者亡。因循守旧,抱残守缺,故步自封,只能成为社会前进道路上的绊脚石,终究会被历史的洪流所抛弃。

要增强创新意识,首先应养成勤学深思的习惯。学习可以明智,学习可以增长才干。不学无术,必将一事无成,更谈不上创新,有所建树。要做到学思结合、学悟结合,日久天长,才能有所发明,有所创造,做出看得见、摸得着的业绩来。其次应创新理念。创新不是异想天开,不是空穴来风,创新要有动力,有欲望,有可遵循的规律,要善于继承,学会站在前人的肩膀上创新。再次应善于总结和改进工作的方式方法,汲人之长,补己之短,实事求是,创造出切合实际的工作方法,提高工作效率,取得最佳工作效果。

增强务实意识。实事求是、求真务实是党的传家宝,是老祖宗留下的光荣传统,作为一名县人大代表,一名共产党员,更应该毫不动摇地予以继承和弘扬。幸福都是奋斗出来的。事业都是靠出力流汗拼出来的。天上不会掉下馅饼,世上没有免费的午餐。在平时工作中,应力求做到说实话、办实事、求实效,踏石留印,抓铁有痕。所谓说实话,就是说符合生活工作实际的话,不说假话、套话、虚话,不做心口不一、口是心非的两面人、伪君子。所谓办实事,就是多办社会和群众急需之事,多办推动社会发展进步之事,不好高骛远,不要花拳绣腿,不做表面文章,不搞形象工程,更不可劳民伤财,胡乱作为,搞得天怒人怨、千夫所指。所谓求实效就是做决策、办事情讲究实际效果,不好大喜功,揠苗助长,追求泡沫效应。所做之事经得起人民、时间和历史的检验,力求达到上级满意、人民满意、社会满意。不可急功近利,头痛医头,脚痛医脚,顾此失彼。

总之,作为一名县人大代表,应时刻不忘初心,牢记使命,不畏艰难,砥砺前行,以实实在在的工作业绩,向历史、向人民交上一份满意的合格的答卷。

## DUWEN SUIXIANG
# 读文随想

## 倾注心血著华章

### ——陈斌先《响郢》浅析

春节长假甫过,正式上班。我因转岗到县人大工作,少了许多事务和会议,恰是读书的大好时机。正好年前克明兄送我一本六安市文联副主席、著名作家陈斌先新著的长篇小说《响郢》,我便拆开包装,认真拜读起来。

前些年,斌先兄在安徽霍邱县城工作时,我虽与他不在同一个单位共事,但单位之间相距较近,我们隔三岔五见面,每每谈及工作和创作之事,他总是满面春风,兴趣盎然。期间,他发表在报刊上的一些作品,我零零星星地读过一些,总体感觉视角独特,思维缜密,文笔细腻,感情充沛,构思巧妙,充满着浓浓的乡土气息,读后引人深思,回味悠长。

当我打开《响郢》,品读前两章之后,便被小说中跌宕起伏的情节和优美的语言深深地吸引了。特别是小说对董家三兄妹的描述,可谓精彩纷呈,惟妙惟肖,鲜活生动,很接地气,令人难以忘怀。读着读着,我的思绪完全融入小说的人物和情节纠葛之中,吃不香睡不甜。上班后,除却忙活公务和去乡下给几位长辈拜年之外,余下时间全部用于阅读《响郢》。我连天加夜,紧赶慢赶,花了近一周时间,从头至尾一字不落地看完了《响郢》。

掩卷沉思,心潮难平。感觉斌先兄的这部长篇小说总体水平较高,它应该是近几年安徽文坛小说创作的一大收获。它的创作,主要得益于以下几个方面:

首先是生活积淀深厚。生活是一切艺术的源头活水。斌先兄生在寿县,长在寿县,工作在霍邱。寿县老家与霍邱东乡被淠河分隔在东西两岸,风土人情和生活习惯相近,自古就有寿霍不分的说法。在霍邱工作近三十年,他到乡镇挂过职,在县政协办、档案局、中小企业局、招商局、经信委等部门任主要负责人,参加过1991年抗洪抢险,工作阅历丰富,见多识广,为创作积累了许多珍贵素材。

其次是勤于学习思考。斌先兄虽然公务繁忙,但他善于处理工学矛盾,除了干好本职工作之外,几乎放弃了所有业余爱好,挤出大量的时间博览群书,勤学深思,学悟结合,打下深厚的文化功底。记得有几次交流中,他说正在看《中国通史》和"四书五经"之类,接受传统文化的洗礼和熏陶。我打心底里佩服他的睿智和毅力。如果没有长年累月的文化积淀和知识积蓄,我想他很难将《响郢》的主题开掘得如此之深。

再次是创作技艺娴熟。斌先兄早在20世纪80年代中后期便在《安徽文学》《清明》等文学期刊上发表中短篇小说,在20世纪90年代初期,出版了长篇纪实文学《铁血雄关》《遥听风铃》《中原浮沉》。近些年,又先后出版了中篇小说集《吹不响的哨子》《知命何忧》,中短篇小说集《蝴蝶飞舞》等,共发表文学作品

350多万字，并多次荣获文学创作大奖。冰冻三尺，非一日之寒。千层之台，起于垒土。正是有了前二十多年笔耕不辍的日积月累，方有《响郢》破茧成蝶的艺术飞跃。

《响郢》的场面描写比较宏大，故事的时间跨度较大，大大小小的人物较多，人物间的关系可谓剪不断，理还乱，没有长期创作技艺的积淀，是难以驾驭小说的复杂情节和宏大结构的。小说从董家的破败着笔，以董家三兄妹不同的人生际遇为主线，讲述了董、孙、廖三家阴差阳错、爱恨交织的传奇故事，结构紧凑完整，前有铺垫，后有照应，勾连紧密，丝丝入扣，井然有序，浑然一体。小说描述了三家响郢人的明争暗斗、担当与付出，内容无不指向做人的品质和道义；作品弘扬了"仁义礼智信、德行孝悌廉"的中华传统美德，告诉人们，一旦丢失德行，终将步入身败名裂、家破人亡的悲惨境地。

作品中的人物虽然较多，但作者均用心塑造，让大小人物个个形象鲜明，呼之欲出，使人印象深刻。董风堂的拼死抗争，讲情重义，小富即安；董风梁的机智果敢，疾恶如仇，勤劳坚强；董风玲的坚贞不屈，恪守道义，善解人意；德公的大智大慧，沉稳老练，善良仁义；孙老太爷的老成持重，老谋深算，冷酷无情；孙家树的仗势欺人，不安本分，阴险诡诈；王家舅舅的趋炎附势，胆小怕事，不讲情面；小红的欺软怕硬，冷漠自私，鼠目寸光；张裤带的凄苦悲凉，敢爱敢恨，愚昧善良等，始终在我脑际萦绕，挥之不去。

最后是语言质朴简练。作者驾驭语言的能力很强,词汇丰富,使用精准;方言俚语,信手拈来,运用自如;写景状物,栩栩如生,跃然纸上,让人如临其境。作品十分注重行为、语言、心理和环境描写,尤其心理和环境描写不惜笔墨,表现出驾驭语言的超群功力,令人钦佩。对董风玲和孙老太爷等人物的心理刻画细致入微,入木三分,十分精彩,令人击节赞赏,心悦诚服。

但小说也有瑕疵。我认为对董风堂和董风玲兄妹的遇害处理得有些仓促,对共产党游击队挖坑道、打冷枪的情节描写有些失真。另外,有极少数字词使用不够准确。如"才把董古平的走"(见小说第3面倒数第5行)中的"的"应为"送";"凡事过了头便有生祸端"(见小说第8面第6行)中的"有"应为"会"。个别词语书写不够规范,如将"朦胧"写作"蒙龙""朦龙"等。还有一处人名出错。小说第53节写孙家树与董风堂对话时,有一处把董风堂写成了董风梁(见小说第274面第11行)。

瑕不掩瑜。希望斌先兄在小说再版时予以更正,使其更臻完美。

# 吹去黄沙始见金
## ——浅析张子雨《立夏》的细节描写

张子雨的中篇小说《立夏》，发表于《安徽文学》2016 年第 10 期，后被《小说月报》2017 年增刊第 1 期选载，荣获安徽省文联举办的"金寨红采风"作品评比二等奖。

《立夏》在整体构思、切入点选择、人物形象塑造、叙事节奏把控、红色主题开掘诸方面均可圈可点，凝聚着作者的辛勤汗水，读后如饮醇醪，回味无穷。不仅如此，《立夏》的细节描写也十分抢眼，精彩纷呈，令人拍案叫绝。可以说，整篇小说的情节展开均离不开细节的推动，细节俨然成为《立夏》情节的基本构成单位，犹如一颗颗闪亮的珍珠，把整个故事情节紧紧勾连起来，成为不可分割的整体。李准老先生曾一针见血地指出："没有细节就不可能有艺术作品。真实的细节描写是塑造人物、达到典型化的重要手段。"总观《立夏》的细节描写，可谓信手拈来，俯拾即是，细腻生动，收到了写人如见其人、写景如临其境的良好效果。

《立夏》的细节描写，主要体现在肖像描写、语言描写、动作描写、心理描写和环境描写等方面，形象生动，富有情趣，使人印象深刻，打心底里赞叹折服。

## 一、肖像描写

作品对主人公丁山的肖像描写没有特写镜头，做了分散处理。丁山初到丁四爷家大门口时，作品写道："放下担子把草鞋在路边草地上蹭了一会，蹭干净了才喘口气。"丁山被管家瓜皮帽领进丁四爷院内，坐下，丁山"看自己脚趾头露出许多，指甲上有黑灰泥，忙向凳子下藏"。丁山第一次见杨爷（杨团总）时，杨爷夸赞他"眉眼像雕出来的"。丁四爷叫瓜皮帽喊丁山陪杨团总喝酒时，丁山向杨团总敬礼，杨团总说他浑身上下透着一股"英武之气"。丁山陪杨团总喝到用人掌灯时，"戏台的台墙上有了乱晃的影子。丁山看到杨团总的手像大蒲扇，自己的影子像蚊子"。作者对丁山的肖像描写将具体描写与概括描写熔为一炉，着墨虽不多，但十分精准，以少胜多，刻画出丁山年轻、腼腆、清瘦、精干、英俊等特点。

对作品中的主要人物、引导丁山走上革命道路的领航人周教官的肖像，比写丁山多花了些笔墨，给人留下比较深刻的印象。周教官一亮相，便来了个特写镜头："一个国字型脸，背着一个皮盒子，眉毛浓黑的年轻人上来手举额头敬礼。"接下来作者通过作品中其他人物之口，对周教官的肖像做了间接描写："杨团总指着年轻人对四爷说，你看我这个周教官咋样，雕得比你侄子还俊吧？你瞧那身板。"小说叙述周教官约丁山散步，有一段写道："周教官的手也有老茧子，太阳透过树枝照在他脸上，像刀削的板扎。""丁山觉得周教官是一个深潭，水清透亮却看不见底,总有一些泡叽里咕噜地冒出来,让丁山不懂。"在丁山眼里,周教官像个"百宝囊",掏出来的东西都是他没有见过的。"周教官眼里有不一样的光,是丁山没有见过的。"看到丁山进步很快,"周教官笑了,眉眼展开许多"。起义刚开始,"周教官面色像冬天的冰,怕人"。小说在尾声处特意描写了周教官的一幅相片:"戴八角帽,国字型脸,双目炯炯有神。"与前文相互照应。通过反复对周教官进行肖像描写,一位英姿勃发、思想深邃、机智沉着、果敢干练、勤劳朴实、正直善良的立夏节起义领导人的高大形象,便跃然纸上,十分饱满,令人肃然起敬。

丁四爷的肖像采取避实就虚的手法加以描绘,未作简单脸谱化处理。文中多次写到丁四爷的影子,几次写他手中揉的檀香木珠子和用手捋山羊胡须,刻画出他的道貌岸然、虚伪和老成持重等性格特征。

作者对杨团总的肖像描写颇花费了一番心思。"杨爷穿暗红色的对襟大褂,领口扣不住了,脖子上冒出油油的汗,一笑满嘴黑牙,一手拿核桃搓,一手挠大脑袋,腰上吊一个大烟袋。烟袋是玉的,被肥手指攥得沁了色。"刻画细致入微,从穿着打扮,到长相动作,无不惟妙惟肖,出神入化,一个搜刮民脂民膏、脑满肠肥、大大咧咧、粗鄙庸俗的地头蛇形象,活脱脱呈现在读者面前。接下来,作者又零零星星地对杨团总的肖像进行了反复刻画:"丁山恨恨地盯着杨团总后背看,没有脖子,像肥猪脊梁。""杨总笑得身上肉乱颤。""杨团座脸挂了下来,眼也立睖了。"通过上述的细写描摹,一个肥胖如猪、粗鄙不堪、心狠手辣的恶霸形象,深深地印入读者脑海之中,让人难以忘记。

## 二、语言描写

小说对丁山、丁四爷、周教官、杨团总的语言描写较多,特别是对周教官和杨团总的语言描写,妙语连珠,特色鲜明,令人叹服。对周教官的语言描写主要体现在对丁山进行开导教育、对立夏节起义进行准备等情节上,集中刻画出周教官沉着冷静、干练果敢、聪明智慧、立场坚定、爱憎分明、大胆心细等性格特征。

作者对杨团总的语言描写,始终把握分寸,拿捏得十分精准。有几处十分精彩,令人五体投地,心悦诚服。"你们几个一会从窗户偷偷地给我看他们吃饭,看谁先吃红烧肉的,谁先吃鱼的,吃鱼的看先吃鱼尾巴还是鱼肚子,记下后告诉我。""杨团总说让他们家里赎人,吃肉的二十块大洋,吃鱼的三十块大洋,那个吃鱼尾巴的四十块大洋。""家境一般的,当然先吃肉,谁耐烦慢慢地剥鱼吃。肚子里油水厚的,才吃鱼尾巴,那是活肉。"从这一段对话可以看出,杨团总表面上粗俗不堪,实际上很有心机,阴险狡诈至极,其形象被刻画得格外丰满。在小说第五节,杨团总叫丁山陪喝酒时,有一段对话也十分精彩,把杨团总生性多疑、阴险狡诈的嘴脸刻画得淋漓尽致。

## 三、动作描写

小说对丁山、周教官、丁四爷、杨团总、瓜皮帽的动作描写形象生动,与人物身份十分契合。写丁山初到丁四爷家,作者刻意反复描写了丁山的一个细微动作，十分形象。"丁山声音很低，嗓子眼似乎堵了团棉花，也不敢正眼看四爷。""丁山觉得嗓子不如那鸟。""四爷……丁山想说什么，又堵住了。""丁山咽了咽口水，那团棉花也咽下去了。"把一个年轻后生初到大财主家，没见过世面，那种矛盾、胆怯、善良、手足无措的心理，刻画得十分生动，与丁山的身世、性格十分吻合。

作者也十分重视对周教官的行动刻画。他在引导丁山时，说到激动处，便会做出有力的手势："周教官手一挥"，"周教官手往下一劈"，"周教官把一块石头砸进小溪里"……显示出周教官果敢、刚毅、干练的性格特征。周教官送丁山回家时写道："把丁山送到码头，帮他整理了一下行李背带。"这个细节看上去无足轻重，实则反映出周教官内心深处对丁山的呵护和喜爱。

对丁四爷的行动刻画，着墨虽不多，但收到了以简御繁之功效。丁山初见四爷时，四爷踱着方步，身影慢慢地晃动，表现出他有地位、身价高、架子大。丁四爷到大王庙与杨团总喝酒时，"拿了根拐杖在手里摇。见到路人就抱拳，笑容满面地说去大王庙"，反映出丁四爷的摆谱、阔绰与伪善。小说末尾处写丁四爷当上"铲共返乡团"团长后，立于自己的大宅子前，如"狼般嚎叫无泪，见人就杀"，暴露出他阴险狠毒、灭绝人性的狰狞面目，可恶至极！

作者对另一位反面人物杨团总的行动描写也颇具特色。丁山第一次见他时，"杨团总把脚跷在太师椅靠上，不停地摇"，"杨团总的玉烟袋轻一下重一下地在桌腿上磕，眼睛却像锥子扎在丁山脸上"。刻画出杨团总仗势凌人、多疑奸诈和冷酷无情的性格特征。丁四爷到大王庙与其叙话时,一个香客从大殿里出来,"被杨爷一把薅住……一巴掌打得那人到处找鞋,没穿好就趿拉着跑了",把杨团总的蛮横霸道和粗鲁无礼刻画得入木三分。

作者对瓜皮帽的行为描写也花了番功夫,他的举止十分内敛,不显山露水,让人觉得他深不可测。随着情节的推进,他的真实身份渐渐浮出水面。他是共产党的地下联络员,忠于职守,机智果敢,对丁山走上革命道路发挥了重要作用。他的形象塑造无疑是成功的。

## 四、心理描写

作品对主人公丁山的心理描写花费了较多笔墨,对塑造人物形象起到了重要作用。小说在第一节写丁山初到丁四爷家时的心理活动,第四节写他听周教官指教时的心理活动,第七节写他回忆与玉兰见面后又分手的心理活动,第九节写他欲见玉兰的急切心情,第十节写他与瓜皮帽对话时的心理活动等,这些充分刻画出丁山稚嫩、纯朴、善良、追求光明等性格特点。小说对周教官和杨团总等人的心理描写也比较细腻,对刻画人物形象起到了不可或缺的作用。

## 五、环境描写

小说从开篇至结尾,几乎都涉及环境描写,表明了故事发生的时代背景和具体环境。有的以环境衬托人物心情；有的以环境象征社会前景，一石二鸟。其中，对丁四爷大宅的描写比较全面细致，反映出地主乡绅的豪华与奢侈。在第七节末尾写道："院子的柏树上有几只鸟在争窝，有惨叫声。其中一只噼里啪啦在院子里不停地飞，飞。"预示着革命斗争形势残酷而严峻，让读者联想到起义领导人像鸟一样勤奋，不停地宣传发动民众起来与地主老财斗争，打土豪分田地。第九节第一自然段写道："鱼肚云映红了东方，晨风吹来了麦苗儿香。有斑鸠长一声短一声地鸣，初夏，能听到草木拔节的声音，空气中有一些躁动。"此段表面上看写的是初夏早晨的自然景观，实际上借景喻势，象征着立夏节起义的光明前景，让读者感受到山雨欲来风满楼之势。

  总之，小说的细节描写随处可见，十分精彩，不仅推动故事情节跌宕起伏地展开，把人物形象塑造得有血有肉、活灵活现，而且真实地再现了 20 世纪 30 年代初立夏节起义的社会背景、真实环境和具体氛围，把历史真实与艺术真实高度融合，收到了理想的效果。

  吹去黄沙始见金。《立夏》细节描写的成功，主要得益于作者张子雨的敏锐观察力和长期的文化与生活积淀。小说描写的细节虽多，但都比较典型，没有一处多余，都是经过认真提炼和反复打磨的，对表现人物、记叙事件、再现环境等发挥出不可替代的作用。

## 弘扬真善美　鞭挞假恶丑
### ——流冰短篇小说读后感言

近日重读了皖西知名作家、资深编辑、记者流冰先生的短篇小说集《杠打老虎鸡吃虫》（中国炎黄文化出版社出版发行）。该短篇小说集共收录流冰先生近些年创作的短篇小说三十六篇，分属于"越是泥泞越锦绣""最浪漫与最烟火""霓虹灯下跳支舞""向旧日时光道歉"和"彼时听风在云端"五个部分。

掩卷沉思，心潮难平。三十六篇小说，篇篇都凝聚着作者的辛勤汗水，无论整体构思、谋篇布局，还是人物形象刻画、作品主题挖掘，语言表达和环境、心理描写等诸多方面，均亮点纷呈，可圈可点，令人印象深刻。此外，我认为三十六篇小说体现出一个共同特点，即弘扬真善美，鞭挞假恶丑。

流冰先生是军人出身，转业后任报社编辑记者，生活阅历比较丰富，性格率真，爱憎分明，长期与普通民众打成一片，十分了解他们的喜怒哀乐和酸甜苦辣，这为他的小说创作提供了取之不竭的源头活水。作者始终把镜头对准社会芸芸众生，将他们的一颦一笑和欢乐悲伤，都诉诸笔端，通过一个个有血有肉、活灵活现的人物形象的塑造，满腔热忱地讴歌真善美，高唱正气歌，弘扬主旋律，像秋风扫落叶一样讽刺鞭挞社会丑恶现象，把那些不光彩的恶俗陋习，暴露于光天化日之下，帮助读者辨明是非曲直，从而达到弃恶扬善的目的。

　　作者把握时代脉搏和发展大势，深入基层体验民众生活疾苦，留心观察他们的一言一行和所思所盼。作品中的主人公大多数是工人、农民、小市民、小职员、士兵和学生等，从他们身上反映出共同的特征，即纯真、善良、勤劳、友善、智慧等。通过艺术加工，把生活的真实提炼为艺术的真实，达到了打动受众、教育受众的创作目的。比如，《水鬼》中"娘"的形象塑造就十分鲜明突出。她虽身为农家妇女，吃尽了丧夫、长子发疯等苦头，但从不向命运低头，经过顽强抗争，一步步改变了生活窘境，一家人最终过上了幸福美满的日子。"娘"是我国千千万万农村妇女的代表，作者将她心地善良、忍辱负重、吃苦耐劳、勤奋向上、顽强执着、敢于担当等性格特征刻画得十分鲜明突出，让人尊敬，难以忘怀。《乡梓人物》中的四伯"盛三根"(秃子)、"爷"和"七婆姨"，前两个是地地道道的农民，后一个是小市民，他们三位有个共同特征，即心地善良、勤劳朴实，令人钦佩。尤其是"爷"的形象塑造得十分丰满，他除了具备以上共同特征外，还具有聪明智慧、吃苦耐劳、乐于助人等优良品质。《上等老兵老慌和他的初恋》中的老慌吴全，虽然性格上存在着做事慌张、不够沉稳等缺点，但他为人实诚、淳朴善良，尤其在洪水袭来的关键时刻，为了抢救趴在木盆里的一个孩子的生命，义无反顾，光荣献身，让人唏嘘不已，敬佩有加。在《当爱覆水难收》和《烛光里的晚餐》

中,作者均塑造了少年学生的形象,他俩面对父母的婚姻危机,沉着冷静,机智多谋,巧施妙招,终使父母捐弃前嫌,弥合裂痕,重归于好,挽救了父母的婚姻,挽救了家庭。这两位少年形象十分抢眼,令人称道。

还有几篇作品,弘扬了夫妻互谅互让、相敬如宾的传统美德,像《弱水三千我只取一瓢饮》《送你一枝玫瑰花》《爱就一个字》《杠打老虎鸡吃虫》等。

作者爱憎分明,在讴歌真善美的同时,对社会上一些丑恶现象,进行了无情揭露和批判,正如作者在《后记》中所言:"我始终反感小说创作向新闻靠拢。""中国人是讲究气节的,气节反映一个人的人格。"这里我斗胆揣摩作者的个性应是敢于仗义执言,不随波逐流,不一味唱赞歌,因而创作出一些讽刺和批评的作品来。《狗患》中黄科长及妻子的盛气凌人,《报丧》中表嫂的小气市侩,《艳遇》中刘年和《大寒》中马斌的轻浮出轨,《懒得明白》中表叔的前倨后恭,《今年流行穿马甲》中马局长的浅陋虚伪、王副局长的趋炎附势、剑标的溜须拍马和见风使舵等,均刻画得淋漓尽致,使人过目难忘,催人警醒。

小说集中的主人公几乎没有地方较高级别的官员,唯独一篇《皋城旧传》,主人公于曾大人,是封建时代的六安县令,此人一身正气,敢于与顶头上司和地方恶势力较真,惩办了恶霸,为老百姓伸张正义,最后辞官而去,不知所踪。作品弘扬的仍是正能量,让读者看后十分提气。

此外,小说集中还有一些主人公,虽然地位不高,但机智果敢,采取迂回战术,同心术不正的顶头上司进行抗争。如《狗患》中的薛大明,设计毒死了黄科长家的恶狗,保住了自家饲养的一笼鸡。《酒局》中的张三,设酒局灌醉了不怀好意的顶头上司李四,让其寒夜露宿卖肉的案板,报了被欺负的一箭之仇。还有《有关公厕的故事》中,清洁工老张被逼宴请单位里的领导们时说的话:"吃吧吃吧,客气什么? 反正吃来吃去还不都是你们自己屙的……"鞭辟入里地嘲讽了社会上的不良风气和丑恶现象,既令人忍俊不禁,又引人深思,催人警醒。

唐代大诗人白居易曰:"文章合为时而著,歌诗合为事而作。"指明了作家应当关注时代,关注人生,关注生活,肩负起改造社会、促使社会进步的重要责任。文学即人学。小说创作归根到底是对现实生活的艺术再现,字里行间必然打上作者的阶级和时代的烙印,反映出作家的审美情趣。总观流冰的小说创作,均来自生活,来自人民。作者"在人民中体悟生活本质,吃透生活底蕴";应用现实主义精神观照现实生活,倾注满腔热忱,歌颂真善美,鞭挞假恶丑,"让人们看到美好、看到希望、看到梦想就在前方"。

流冰先生的小说创作无疑达到了一定高度,受到许多读者的喜爱。衷心祝愿流冰先生继续开阔视野,深挖生活底蕴,拓展创作领域,发挥聪明才智,创作出更多讲品位、重艺德、文质兼美、人民喜爱的优秀作品。

## 浅析长篇小说《逐梦绿野》的人物塑造

近日拜读了江苏省海安市著名作家、出版经纪人周花荣的新作——长篇小说《逐梦绿野》,内心久久未能平静,感觉小说构思缜密,主题鲜明集中,情节跌宕起伏,大开大合,引人入胜;人物形象塑造比较成功,着力弘扬了正义善良,鞭挞了污浊丑恶,爱憎分明,使人深受教益,收获良多。

作家周花荣大学毕业后,先后在企业、报社、学校、机场、基层政府工作,现任海安市文史资料编辑部主任、自由撰稿人。他的生活阅历比较丰富,生活积淀比较深厚,知识面比较宽广,具有较强的驾驭语言文字的能力。工作二十多年来,先后出版诗集《沉默的岁月》《燃烧的岁月》和长篇小说《风中的等候》《如果还有来生》《终极目标》《与风相随》《渔家灯火》等,勤奋笔耕,著作等身,令人钦佩。

特别是 2020 年 6 月份由团结出版社出版的长篇小说《逐梦绿野》,把视野投向基层,紧扣"乡村振兴、脱贫致富"主题,精心塑造了林辉、陆斌、刘海东、吴支书等基层干部群象,他们立足乡村实际,因地制宜寻求帮助老百姓脱贫致富的良方,不惧艰难险阻,敢闯敢试,兵来将挡,水来土掩,逢凶化吉,最终拼出一片新天地,令人刮目相看。

小说主人公林辉,原任潮港县县委办公室副主任,深得县委书记李官正的器重和厚爱,他本有升任县委办主任的机会,但组织上决定让他担任地处偏僻、各项工作在全面考核中垫底的兴海镇的党委书记。一开始他有点想不通,经过书记谈话和思想斗争,最终愉快地接受了组织挑选,毅然赴任。上任伊始,他马不停蹄,找镇村干部谈心,走村串户,了解镇情民情。利用人际关系,化解镇里的债务矛盾,一举平息了群众要债的风波。他注重调查研究,倾听民声,发动群众出资出力,解决了丰产村农田雨季排涝问题。接着,他以身作则,约法三章,大力整治镇村干部工作作风懒散等问题,很快取得明显效果。可谓把上任后的三把火烧得十分旺,让绝大多数镇村干部和普通群众心服口服,赢得了信任、尊重与支持。

林辉为了彻底扭转兴海镇的落后面貌,在深入调研走访、征求方方面面意见的基础上,大胆决策,首先在丰产村三队和四队试种韭菜,结果一炮打响,中间虽遭遇卖菜难等波折,最终都一一解决,韭菜种植取得圆满成功。林辉一鼓作气,花了两年多时间,在全镇33个行政村中选择15个村种植蔬菜,其中5个村种植韭苔、韭黄,4个村种植大蒜、药芹、大白菜,6个村种植土豆、西红柿、黄瓜等。通过两年发展,兴海镇成为周边10个省和50多座大中城市的蔬菜供应基地,成为远近闻名的"蔬菜大镇"。

为了解决行路难问题,他又集思广益,发动社会方方面面的力量参与,重修丰产村、南沿村、清荡村和荡址村道路,进一步打牢了群众脱贫致富的基础。他沉着应对,临危不乱,借助上下力量,成功化解村干部催要上交粮造成一个村民死亡而引起的群众上访事件,彰显出一位成熟的基层干部的沉稳与担当。

面对镇长付贵东的诬告,他冷静面对组织决定,积极配合组织调查,最终真相大白,水落石出。

由于他在兴海镇党委书记任上,踏踏实实、勤勤恳恳工作四年,清正廉洁,不徇私情,大胆创新,勇于担当,亲民爱民,使一个落后乡镇一跃变为全县先进乡镇,群众家家户户住上了瓦房或楼房,日子过得一天比一天红火,为脱贫致富、乡村振兴做出了突出贡献,受到县委书记李官正的表扬,也得到组织上的充分认可,并被推荐提拔到邻县任副县长,在更加广阔的舞台上去争取更大的成绩。

为了使林辉的形象更加丰满,作者塑造了反面典型人物——兴海镇镇长付贵东。身为镇长,付贵东对林辉来担任镇党委书记很有意见,认为挡了他继续升官发财之路,因此工作上消极应付,阳奉阴违,处处使绊子,想出林辉的洋相。他生活上腐化堕落,与桥头堡酒店老板吴青梅、丰产村妇女主任李如玉和镇文化站长宋佳洁有染,常用公款大吃大喝,贪污受贿,并且恶人先告状,诬陷林辉贪污、有生活作风等问题,结果被宋佳洁举报,被县纪委查处,落得个身陷囹圄的下场。付贵东反面形象的塑造,不仅让小说故事情节在矛盾中向前推进,充满悬念,一波三折,扣人心弦,增加了小说的可读性和吸引力,更为重要的是反衬了林辉形象的有血有肉、高大丰满、真实可信。可见作者在主人公形象塑造方面是颇花了一番心思的。

此外,县委书记李官正、县纪委书记严爱平,还有镇人大主席万宗庆、副书记陆斌、办公室主任李海涛、农技站站长刘海东、村干吴支书、民营企业家吴天翔、邓永才,群众刘二、李大赖等人物,虽着墨不多,但他们为人正派、遇事讲原则、重情重义、爱憎分明等性格特征,刻画得也比较鲜明,均给我留下了深刻印象。

作者还十分注重细节描写、语言描写、场面描写和景物描写,为人物形象的塑造起到了烘云托月的作用。语言朴实流畅,形象生动,富有地域特色和感染力,令人拍案叫好。

当然,小说也存在着不足之处,比如在村民闹丧上访的情节安排上不够自然,让人感觉有些唐突,过程交代得不十分清楚;陪宋佳洁喝酒、到外地留宿的情节安排,不太符合林辉的性格特征,略显突兀。另外,某些章节存在着掉字、错字现象,希望再版时予以更正。

# 一曲生命不息，奋斗不止的赞歌
## ——读《母子两代的人生故事》随感

2019年仲秋，有幸收到大学同学王安诺女士从上海寄赠的《母子两代的人生故事》大型报告文学集，不禁心潮起伏，激动不已。急忙打开文集，利用可用的时间，一口气拜读完毕。掩卷沉思，感觉如久旱逢甘霖，灵魂受到滋润，脑海里始终萦绕着母子两代的人生故事，挥之不去……

此书的作者王安诺女士，出生于上海市一个革命家庭、书香门第，母亲系当代著名作家茹志鹃，父亲系著名导演王啸平，妹妹王安忆更是大名鼎鼎、四海皆知。王安诺1968年初中毕业后下放到安徽宿县大营子，当过知青、工人、教师、记者及报刊和电视台编辑。20世纪80年代初开始发表作品，迄今发表散文、人物专访、书评等四十多万字，可喜可贺。

我于20世纪80年代初期，与王安诺在安徽教育学院中文系同窗学习两年。期间虽与其交流不多，但对她的平易近人、好学上进留下了深刻印象。大学毕业一晃三十多年过去了，虽无缘相聚，但通过微信等平台，彼此间或多或少也有些了解。而今老同学们皆两鬓斑白，大多退休赋闲在家，但他们退而不休，积极参加有益的社会活动，为社会发展进步发挥余热，添砖加瓦。他们的人生情怀和不懈追求,令我感动不已,王安诺就是其中的杰出代表。她耗费了一年多心血,战严寒、斗酷暑,夜以继日,不辞辛劳,写就了《母子两代的人生故事》,共22万多字,由上海文艺出版社出版发行,令人刮目相看,肃然起敬。

报告文学集包括"生命刚刚开始——沈建文传"和"我走过的岁月——陈秋辉回忆录"两部分,它们虽独立成章,但相互联系,彼此照应,浑然一体。报告文学集描述了陈秋辉、沈建文母子俩成长、沉浮、奋斗的历程,从20世纪20年代初写到21世纪第一个十年末,将近一个世纪,时间跨度大,内容丰富多彩。作者立意高远、视野开阔,把母子俩的人生故事置于中国社会的大背景之下,折射出近百年中国各历史阶段的发展和变迁,让读者在钦佩陈秋辉、沈建文母子俩的同时,对中华民族的苦难史、奋斗史也有了更加深刻的了解,对中国共产党带领全国各族人民经过艰苦奋斗取得的辉煌成就感到更加自豪和珍惜。"文章合为时而著,歌诗合为事而作"。唯如此,作品才会具有生命力,才能引起广大读者的共鸣。王安诺女士无疑捕捉到了难得的十分有价值的题材,紧扣时代脉搏,在充分尊重客观事实的基础上,加以取舍提炼,文字既有筋骨,又血肉丰满,人物形象十分鲜明,充满正能量,给人留下极其深刻的印象。

沈建文儿时就对无线电感兴趣,后来成为电影器材和同期录音的专家,先后被安徽省宿县广播站和北京有关机构作为人才引进。不久他被人诬陷坐牢,又经历了做生意被骗得一贫如洗、与前妻离异、逃往澳门……人生起起伏伏,令人扼腕叹息。他一辈子跌了许多跟头,其中每一个跟头都能使一个心志不坚定的人信心崩溃,一蹶不振,就此消沉下去。而沈建文却经得起摔打,跟头跌得再多,他也不气馁,从不向逆境低头,揉揉腿、拍拍灰又去寻找新的起跑线。"刚刚开始"是他一生中多次出现的状态,他从一个起点到另一个起点,从一个开始到另一个开始,从不对命运屈服,凭着坚强的意志和积极向上的勇气,浴火重生,凤凰涅槃,开启人生新的征途,创造出许多新的业绩。他的人生永远在出发中,永远在对未来的憧憬中。

陈秋辉是一个安徽农村的穷苦丫头,她从不向命运低头,始终追寻不止,奋斗不止,虽历经坎坷,但终究成长为坚定的革命者和优秀的共产党员,并在美术领域有所建树,令人景仰。沿着她的人生道路一步步走来,读者对中国旧农村的生活、中国革命的发展、穷苦百姓为了生存的挣扎、进步青年摆脱命运桎梏的奋斗……会感同身受,心灵会一次次受到震撼,从而加深对共和国成长历史的了解,倍加珍惜今天来之不易的幸福生活。

陈秋辉、沈建文母子,不仅血脉相连,而且脾性相像,真可谓"有其母,必有其子"。沈建文把玩飞机变成造飞机、卖飞机,最终缔造了中国最早的植保无人机企业之一;六十多年前,陈秋辉怀揣二十元钱,从宿县扒火车到上海寻找党,带领学生迎接上海解放,成为坚定的革命者、共产党员。那股敢想敢闯、执着向上的劲儿,母子俩如出一辙,一脉相承,让读者深受教育和启迪。

王安诺文笔细腻,长于行动、环境和心理刻画,使文章精彩纷呈,让人如临其境,唏嘘感喟,深受感染。作者将叙述、描写、议论和抒情熔为一炉,既反映了客观现实,又表明了个人观点,二者相得益彰,发挥出激励、教育和感染人的良好作用,提升了作品的艺术境界。报告文学集思路清晰,善于埋伏笔,前后照应,结构严谨;语言简洁明快,如行云流水,读之如饮甘泉,令人心情愉悦,受益匪浅。

# 接近一种美丽的眼神

## ——涂明求诗歌印象

近日,收到涂明求和谭旭东合著的诗集《二弦琴》,不禁心花怒放,当晚便一口气把明求的诗仔细品味一遍,总体印象是:清新、质朴、跳脱,短小精悍,充满灵气。明求的诗和人一样,跳动着一颗滚烫的爱心和真挚的童心。他认为:"诗歌是语言中的语言,是花之蕊。"他写诗力求做到惜墨如金,绝不拉杂半句。如《阳光下的雪》:"她受到感化/她开始低诉……//别插嘴/影子。"只寥寥四句,把阳光下雪的恬静安详、徐徐消融的情态表现得淋漓尽致,写法新颖俏皮,韵味悠长。

明求十分留心观察身边的万事万物,凭着灵气,能够"准确地译出天籁"。风花雪月、云雾山川,甚至绳子、白纸等都可入诗,写来得心应手,妙语迭出。他在《麻雀》中写道:"不要捉住看——/惊恐的黑眼睛/扑扑狂跳的小心脏//远一些/是群神气的野孩子/会歪着脑袋瞅着你//再远些/那是乡村生活的/浅灰色的顿号。"作者观察体验何等细致入微,只寥寥数行,麻雀的神态特征便跃然纸上,呼之欲出。

明求的诗想象丰富奇特,比拟恰到好处,俯拾即是,读后令人拍案叫绝。《早春》中有这样的诗句:"空气越来越明亮,湿润/

越来越接近一种美丽的眼神/只是绿色还很窘迫/还不能畅所欲言,像/第一次举手答问。"想象、比拟可谓别出心裁,准确恰当,浑然天成,令人折服。

总而言之,明求的诗是用心血凝成的,是真正的诗。

# 文贵精炼角度新
## ——浅析东方煜晓散文集《泥土的村庄》艺术特征

我于2018年夏月收到东方煜晓（徐沛喜）老师寄赠的散文集《泥土的村庄》，不禁心潮激荡，如获至宝。此书被列入《江淮作家美伦文库》第一辑，2012年10月由中国文联出版社出版。书中收录了作者20世纪90年代发表的散文116篇，近20万字，分为六辑：童年的雪、母爱的光辉、不了的情结、正义与侠义、宁静地诉说和意向的选择。

捧读文集，犹如饥饿的人扑在面包上，先是狼吞虎咽，继而反复玩味，深受启发，受益良多，不禁为作者渊博的学识、睿智的见解、扎实的文字功底以及对文学执着的热爱所震撼，打心底里为之倾倒。能结交他这位良师益友，实乃三生有幸。

一本好书，如陈年好酒，越陈越香。《泥土的村庄》一直是我的床头书之一，隔三岔五，捧于手上，选学几篇，如饮老酒，唇齿留香，醒脑提神，回味悠长。两年多下来，不仅读完了所有文字，而且有些篇目还品读了数遍。每读一遍都有新的收获，对自己做人做事与写作均有帮助，感觉十分熨帖和快意。

文集中有一部分是记事散文，作者重拾儿时的记忆，无论写景状物，还是叙事，皆感情纯真，文笔细腻，活灵活现，充满烟火和泥土的味道，催人泪下，引人共鸣。特别是收入第一辑中的13篇文章，可谓篇篇精彩，百读不厌。我很喜欢《泥土的村庄》《童年的雪》《麻雀的气节》《看电影》等佳篇。这些文章剪裁得当，内容实在，很接地气，虽说土得掉渣，但情趣横生，读来津津有味，舒心润肺，妙不可言。

　　文集中收录的近10篇山水游记也很有特色，作者选取独特视角，或写景状物，或抒发真情，或发表感悟，独辟蹊径，避免复印机似的描写叙述，让读者不仅能够欣赏到美景，增长见识，还能受到启迪，懂得许多做人的道理。作者在《感受"天尽头"》中写道："面对大海，你会很自然地受到许多理性思想的冲撞，叫你心潮澎湃，思绪飞扬，叫你不能不联想到许多哲学与诗歌的佳词丽句。……懂得了许多过去背诵过却没有真正理解的人生内涵。"作者不仅写所见所闻，而且写所思所悟，由浅及深，引人遐思，收到了意想不到的效果。

　　比如在《天府之旅》中，作者在记述了千辛万苦的旅途后感悟道："越是美好的东西，越难追寻；越是佳美的境地，越难面对。就像我们对待人生、事业、爱情一样，由疲惫，到适应，到成功，往往需要经过相当长的历程，但只要你永不懈怠，只要你不失去勇气，只要你心中的那盏灯还亮着，在你的头顶之上就时刻有阳光的照耀。"抒情议论的语言质朴生动，顺理成章，水到渠成，读之不仅陶冶了情操，而且懂得了一些做人处事的道理，收获颇丰。

　　文集第四辑中收入了近40篇小品文和杂感，短小精悍，笔锋犀利;看问题一分为二,实事求是;剖析问题剔皮见骨,鞭辟入里,见解独到,催人警醒。作者在《追求》一文中先列举了"追求"的种种表现,接着分析肯定了"追求"的意义;紧接着亮明观点:追求应把握好一个"度"。追求过度,就变成强求,欲速则不达。文章结尾一段十分精彩,语言简练,形象生动,富有哲理性和说服力:"小草耸云,无稽之思;母鸡飞天,白日说梦;飞蛾扑火,自取灭亡;乞丐暴富,一枕黄粱;一厢情愿,难成婚配;好高骛远,一事不成;坐吃山空,终究败落;急功近利,半途而废。"四字一句,朗朗上口;形成排比,气势非凡;言近旨远,警示人们免蹈覆辙。文字颇见功底,令人拍案叫绝。

作者思维敏锐,见解新颖,出语不凡。比如《老虎怕鹅》《说"狗爷"陪嫁》《男人的腰上风景》等,不看内容,光看标题就新颖别致,引人入胜。

第五辑主要收录了十几篇读书心得和与王英琦、徐辉、阎真等文学大家交往的感悟,彰显了作者深厚的文化功底和宽广的阅读视野。《李商隐的爱情诗》一文,作者惜墨如金,篇幅不长,但内容丰富,不仅介绍了李商隐的身世和抱负,交代了我国爱情诗的发展历程,与历代著名的爱情诗做了比较,而且分析了李商隐的爱情诗的显著特征——朦胧之美。最后交代了李商隐爱情诗对后世的影响,并对其价值予以高度评价。整篇文章言简意赅,词约意丰,令人赞佩。

《阎真的坚守》,内容丰富多彩,既交代了与之相识的缘由,又介绍了他的身世、创作历程及创作成果,还对他的代表作《沧浪之水》和《因为女人》进行评析,最后交代了他的为人与可贵的敬业精神。全文条分缕析,每节虽然不长,只有三四百字,但观点鲜明,表意准确,不枝不蔓,适可而止,反映出作者确实是位驾驭语言的高手,值得我们学习借鉴。

还有《海子的悲情人生》《清明,想起了介子推》《〈七步诗〉与〈摘瓜诗〉》《"红学"的种子》等篇章,均观点鲜明,有理有据,由浅入深,开人眼界,令人信服。

第六辑收录的十几篇文章,属于文论范畴,或发表作文写诗的技巧,如《意象的选择》《"藏"的魅力》《简洁为美》《"激射"之趣》《"影射"之妙》等;或告诉人们谋篇布局的窍门,如《我的"一枝梅花"结构法》;或对写作的源头进行探索,寻根溯源,教人作文的根本大法,如《我谈"散文与乡土"》《谈读书》等。上述文字将说理与举例密切配合,相得益彰,见解独到,让人茅塞顿开,受益匪浅。

千锤百炼出好钢。我十分钦佩东方煜晓老师对文学创作的认真与坚持。从文集的字里行间,我读出了他创作态度的严谨、构思的精巧、用词的准确、见解的独到,这些都非常值得我们学习借鉴。

好书不厌百回读,《泥土的村庄》应列其中。

# 千锤百炼出佳文
## ——徐敏散文赏析

读罢徐敏女士的《请君试品梅花雪》和《坐车》两篇散文,眼睛不禁为之一亮,心头为之一热,为其婉约俊美的文笔和一气呵成的气势而击节赞赏。

徐敏女士虽然年轻,但阅读面较广,知识储备较为丰富,驾驭语言文字的能力较强,具有较大的创作潜力。倘若能够持之以恒地写下去,前程定会一片光明,皖西文坛将会出现一颗耀眼的新星。

《请君试品梅花雪》主要取材于《红楼梦》第四十一回和四十九回的内容。文章开篇仿若一组远镜头,气势磅礴,荡气回肠,聊作铺垫。突然把镜头拉近,亮出了品茗之地栊翠庵,把读者的思绪一下子引向《红楼梦》的相关章节之中。

紧接着浓墨重彩地书写了妙玉和宝玉、宝钗、黛玉四人品茗的雅趣。作者不是复印机似的复述原文,而是经过咀嚼消化之后,以自己的语言,抒发高雅的意趣,表达超尘拔俗、冷峻孤傲的见解:"品茶不宜人多,最讲究的是精神的契合。""这场体己之茶最后真正能够与妙玉为品茶知音的唯有自行闯入的宝玉。"高山流水,知音难觅。人生得一知己足矣。行文至此,作者的观点便和盘托出,柳暗花明,豁然开朗,令人回味不已。

　　文章语言清俊凝练,形象生动,如行云流水,使人读之畅快,仿佛聆听一位清纯高雅的女士在轻拢慢捻地抚琴,又如品味一杯淡香四溢的梅花酒,五脏六腑无一处不熨帖,心灵得到了净化,情愫得到了升华,不禁深深体味到:文学名著具有无穷的魅力,宛如一座精神富矿,采之不竭,陶情冶性,影响久远。

　　《坐车》由自小晕车、不喜欢坐车开篇,欲扬先抑,先声夺人。紧接着详细交代晕车的感受和战胜它的方法,顺理成章地过渡到"渐渐品尝到坐车的乐趣"。

　　接下来文章紧扣"坐车的乐趣"铺展开来,分述了"坐车去一个熟悉的地方""坐车去远方""坐过最长的车""坐过最惊险的车""坐过最惊喜的车""一个人坐车""和家人坐车""和朋友坐车""诗词里的车""影视剧里的车"和"现实里的车"等不同经历、见闻、感受和特色,既有惟妙惟肖的具体描述,也有高屋建瓴的总体叙述,由近及远,由简单到复杂,由实到虚,虚实结合,条分缕析,令人赞佩。

　　作者善于从纷繁芜杂的材料中抽丝剥茧,梳理出几个层次,从不同侧面、不同角度描述坐车的不同见闻,抒发坐车的不同感悟,由此及彼,由具体到抽象,思路开阔,联想丰富,洋洋洒洒,收放自如,令人刮目相看。

　　此外,作者引用古诗词,信手拈来,恰到好处。文章将杜甫的"车辚辚,马萧萧,行人弓箭各在腰",岳飞的"驾长车,踏破贺兰山缺",李白的"虎鼓瑟兮鸾回车",辛弃疾的"宝马雕车香满路""一夜鱼龙舞"等脍炙人口的诗句,嵌入叙述的语句中,既增添了文采,又深化了文章内涵,使行文摇曳多姿,耐人寻味。

从以上两篇散文可以看出,作者创作态度严谨,善于提炼主题,善于谋篇布局,重视炼词炼句,虽算不上"字字看来皆是血",但也颇花费了一番心思,可谓准备充分,行文讲究,值得文学新人们学习。

"桐花万里丹山路,雏凤清于老凤声。"十分期待徐敏女士创作出更多的文质兼美的文章,为皖西文苑增添一抹新的亮色。

## 秉持家教　传扬家风

### ——《颜氏家训》读后感

近几个月来,通过反复研读博大精深的《颜氏家训》,我的心灵受到洗礼,眼界得到开阔,犹如醍醐灌顶,大彻大悟,受益良多。《颜氏家训》共3卷,20篇。内容丰富,涉及范围广,论述了为学、立身、治家之法,自成一家之言。作者以儒家思想为根据,强调立己、达人、爱人、谅人,恪守父慈子孝、兄友弟恭、朋友有信的伦常秩序,强调士大夫应"明六经之指",学以致用,成为国家的朝廷之臣、文史之臣、军旅之臣、使命之臣、兴造之臣等多方面的人才。尤其颜氏对家风、家教、家训的苦口婆心的阐释,更是使人钦佩不已。自古及今,有什么样的家教、家训,就会形成什么样的家风,家教家训对家风形成有着潜移默化的作用。家教有祖传的,也有上辈耳提面命后辈如何做人做事的格言。晚辈若能将家训牢记在胸,并躬身践行,将受益终身,泽被子孙。

小时候在父母身边长大,父母经常教导我应诚实做人、踏实做事、谦虚为本、吃亏是福、勤俭持家、尊老爱幼、和睦邻里等,虽时过半个世纪,仍言犹在耳,永志不忘,对我几十年来的做人做事、待人接物等起到关键引领作用。

在父母教导的基础上,汲取《颜氏家训》的滋养,经过认真总结与反思，我认为应继承和发扬以下家风：

做人应诚实谦虚，不可表里不一、目中无人。所谓诚实就是表里如一，说到做到，不口是心非，言而无信。不讲虚话，不讲大话，不讲套话，实事求是，言出即行，让组织放心、领导放心、同事放心、家人放心、朋友放心。要谦虚为怀，低调做人，低调做事，不可傲慢无礼，目空一切。天外有天，人外有人。三人行，必有我师焉。要学会看人长处，补己短处，海纳百川，永不停步。

做事应有板有眼，不可毛毛躁躁、半途而废。世界上怕就怕"认真"二字，做任何事情都应有板有眼，扎扎实实，一步一个脚印，要抓铁留痕，踏石有印，不可心猿意马、虎头蛇尾、半途而废。凡认准的事情，都要制定目标，全身心投入。过程不可能一帆风顺，必须发扬攻坚拔寨、迎难而上的拼搏精神，咬定目标，精准施策，砥砺前行，不达目标绝不罢休。

生活应勤俭节约，不可好吃懒做、奢侈浪费。创业维艰，祖宗备尝辛苦；守成不宜，子孙宜戒奢华。由俭入奢易，由奢入俭难。勤俭节约是优良家风，传统美德必须继承并发扬光大。学习、工作、生活上都应勤奋。勤能补拙是良训，一份辛苦一份才。上天永远垂青勤奋节俭之人。平素吃穿住行能够满足基本的生理需求即可，多吃且无规律，会得"三高"（指血脂、血压、血糖超过正常值），身体反而更差，加速衰老；多衣锦绣，势必导致虚荣心作祟，言行漂浮，目中无人，终究可能摔跟头。一日三餐，按时作息，养成规律，对工作、生活、身心均有好处，何乐而不为呢？

交友应以心换心，不可见利忘义、损人利己。相交满天下，知心能几人。说的是交友应以心换心，两肋插刀，诚恳相待，否则就难以交到真心朋友。对待好友，不可把名与利放在前头，应把真情和友谊时刻放于心间，时时处处从朋友角度出发，思考问题，决定言行，与朋友同甘共苦，共进共退，不落井下石、上屋抽梯，更不能踩着朋友的肩膀往上爬。任何时候都不能抛弃朋友，更不能出卖朋友。在金钱、美色、利益面前，要能稳得住，不可眼馋心迷、放纵自己，最终落得个千夫所指、众叛亲离的可耻下场。

要学会谨慎交友，与君子相交，不与小人为伍。亲贤人，远小人，维护朋友圈的清纯和正能量。不可与小人同流合污，毁坏名节，留下千古骂名。

总之，家教、家训、家风，内容包罗万象，不一而足，它们一脉相承，相互促进，相互包容，不可割裂开来，孤立视之。好的家教，日久天长便成为家训。家训世代相传，族人恪守慎行，便会形成好的家风。好的家风能带动一个家庭、一个家族的长久兴盛，既有益于家庭、家族，也有益于村庄、社会，功德无量，万万不可小觑。泱泱中华，自古以来，许多名门望族，正是形成并秉承了良好家风，才能保持长久兴盛，人才辈出，令人称道不已。山西闻喜县的裴家、浙江绍兴的钱家、山东临沂的颜家、安徽绩溪的胡家等，均被世人称颂，值得后人借鉴效仿。学无止境，"学"当然包括对优良家训、家教的学习，也包括对优良家风的传承与弘扬。

# 做精神明亮的人
## ——读《我心里永远住着一个春风少年》随感

  我与河南省周口市云海先生初识于己亥年春花烂漫的时节。在《西部散文选刊》微信群里见到了云海先生的大名,拜读了先生的大作,并主动加了"知海寻梦"微刊平台,分享了先生的几篇美文。2019年5月27日,在先生的微信平台上看到了出售《我心里永远住着一个春风少年》(文化发展出版社出版)的消息,我未加思索,立马订购一册,期待尽早一睹为快。

  过了一个星期,我果然收到了云海先生寄来的文集,打开扉页,先生的签名和印章赫然入目,并写有"我们都做一个精神明亮的人"的寄语。看到先生的签名、印章和寄语,一股暖流涌上心头,倍感亲切与温馨,恨不能一口气把文集从头读到尾,痛痛快快过把瘾。无奈6月上旬,单位有一项紧急公务需要完成,只好暂把云海先生的文集放置案头。到了6月11日,终于完成了公务,我放下手头的一切活计,花了三天时间,紧锣密鼓、精神专注、一字不落、认认真真地拜读了48篇大作,犹如饕餮一顿精神大餐,感觉十分惬意,收获满满。

  文集装帧精美考究,设计素雅大方,共分为六辑,每一辑均以文章名命名,分类清楚,一目了然。掩卷沉思,觉得收入文集中的48篇大作,篇篇精彩,耐人咀嚼,回味悠长。

云海先生热爱生活,平素留心观察,注重积淀。一旦灵感迸发,便思如泉涌,落笔成文,把喜怒哀乐表达得淋漓尽致,读之令人心潮激荡,久久难以平静。

云海先生是位情感丰沛、精神饱满的大家。登山情满于山,观水情溢于水。情感的闸门一旦开启,便一泻千里。杭州西湖、小城安庆、徽州古村落、河南栾川、成都南湖、云南遥远的乡下、山西窦庄古城堡的夜晚,等等,都令作者魂牵梦萦,思绪万千。他深挖内涵,大胆联想,凝结成勾魂摄魄的华章,令人眼睛为之一亮。作者尽情地讴歌了亲情、友情和爱情,拨动心灵的琴弦,弹奏出缠绵悱恻的袅袅之音。

云海先生是驾驭语言文字的高手。同样的词语,在他的笔下排列组合后,往往化腐朽为神奇,颇有点石成金之感。语言鲜活灵动,优雅唯美。他善用比喻,或以物喻物,或以物喻人,或以人喻物,驾轻就熟,信手拈来,文采飞扬,读之仿若聆听一首首舒缓玄妙的乐曲,仿若品尝一杯杯清香淡雅的六安瓜片,仿若品味一盏盏冒着酒花的百年老窖……满心欢喜,乐不可支,歆羡之情油然而生。

云海先生喜爱阅读,知识面宽广。文集中引用的古诗词、歌词和名人名言有几十处,不胜枚举。文集中提到的古今作家有好几十位。比如古代有曹操、白居易、苏轼、李清照等;现当代有鲁迅、朱自清、沈从文、徐志摩、萧红、郁达夫、庐隐、冰心、俞平伯、余秋雨、苏青、李娟、琼瑶、张爱玲、林淑华、林清玄、三毛、席慕蓉、马德、刘亮程等。作者善于汲取名家之长为我所用,增加了文章的厚重感和文化底蕴,令人叹服。

总之,云海先生是一位内心真诚、生活踏实、情趣爱好高雅的知名作家,用真情真义抒写了人间的欢喜与甜蜜,红尘的惆怅和眼泪,世间的寂静和禅意……云海先生是一位精神明亮的人。

# 后记

笔者于 20 世纪 80 年代末开始在报刊上发表教育教学论文，于 20 世纪 90 年代初开始发表诗歌和散文，于 21 世纪初开始发表评论和报告文学。30 多年来，在报刊和微刊上发表不同体裁的文章 1000 余篇、120 多万字，除近几年创作的近 90 篇散文随笔分别收录于《古蓼情思》和《心灵家园》外，尚有 900 余篇（首）散文、诗歌、报告文学、文学评论、新闻作品等未收编成书。

2021 年 6 月，笔者正式办理了退休手续，基本上告别了繁杂的公务，便静下心来，对 20 世纪 90 年代中期至 21 世纪 20 年代初近 30 年来在《人民日报》《安徽日报》《新安晚报》《江淮晨报》《合肥晚报》《安徽青年报》《新民晚报》《安徽教育报》《江淮时报》《安徽老年报》《安徽科技报》《教师报》《皖西日报》《大别山晨刊》《霍邱报》《咨询》《江淮》《安徽宣传》《江淮旅游》《教育咨询》《安徽教育学刊》《宣城工作》《今日六安》《实践论坛》《西部散文选刊（原创版）》《映山红》《淠河》《鳄城文学》等 30 余家报刊以及省内外 20 多家微刊公开发表的散文、随笔和文学评论等，进行整理挑选，对部分篇章内容做了删节，文字做了修订，最终选出 99 篇文章，分为"魂牵乡土""情系河山""人物写真""愚夫杂言"和"读文随想"五个专辑，结集成册，算是对个人几十年来读书与写作的一个交代，绝无"藏之名山、传之其人"之奢望。

笔者深知个人才疏学浅，读书不多，见识不广，思路不阔，联想不丰，不是作家那块料子，但仍"执迷不悟"，知其不可为而为之，隔三岔五挤出一篇，日久天长，便养成了舞文弄墨的癖好，不知不觉间，写下了上千篇拙文。而今老之将至，蓦然回首，酸甜苦辣皆已尝遍；因生性愚钝，忠厚老实，缺乏挣钱本领，大半辈子下来，未给儿孙留下什么物质财富，唯有购置的几千册图书和撰写的几百篇诗文而已，觉得对不住儿子和儿媳。然又想到，人来世间走一遭，不过几十年光景，追求和活法千差万别，各有千秋，不可能也不应该统一。我的人生哲学是依靠个人诚实劳动能养家糊口、衣食无忧即可，没有奢望过大富大贵、成名成家。

我的业余爱好除了体育锻炼、踏青旅游，只剩下读书与"爬格子"了。只要有书看，便心满意足，感到特别充实与快意；每隔十天半月若有文章见诸报端和文学微刊平台，就仿佛捡到个金娃娃，眉飞色舞，沾沾自喜，走起路来浑身是劲，觉得今生今世没有白活，对得起祖宗、对得起家人、对得起自己了。

在余下的日子里，无论如何我都不会改变兴趣与爱好，只要一息尚存，还会坚持读书与写作，直至终老，无怨无悔。

文集的付梓，首先应当感谢流冰、李木生、东方煜晓、王余九等省内外与我推心置腹的老师和文友们的鼓励与支持；其次感谢霍邱县人大常委会办公室提供的优越的读书写作条件；再次感谢爱妻黄传芳多年来的理解和鼎力支持,感谢儿子庄润黎、儿媳周璇始终如一的精神鼓励!

  特别感谢的是霍邱翘楚、文学博士、华东师范大学中文系教授、博士生导师彭国忠先生,于百忙中挤出宝贵时间,夜以继日地审阅文稿,提出中肯的修改意见,并欣然作序,彰显了一位文化学者的高风亮节和热爱家乡的赤子情怀!衷心祝愿彭教授在今后的日子里,以生花妙笔,创作出更多的传世佳作!

庄有禄

2021 年孟秋